Für Christoph,
der mir das Licht am Ende des Tunnels gezeigt hat.

Ich bedanke mich bei Kriminalhauptkommissar Alexander Gropp, der mich fachlich so hervorragend beraten hat, sowie bei Stephan Runge, Thomas Suppes und Bjørn Hoem, die mir immer wieder mit guten Ideen aber auch Kritik geholfen haben.

Chaque fois que je m'amuse
Ou ne souffre pas par lui
Mon ange, espèce de muse,
Me replonge dans la nuit.

Chaque fois que je dégaîne,
Comme un bouquet de muguet,
Mon cœur fatigué de haine,
L'ange cruel fait le guet.

Cet ange, ce monstre informe,
Ne dort jamais un moment,
Et non plus il m'informe
De quoi je suis l'instrument.

Ganz gleich, ob ich mich freue,
Nicht seinetwegen leid –
Mein Engel stößt aufs Neue
Mich in die Dunkelheit

Stets wenn ich sehen lasse,
Wie einen Maienstrauß,
Mein Herz, das müd vom Hasse,
Ist er nur darauf aus.

Dies Ungetüm mit Schwingen,
Das keine Ruhe kennt,
Will nicht zur Sprache bringen,
wozu ich Instrument.

Jean Cocteau

4. November

Sie hatten alle Lampen ausgeschaltet und sämtliche Vorhänge und Jalousien geschlossen. Niemand da draußen sollte das Geringste ihres nächtlichen Vergnügens bemerken. Jetzt waren im dunkelroten Schein des Kaminfeuers nur die Konturen der beiden Männer zu erkennen.

»Komm, zieh dich aus!« Dieter Wildmeier rutschte vom großen schwarzen Ledersofa im Wohnzimmer und warf seinem Gegenüber begehrliche Blicke zu.

Der zögerte noch. »Bist du sicher? Hast du keine Angst mehr?«

»Nein, überhaupt nicht. Ich mache was du willst! Nur lass mich bitte nicht mehr warten ...« Wildmeier schaute flehend in die samtbraunen Augen des jungen Mannes, der jetzt am Ledergürtel seiner Jeans nestelte. Die unbehaarte, muskulöse Brust erregte Wildmeier: »Komm, lass uns ins Schlafzimmer gehen.« Er stöhnte leise auf.

»Okay, geh schon mal vor! Ich muss noch mal kurz zur Toilette. Bin gleich zurück.«

Wildmeier streckte sich nackt auf seinem Wasserbett aus, das auf einem Podest in der Mitte des Schlafzimmers thronte. Fünf Minuten später schlüpfte sein Objekt der Begierde lautlos durch die Tür und schmiegte sich an seine Seite. Der junge Mann begann, Wildmeier von den Waden an aufwärts zu streicheln.

»Ich mag deine Beine, diese Muskeln ... Wenn ich daran denke, wie viele Tore du schon damit geschossen hast ...«

Wildmeier lächelte zufrieden.

»Schade, dass ich es nicht so weit gebracht habe. Fußball ist für mich noch immer das Größte«, fuhr der junge Mann fort und seufzte leise.

»Dafür bist du im Bett der Größte«, nuschelte Wildmeier und presste sich an seinen Freund.

Der junge Mann verzog seine Lippen zu einem Grinsen. »Das werde ich dir auf jeden Fall heute Nacht beweisen ...«

Im riesigen Spiegel über dem Wasserbett zuckten zwei schweißnasse Körper in Ekstase. Wildmeier feuerte seinen Partner weiter an. »Hör nicht auf! Mach weiter ... du bist so geil!«

»Okay, dann probiere ich mal was Neues mit dir aus. Knie dich vor mich hin!«

»Du willst mich ... von hinten?«

»Klar, ich will doch auch ein bisschen Spaß. Ich bin auch ganz vorsichtig ...«

Im Spiegel waren jetzt die beiden nackten Rücken der Männer zu erkennen, noch getönt von einem Rest sommerlicher Bräune. Dann die Hände des jungen Mannes, die ganz langsam und vorsichtig Wildmeiers Körper massierten.

Der Fußballspieler stöhnte laut auf. »Ja, ja, das tut gut. Ich hätte nie gedacht, dass es so ein geiles Gefühl ist. Mach weiter, ja, so ist's gut ...«

»Tue ich dir auch nicht weh?« Die Stimme des jungen Mannes schien besorgt zu klingen.

Aber Wildmeiers Antwort ging in heftigem Atmen unter und steigerte sich zu lauten Wonneschreien. Er war dem Höhepunkt nahe.

»Schatz, es ist wunderschön. Ich freu mich, dass du bei mir bist.« Zärtlich tastete sich eine breite, kräftige Hand von Anjas Brüsten hinunter zu ihrem Bauch.

»Ja, ich brauche es auch – nach all der langen Zeit. Du bist der einzige Mensch, den ich liebe.« Jürgen Nelles flüsterte ihr ins Ohr und küsste sie zärtlich. Heute war die Versöhnung endlich gelungen. So oft hatten sie sich in den vergangenen Monaten gestritten. Immer waren Kleinigkeiten der Auslöser. Nelles glaubte zunächst, dass ihre Beziehung einfach an Abnutzungserscheinungen leide. Wochenlang hatte er gar keine Lust auf Sex mit Anja. Doch irgendwann wurde ihm klar, dass er selbst der Grund für die Beziehungskrise war. Zu häufig kreisten seine Gedanken um Bert, seinen schwulen Nachbarn. Immer wieder stellte er sich die Frage, ob er unter Umständen auch einen Mann lieben könnte. Anja spürte sein Desinteresse, aber sie redeten nicht darüber. Stattdessen stürzte er sich in die Arbeit bei der Kölner Kripo. Sehr bald musste er jedoch feststellen, dass er seine Unzufriedenheit im Privatleben nicht mit beruflichen Erfolgen ausgleichen konnte.

Am Abend vorher hatte er Anja nach langer Zeit mal wieder in ein Nobel-Restaurant ausgeführt, und sie waren sich bei einem Fünf-Gänge-Menü und zwei Flaschen Grauem Burgunder wieder näher gekommen. Nelles redete sogar relativ offen über seine sexuellen Verwirrungen, allerdings ohne seinen Nachbarn zu erwähnen. Er hatte es für ratsamer gehalten, nicht gleich alle Geheimnisse preiszugeben. Anja brachte erstaunlich viel Verständnis auf und gestand ihm, dass sie auch schon Frauen sehr attraktiv gefunden habe. Nachdem sie nun seit langer Zeit wieder miteinander geschlafen hatten, musste Nelles an das Gespräch zurückdenken.

»Hattest du eigentlich schon mal was mit einer Frau oder waren es nur Wunschträume?«

»Ja, einmal im Karneval ist es passiert. Das ist aber schon Jahre her.«

»Und wie war es? Hast du es genossen?«

»Na ja, eigentlich hat es sogar ein bisschen Spaß gemacht. Aber du weißt ja, wie das mit diesen Karnevals-Fisterenöllchen so geht: Am Aschermittwoch ist alles vorbei ...« Anja klang nicht sonderlich begeistert und drehte sich zu Nelles um. »Und du? Hast du es schon mal mit einem Mann ausprobiert?«

Nelles druckste herum. »Nicht so richtig.«

»Was heißt nicht so richtig?« Anja blieb hart.

»Nun ... ich wurde quasi verführt.«

»Das musst du mir erklären!«

Jetzt musste er Farbe bekennen. »Du weißt doch, als ich damals in der Schwulenszene ermittelte. Bert hatte ein Auge auf mich geworfen.«

»Bert? Ich fass es nicht.« Anja lachte bitter auf. »Also hatte ich Recht!«

»Ja, aber es war nicht so, wie du denkst. Nur ein heißer Flirt, kein Sex, ein Ausrutscher ... Und mit Sicherheit war es das erste und letzte Mal!« Nelles drehte sich herum und drückte Anja fest an seinen Körper. Dann streichelte er ihre Haare. In diesem Moment piepste das schnurlose Telefon neben dem Bett. Der Wecker stand auf sieben Uhr zweiunddreißig.

Als Hauptkommissar Nelles kurz nach acht in die kleine Seitenstraße Am Römerhof in Junkersdorf einbog, wurde es langsam hell. Ein trüber Herbstmorgen, kalter Dunst umhüllte das Villenviertel. Die bedrohliche Stille wurde lediglich von zwei vorbeihuschenden Autos unterbrochen. Der weiß verklinkerte Bungalow lag versteckt hinter einer hohen Ziegelmauer und war nur über eine breite Zufahrt zu erreichen, die mit einem schmiedeeisernen Tor gesichert war. Jetzt stand das Gitter offen und in der Einfahrt parkten bereits zwei unauffällige Limousinen. Nelles stellte seinen Citroën dahinter ab und eilte ins Haus. An der Eingangstür fiel ihm eine Überwachungskamera auf. Aber kein Schild verriet den Namen des Eigentümers. Nicht ungewöhnlich für diese Gegend, in der viele Kölner Promis ihr Domizil hatten, die nicht unbedingt Wert darauf legten, dass ihre Adressen allgemein bekannt wurden.

»Morgen, Chef! Ist 'ne ganz schöne Schweinerei! Wissen Sie schon, wer das Opfer ist?« Kriminaloberkommissar Jochen Rühle war für die frühe Morgenstunde sehr gesprächig.

»Nee, wie sollte ich? Die Wache hat mir am Telefon nur von einem ungeklärten Todesfall in Junkersdorf erzählt. Also: Wen hat's erwischt?«

»Dieter Wildmeier!«

»Sagt mir nichts. Muss ich den kennen?«

»Mensch, der Stürmer vom 1. FC. Der beste Mann, den die Geißböcke zurzeit haben, pardon hatten.«

»Sie wissen doch, Rühle, dass ich mich nicht so sonderlich für Fußball interessiere. Und wenn, dann höchstens für Borussia Dortmund.«

Rühle verzog das Gesicht.

»War ein Scherz, Mann. Klar kenne ich Wildmeier«, kam ihm der Hauptkommissar zuvor, denn ihm war im Augenblick nicht nach Rühles Standpauken zu Mute. »Wo liegt der Tote?«

Sein Kollege ging durch die Wohnräume vor in Richtung Schlafzimmer. Die zwei Beamten von der Spurensicherung grüßten Nelles kurz und ließen sich nicht weiter von der Arbeit abhalten. Einer von ihnen untersuchte gerade die erkaltete graue Asche im Kamin. Im Schlafzimmer traf der Hauptkommissar auf Dr. Stöber, den Gerichtsmediziner. Nelles pfiff leise durch die Zähne. »Noble Hütte, das muss ich schon sagen. Aber Fußballspieler verdienen ja auch nicht schlecht.«

»Das nützt ihm jetzt auch nichts mehr. Den Ärmsten hat es ganz schön erwischt.«

»Kannst du schon was über die Todesursache sagen, Walter?« Seit einem Betriebsausflug an die Ahr im Oktober war ihr früher unterkühltes Verhältnis sehr viel freundlicher geworden.

»Tja, auf den ersten Blick sieht es nach einem autoerotischen Unfall aus. Herr Wildmeier stand offensichtlich auf scharfe Sex-Spielchen.«

»Was genau ist passiert?«

»Offensichtlich wurde eine Schusswaffe anal eingeführt. Dann wurde abgedrückt. Das Geschoss hat ihn im wahrsten Sinn des Wortes innerlich zerfetzt.«

Nelles trat an das überdimensionale Wasserbett. »Wahrlich kein schöner Anblick. Es ist schon ziemlich verrückt, auf was für Ideen die Leute kommen. Habt ihr die Waffe gefunden?«

»Ja, eine Walther Neunmillimeter. Lag neben der Leiche. Er ist vermutlich innerlich verblutet. Genaueres wird die Autopsie zeigen.«

»Kannst du schon was über den Todeszeitpunkt sagen?«

»Vermutlich zwischen drei und vier heute Morgen.«

Rühle eilte aus dem Wohnbereich herbei. »Die Waffe stammt wahrscheinlich aus Wildmeiers Sammlung. Offensichtlich so eine Art Hobby von ihm. Im Flur ist ein großer Schrank mit Gewehren und Pistolen, antike und einige neuere. Die Kollegen von der Spurensicherung haben gerade festgestellt, dass eine Pistole fehlt, mit großer Sicherheit die Tatwaffe.«

»Gute Arbeit! Gibt's Fingerabdrücke?«

»Einige. Wir müssen sie natürlich noch auswerten.«

»Sonstige Spuren?«

»Nichts, was uns im Augenblick weiterhelfen würde.«

»Wer hat die Leiche gefunden?«

»Seine Putzfrau. Sie kommt einmal die Woche morgens.«

»Aha, und wo ist sie jetzt?«

»Wir haben sie nach Hause geschickt«, mischte sich Dr. Stöber ein. »Die Frau stand völlig neben sich, nachdem sie Wildmeier gefunden hatte. Ich habe ihr ein Beruhigungsmittel gegeben und dann ein Taxi gerufen. Rühle hat ihre Adresse. Ich glaube nicht, dass sie als Tatverdächtige in Frage kommt.«

»Nein, wahrscheinlich nicht«, antwortete Nelles gedankenversunken. »Wir werden sie später vernehmen. Habt ihr Fingerabdrücke an der Waffe gefunden?«

»Wir müssen sie noch genau im Labor untersuchen. Bisher sieht es nicht danach aus«, antwortete Rühle.

»Wenn Wildmeier nicht selbst unvorsichtig mit der Pistole hantiert hat, muss ihn irgendein Perverser umgebracht haben.«

»Wir haben übrigens frische Spermaspuren im Bett gefunden«, erklärte Dr. Stöber.

»Heute Morgen wurde in Köln der bekannte Fußballstürmer Dieter Wildmeier erschossen in seiner Villa aufgefunden. Offenbar fiel der Sportler einem Kapitalverbrechen zum Opfer ...« Die abendlichen Boulevardmagazine im Fernsehen überschlugen sich mit ihren Sensationsberichten. Hauptkommissar Nelles wandte sich angewidert vom Bildschirm in seinem Büro ab. »Die wissen mal wieder mehr als wir. Klugscheißer.«

»Sie sollten sich etwas zurückhalten, Herr Nelles. So berauschend waren Ihre Ermittlungsergebnisse bisher nicht gerade«, meldete sich Kriminaloberrätin Bolling zu Wort.

»Was wollen Sie? Dass wir Ihnen innerhalb von zehn Stunden einen Täter auf dem silbernen Tablett präsentieren?«, blaffte Nelles zurück. In diesem Moment sehnte er sich nach Hans Breuer, seinem alten Chef, zurück. Der war wenigstens noch selbst mit an den Tatort gekommen und hatte immer eine gute Spürnase gehabt. Aber vor einem Monat wurde er in den Ruhestand geschickt. Seltsamerweise hatten die Gedanken an Breuer auch etwas Tröstliches, und Nelles wurde ruhiger: »Im Augenblick wissen wir noch nicht mal, ob es ein Unfall oder vorsätzliche Tötung war.«

»Wir erwarten von der Polizei, dass der Täter so schnell wie möglich gefunden wird ...«, tönte es aus dem Fernsehlautsprecher. Der marktschreierischen Reporterin eines Privatsenders war es gelungen, Wildmeiers Eltern in München ausfindig zu machen. Schluchzend saß Frau Wildmeier auf dem Barocksofa neben ihrem Gatten, der mit steinerner Miene sein Statement abgab.

Zornesröte stieg in Nelles' Gesicht auf. »Ich lasse mich nicht von irgendwelchen Presseheinis oder durchgeknallten Angehörigen unter Druck setzen. Wir machen hier ruhig und ordentlich unsere Arbeit.«

»Und was haben Sie bisher herausgefunden?«, fragte Karin Bolling jetzt etwas freundlicher.

»Natürlich haben wir zuerst die Nachbarn vernommen. Aber sie konnten uns nicht viel sagen, außer dass Wildmeier sehr zurückgezogen lebte und so gut wie keine Kontakte zu seiner Umgebung unterhielt. Was bei seinem ausschweifenden Sexualleben ja auch nicht verwunderlich zu sein scheint.«

»Sind Sie sicher, dass er eins hatte?«, unterbrach Bolling den Hauptkommissar. »Außerdem: Was hat das eine mit dem anderen zu tun?«

5.11.
Ich habe es endlich geschafft. Endlich! Ich bin frei!

5. November

Während der Nacht hatte es zum ersten Mal gefroren. Hauptkommissar Nelles musste den Reif von der Windschutzscheibe kratzen, bevor er gegen acht starten konnte. Er summte fröhlich einen Madonna-Song vor sich hin, den er vorhin im Radio gehört hatte. Anja ging ihm nicht aus dem Kopf. Es erschien ihm fast wie ein Wunder, dass sie sich wieder so gut verstanden. Aber der mysteriöse Todesfall Wildmeier holte ihn wieder ein, als er auf dem Weg zum Kriminalkommissariat 11 in der Löwengasse war. Alte Weisheiten seines Ausbilders an der Polizeischule gingen ihm durch den Kopf. »Der Verdacht ist der Gedanke an einen Sachverhalt, der, obwohl unbewiesen, in der Regel beweisbar ist«, war seine erste Grundregel gewesen. Nelles hatte einen Verdacht, als plötzlich wieder die grässlichen Bilder aus Wildmeiers Schlafzimmer vor seinen Augen auftauchten. Während seines Dienstes bei der Mordkommission war er schon mit etlichen »autoerotischen Unfällen« konfrontiert worden, aber dieser hier war anders. Nein, Nelles wollte nicht an einen Unfall glauben. Nach den bisherigen Erkenntnissen sprach jedenfalls alles dafür, dass der Fußball-Star vor seinem Tod Geschlechtsverkehr mit einer zweiten Person hatte. Und seine Lebenserfahrung sagte ihm, dass kein normaler Mensch eine geladene Pistole als Sex-Spielzeug zweckentfremdet. Nun würden er und Rühle sich erst mal das Umfeld des Opfers vornehmen.

Elvira Reusgens trug noch einen Morgenrock, als Nelles und Rühle gegen neun bei ihr schellten. Der Hauptkommissar registrierte sofort, dass sie ungewöhnlich nervös, ja verstört war. »Schrecklich, Herr Kommissar, es ist so schrecklich! Nie in meinem ganzen Leben werde ich den Anblick von dem toten Herrn Wildmeier vergessen. Ich habe schon einiges in meinem Alter erlebt, aber so was ... nein.«

Nelles musterte die kräftige Mittsechzigerin aufmerksam. »Wie oft haben Sie bei Wildmeier geputzt?«

»Einmal die Woche.«

»Wie war denn Ihr Verhältnis zu Herrn Wildmeier? Ich meine, haben Sie mit ihm auch schon mal private Dinge besprochen, mal zusammen Kaffee getrunken?«

Die Mundwinkel der Frau zuckten und sie blickte zur Decke. »Nie. Um offen zu sein: Herr Wildmeier hat mich sehr gut bezahlt. Vierzig Mark die Stunde. Das war der einzige Grund, warum ich diese Stelle angenommen habe. Aber er hat mich immer ziemlich von oben herab behandelt, Sie wissen schon, das machen ja viele von diesen Neureichen.«

Nelles schmunzelte. »Haben Sie da Erfahrung?«

»Oh ja, früher habe ich schon bei vielen vornehmen Leuten in Lindenthal geputzt. So richtig vornehme. Mit guten Manieren. Die waren freundlich und haben auch mal mit mir ein Schwätzchen gehalten.«

»Was empfinden Sie jetzt, nachdem Wildmeier tot ist?«, fragte der Hauptkommissar unvermittelt. »Offensichtlich haben Sie ihn nicht besonders gemocht.«

Elvira Reusgens geriet einen Moment aus der Fassung. »Aber ich habe ihn nicht gehasst, wenn Sie das meinen. Außerdem habe ich nie so gut verdient wie bei ihm. Das Geld wird mir ganz schön fehlen.«

»Können Sie denn etwas über Wildmeiers Privatleben sagen? So als Putzhilfe bekommt man ja auch vieles mit, was in einem Haus vor sich geht?«

»Wenn ich so darüber nachdenke, fällt mir wieder ein, dass es oft morgens ziemlich dreckig und unaufgeräumt war. Besonders im letzten Sommer. Wahrscheinlich hat er irgendwelche Partys gefeiert. Ich erinnere mich noch an Berge von Gläsern und Geschirr, die ich in die Spülmaschine geladen habe …« Elvira Reusgens wurde plötzlich verlegen und etwas leiser fuhr sie fort: »Und im Schlafzimmer … ein Chaos, sag ich Ihnen. Als ob sich eine Herde Elefanten in seinem Bett gewälzt hätte.«

»Können Sie sich noch erinnern, an welchen Tagen das war? Kannten Sie die Gäste?«

»Nein, beim besten Willen nicht. Ich führe kein Buch. Und wenn ich morgens ins Haus kam, war natürlich niemand mehr da. Da fällt mir aber gerade noch eine Sache ein, Herr Kommissar: Wenn ich die Gläser aufräumte, habe ich nie welche mit Lippenstift gesehen. In der Beziehung bin ich nämlich sehr pingelig, müssen Sie wissen. Ich habe mich oft gefragt, ob unter den Gästen überhaupt keine Frauen waren …«

»Was halten Sie von ihr?«, wollte Rühle wissen, als sie an den tristen Bickendorfer Mietskasernen aus den frühen Sechzigerjahren vorbei zum Wagen gingen.

»Trotz ihrer Nervosität hat sie sich ganz gut geschlagen. Ich frage mich, warum sie eigentlich so nervös war.«

»Wahrscheinlich hat sie nur Angst vor der Polizei, wie viele Bürger. Oder glauben Sie, dass sie etwas verbirgt?«

»Bin mir nicht so sicher. Offensichtlich hat sie mitbekommen, dass in Wildmeiers Schlafzimmer irgendwelche Orgien liefen. Für eine ältere Frau hat sie das nach meinem Geschmack etwas zu locker weggesteckt.«

»Vielleicht ist sie ja selbst kein Kind von Traurigkeit?«

»Möglich, aber selbst die Vermutung, dass bei den Feten keine Frauen waren, hat sie offensichtlich kaum irritiert.«

»Viele ältere Frauen stehen auf Schwule.«

Rühle erntete einen strafenden Blick seines Chefs, als sie in den dunkelblauen Dienst-Mondeo einstiegen.

Am Römerhof schien die Zeit stehen geblieben zu sein. Nelles und Rühle entfernten das Polizeisiegel an der Eingangstür zu Wildmeiers Bungalow und betraten das Haus. Der Hauptkommissar wollte das Schlafzimmer noch mal genauer unter die Lupe nehmen, aber sie fanden keine weiteren Hinweise auf Wildmeiers vermutlich reges Sexualleben.

»Chef, kommen Sie mal. Vielleicht ist das interessant«, rief Rühle plötzlich aus dem Badezimmer.

»Was denn, das große runde Planschbecken mit eingebautem Whirlpool? Das hab ich auch schon woanders gesehen!« Der herbeieilende Hauptkommissar klang enttäuscht.

»Ja, im Kino wahrscheinlich. Ich meine aber was Anderes!« Rühle strahlte und hielt ihm ein kleines Plastikfläschchen entgegen.

»Was ist das?«

»Ich weiß es auch nicht genau. Sieht ziemlich exotisch aus. Und stammt mit Sicherheit aus dem Ausland.«

Nelles nahm den kleinen Behälter mit Latexhandschuhen und las: »*Whow! Men's Favourite Lubricant.*« Er runzelte die Stirn. »Und? Was ist daran besonders?«

»Ich bin mir ziemlich sicher, dass es dieses Zeug nicht in jeder Herrenboutique zu kaufen gibt. Wir sollten es auf jeden Fall untersuchen lassen.«

Nelles öffnete das Fläschchen und schnupperte vorsichtig. Im nächsten Moment verzog sich sein Gesicht zu einer Grimasse. »Stinkt ja ekelhaft. Wie Moschus pur. Wer benutzt denn so was?«

»Wildmeier hatte offensichtlich einen etwas ausgefallenen Geschmack.«

»Was ist das überhaupt?«

»Vermutlich Gleitcreme!«

»Und wieso kennen Sie sich damit so gut aus, Kollege Rühle?«

Auf dem Rasenplatz am Geißbockheim trainierten die Kicker des 1.FC Köln, als wäre nichts geschehen.

»Bewältigen Fußballspieler so ihre Trauer, oder war Wildmeier gar nicht so beliebt, wie es einem Spitzenspieler gebührt? Immerhin war es sein Verdienst, dass sie noch nicht auf dem letzten Tabellenplatz stehen«, murmelte Nelles, als er mit Rühle das Trainingsgelände hinter dem Vereinsheim betrat.

»Ja, ist schon etwas merkwürdig«, pflichtete der Oberkommissar bei. »Aber vielleicht liegt es daran, dass sie am Wochenende ein schweres Spiel gegen Werder Bremen vor sich haben. Das müssen sie unbedingt gewinnen.«

»Sieh mal an!« Nelles pfiff leise durch die Zähne. »Kollege Rühle kennt sich richtig aus im Fußball. Von dieser Leidenschaft habe ich bisher gar nichts geahnt.«

»Leidenschaft wäre übertrieben. Aber als kölscher Jung interessiert mich schon unser Heimatverein. Und ich hoffe, dass er nicht absteigt.«

Die beiden Kripobeamten waren jetzt am Spielfeldrand angekommen. Einige ältere, hartgesottene FC-Fans lehnten an den Eisenstangen, die den Rasen umsäumten und diskutierten heftig über den Tod des Spitzenstürmers.

»Isch kann dat nit gläuven, mit dem Wildmeier, dat se den su einfach kaltjemaat haben. Wer tut su wat?«

Nelles stieß seinem Partner in die Rippen. »Volkes Stimme. Für die steht der Tathergang schon längst fest. Na ja, lass uns mal hören, wie die Spieler und der Trainer das sehen!« Er wollte gerade den Rasen betreten, als Rühle ihn am Arm packte.

»Moment noch! Die machen bestimmt gleich eine Pause. Wir müssen das Training doch nicht unnötig stören.«

»Wollen wir einen Mord aufklären oder Fußball gucken?« Nelles klang säuerlich. Aber dann hatte er ein Einsehen und beobachtete zehn Minuten mit Rühle, wie Jupp Neukirchen, der Trainer, Ballabgaben und Freistoß-Varianten üben ließ.

»Ich finde, die machen das ganz gut. Ich bin mir sicher, die packen das gegen Werder Bremen.« Rühle hatte glänzende Augen bekommen.

Nelles schüttelte den Kopf. »Sie können sich ja als Trainer bewerben, wenn der Neukirchen demnächst geschasst werden sollte.«

»Nein, das Ganze ist mir ein völliges Rätsel. Ich weiß überhaupt nicht, was ich davon halten soll.« Der Trainer des 1.FC Köln zuckte ratlos mit den Schultern. Die Miene des einsfünfundneunzig großen, schlanken Endvierzigers drückte Bestürzung aus, als die beiden Kommissare ihn jetzt in einem Umkleideraum des Geißbockheims vernahmen. »Es ist so schrecklich, dass er auf diese Weise umgekommen ist.«

»Deswegen wollen wir so schnell wie möglich Klarheit«, unterbrach ihn Nelles. »Was war er für ein Mensch? Können Sie etwas über seine privaten Kontakte sagen?«

Neukirchen rieb sich das Kinn und dachte einen kurzen Moment nach. »Eigentlich war Dieter eher ein verschlossener Mensch. Über sein Privatleben weiß ich so gut wie nichts. Sie können ja die Spieler fragen. Aber wahrscheinlich wissen sie auch nicht mehr. Ich glaube, Dieter hatte eine Freundin. Und seine Eltern sind ziemlich wohlhabende Leute in München. Er stammte von dort.« Neukirchen stockte.

»Hat er nie etwas über sich erzählt, so, wenn Sie mal gesellig beisammen waren oder im Mannschaftsbus?«

»Nein, nichts Privates. Er machte seine Witzchen über dies und das, mehr nicht. Wenn Sie mich jetzt fragen, habe ich das Gefühl, dass er sein Privatleben wohl gegen uns abschotten wollte. Allerdings fällt mir da gerade was ein: Dieter hat sich sehr in einem Fan-Projekt engagiert. Sie wissen schon, da geht es um diese Hooligans. Soweit mir bekannt ist, hat er sich einmal die Woche mit ihnen getroffen. Er hat immer Gewalt in Fußballstadien gehasst. Wir haben oft darüber geredet, was man dagegen tun könnte. Er war der Meinung, dass man vor allem mit den Hooligans reden müsse. Schließlich seien sie unsere Fans, die uns mit ihren Eintrittsgeldern unterstützten. Und da könnten wir nicht einfach tatenlos zusehen ...« Neukirchen bekam feuchte Augen.

»Wissen Sie, wo sich Wildmeier mit den Hooligans getroffen hat?«, fragte Nelles ruhig.

Der Trainer nickte und schrieb die Adresse auf einen kleinen Zettel.

Rühle hatte inzwischen im benachbarten Umkleideraum die Mannschaft um sich versammelt.

»Weiß jemand irgendetwas, das zur Aufklärung von Dieter Wildmeiers Tod beitragen könnte?«, kam er gleich zur Sache.

Betretenes Schweigen machte sich in der Runde breit.

»Meine Güte, irgendetwas müssen Sie doch wissen. Niemand kann sein Privatleben so vor seinen Vereinskameraden verstecken. Schließlich sind Sie ein Team!« Rühle wurde ungeduldig.

Michael Greidler, der Mannschaftskapitän, meldete sich zu Wort: »Also, das Einzige, was ich weiß, ist, dass Dieter eine Freundin hatte. Er hat sie letztes Frühjahr ein paar Mal mit zum Training gebracht. Ich glaube, sie hat auch bei einigen Spielen auf der Ehrentribüne gesessen. Allerdings hat es dann wohl mal Krach gegeben.«

»Wann war das?«

»So im September. Richtig, ich erinnere mich. Ende September habe ich die beiden zum letzten Mal zusammen gesehen.«

»Wissen Sie, wie die Freundin heißt?«

»Tina. Und ihr Nachname ist … Sattler. Ja, jetzt erinnere ich mich wieder. Sieht ganz niedlich aus, die Kleine.«

»Wie kommen Sie darauf, dass es Krach gab? Hat Wildmeier das erzählt?«, fiel ihm Rühle ins Wort.

»Nein, über so was hätte er nie gesprochen. Aber wenn sie plötzlich nicht mehr hier auftaucht, muss wohl irgendetwas vorgefallen sein. Oder?«

»Könnte sein. Hat diese Tina Sattler auch am Vereinsleben teilgenommen? Mal ein Bier mitgetrunken?«

»Nein, nie. Wir haben uns auch ein bisschen gewundert, dass Dieter immer allein kam. Aber er mochte es überhaupt nicht, wenn man ihn nach seinem Privatleben fragte. Er hatte immer diesen altmodischen Spruch drauf: Dienst ist Dienst und Schnaps ist Schnaps. Fußballspielen war für ihn nur ein Job. Diese Einstellung hat uns zwar auch etwas gewundert. Aber solange du genug Tore schießt, ist es auch egal.«

Auf dem Weg zu Tina Sattlers Wohnung in der Merowinger Straße zogen Nelles und Rühle eine Bilanz ihrer mageren Ausbeute an Zeugenaussagen.

»Aus all dem, was wir jetzt wissen, kann ich nur folgern, dass Wildmeier ein Doppelleben geführt haben muss. Das würde erklären, warum er sich gegenüber seinen Vereinskameraden so reserviert verhalten hat und uns alle Aussagen kaum weitergebracht haben. Mist, wir treten auf der Stelle.« Der Hauptkommissar gab Vollgas, nachdem sie in die Eifelstraße eingebogen waren.

Rühle, der nachdenklich vom Beifahrersitz aus den einsetzenden Berufsverkehr beobachtete, nickte. »Ja, wir müssen irgendwie an diese zweite Ebene seines Lebens herankommen, müssen die Leute finden, mit denen er seine dunklen Seiten teilte.«

»Eine Sache des Standpunkts!« Nelles grinste spöttisch. »Für Wildmeier waren es sicher die helleren Seiten seines Lebens.«

»Kann ich Ihnen etwas anbieten? Kaffee, Tee oder Wasser? Alkohol dürfen Sie ja im Dienst nicht trinken.«

»Sie müssen nicht alles glauben, was Sie in Fernsehkrimis sehen. Trotzdem wäre ein Wasser nicht schlecht.« Nelles grinste die coole junge Frau an, die ihnen auf ihrem bunten Designersofa Platz angeboten hatte.

Rühle entschied sich für einen Orangensaft. Während Tina Sattler in der Küche verschwand, blickte sich der Hauptkommissar um: Die Wohnung sah wie geleckt aus, erinnerte ihn an eins dieser Muster-Zimmer in den großen Marsdorfer Möbel-Märkten. Von eigenem Geschmack der diplomierten Übersetzerin war kaum etwas zu spüren, ebenso wenig wie in Wildmeiers Villa.

»Stimmt es, dass Sie ein Verhältnis mit Dieter Wildmeier hatten?«, begann Nelles die Befragung, als die junge Frau die Getränke auf dem Acryl-Couchtisch abgestellt hatte.

»Also, ich weiß nicht, ob Verhältnis das richtige Wort ist. Klingt irgendwie ein bisschen altmodisch, oder?«, fragte sie mit kokettem Lächeln.

»Wie würden Sie es denn nennen?«, schaltete sich Rühle in das Gespräch ein.

»Nun, es war eine Art von Beziehung. Allerdings keine übliche.«

»Aha. Können Sie das etwas näher erklären?«, fragte Nelles ungeduldig.

»Na ja, leider ist es nicht so weit gekommen, dass es eine richtig enge Beziehung wurde. Ich hätte es mir sehr gewünscht, denn Dieter war für mich der absolute Traumtyp. Sonst hätte ich es auch wohl kaum anderthalb Jahre mit ihm ausgehalten. Aber leider gab es von seiner Seite eine gewisse Distanz.«

»Wie wirkte sich das aus?«, wollte Rühle wissen.

»Ich will mal so sagen: spontane Liebesbeweise von Dieters Seite waren sehr, sehr selten. Es ist doch normal, dass man sich beim Spazieren gehen mal anfasst oder sich in der Öffentlichkeit küsst und sich etwas Nettes ins Ohr flüstert.«

»Hat er das nie gemacht?«

»Sehr selten. Ich hatte immer das Gefühl, dass da so eine innere

Hemmschwelle war. Vielleicht war er einfach nur total verklemmt. Ich weiß es nicht.«

»Hatten Sie überhaupt Geschlechtsverkehr miteinander?«, versuchte Nelles auf den Punkt zu kommen.

Das Gesicht der jungen Frau lief rot an. Sie schluckte. »Ja, natürlich. Als wir uns kennen lernten sogar häufiger. Aber im Laufe der Zeit wurde es weniger. Ich glaube, er hat sein Interesse an mir immer mehr verloren. Ich habe ihn darauf angesprochen. Er hat sich damit herausgeredet, dass er ein asexueller Mensch sei, dem Geschlechtsverkehr nicht viel bedeute.«

»Was Sie ihm offensichtlich nicht abgenommen haben?«

»Nein, nach den Erfahrungen, die ich mit ihm hatte, nicht. Ich glaube, dass ihm Sex viel Spaß machte. Vermutlich wollte er nur nicht immer mit derselben Frau ins Bett gehen.«

»Meinen Sie, dass er noch andere neben Ihnen hatte?«

»Ich bin mir ziemlich sicher.« Die überlegene Kühle in Tina Sattlers Stimme war Traurigkeit gewichen. »Ich glaube nicht, dass Dieter andere Freundinnen hatte. Er war eher der Typ, der sich schnellen Sex im Bordell oder auf dem Strich holt, wenn er ihn braucht. Das war auch der Grund, warum ich vor einem Monat unsere Beziehung beendet habe.« Sie lächelte wehmütig. »Schade. Ich war am Anfang wirklich in ihn verliebt.«

Als Nelles und Rühle gegen achtzehn Uhr ins Kriminalkommissariat 11 zurückkehrten, lagen die ersten Untersuchungsergebnisse vor. Der Hauptkommissar griff zum Telefonhörer und bat Dr. Stöber sowie Michael Winter von der Spurensicherung zu sich.

»Tja, wenn ich das auf den ersten Blick richtig sehe, bleiben eine Menge Fragen offen«, sagte Nelles, als sich die Runde um seinen Schreibtisch versammelt hatte. »Erstens gibt es keine fremden Fingerabdrücke im Schlafzimmer. Zweitens wurden im Mund des Toten Schamhaare einer fremden Person gefunden. Schon merkwürdig. Die Spermaspuren im Bett wiederum stammen von Wildmeier. Ich möchte gerne wissen, was da abgegangen ist.«

»Mit etwas Fantasie kann ich mir das schon vorstellen«, bemerkte der Rechtsmediziner trocken. »Wildmeier hatte oralen Geschlechtsverkehr mit einer Person, die Handschuhe trug. Ist doch in der Sado-Maso-Szene nicht ungewöhnlich.«

»Könnte sein, Walter! Was hat die Untersuchung der Leiche ergeben?«

»Das Projektil verletzte seine inneren Organe tödlich und blieb dann im Rückgrat stecken. An der Waffe haben wir Wildmeiers Blut- und Gewebespuren gefunden, jedoch keine Fingerabdrücke von ihm. Und an seinen Händen keine Schmauchspuren.«

»Dann können wir also mit größter Sicherheit davon ausgehen, dass es weder ein Suizid noch ein Unfall war. Sondern dass er von einer unbekannten Person getötet wurde. Vermutlich von der, mit der er vorher Geschlechtsverkehr hatte.«

»Das sehe ich auch so«, nickte der Pathologe.

»Vielleicht hat dieser Person der Sex mit Wildmeier keinen Spaß gemacht«, meinte Rühle keck. Seine Kollegen mussten grinsen.

»Von den Schamhaaren lassen wir zurzeit eine genetische Analyse machen«, fuhr Dr. Stöber dann unbeirrt fort. »Morgen werden wir mehr wissen. Das war's dann wohl für heute.«

Nelles schüttelte den Kopf. »Für mich noch nicht. Ich werde gleich zu diesem Lokal fahren, wo sich die Hooligans treffen und mich da mal etwas umhören.«

Trotz der Warnungen seiner Kollegen fuhr der Hauptkommissar allein in die Südstadt. Endlich fand er die Kneipe, die ihm Trainer Neukirchen genannt hatte. *Zur Kurve* hieß das äußerlich unauffällige Lokal an der Bonner Straße und Nelles war sofort klar, dass damit nur die Nordkurve im Müngersdorfer Stadion gemeint sein konnte. Auf den ersten Blick wirkte der Innenraum wie eine biedere Kölschkneipe. Die älteren Herren an der Theke waren dem Hooligan-Alter längst entwachsen. Aus den Boxen über der Eingangstür dröhnte harte Rockmusik aus den Achtzigerjahren. Im hinteren Bereich der Gaststätte hatte sich eine Gruppe von jüngeren Leuten um den Kicker versammelt. Der Hauptkommissar bestellte sich an der Theke bei einer dicken Matrone ein Kölsch und schlenderte langsam zu den Kicker-Spielern. Vier junge Männer lieferten sich gerade ein spannendes Duell, die sieben anderen feuerten sie an. Darunter auch zwei Mädchen, die wohl noch nicht volljährig waren. Nelles wunderte sich, er hatte sich Hooligans ganz anders vorgestellt. Er war davon ausgegangen, auf eine laut grölende Horde von Proleten zu stoßen. Aber diese jungen Leute hier sahen ganz friedlich aus.

Nachdem der Hauptkommissar zehn Minuten schweigend dem Spiel zugesehen hatte, fühlte sich der Wortführer der Gruppe offensichtlich gestört. »Haste ein Problem? Oder warum gaffste so komisch?«, fragte der hoch aufgeschossene junge Mann mit aggressivem Unterton.

Nelles hatte das Gefühl, dass ihn sein erster Eindruck wohl getäuscht hatte und bemühte sich, ruhig zu bleiben. »Nein, mit mir ist alles in Ordnung. Ich habe nur gerade eure Spielkünste bewundert. Früher habe ich auch viel gekickert. Es macht ja auch großen Spaß.«

»Mitspielen ist nicht«, schnitt ihm der junge Mann, den die anderen Schnüss nannten, das Wort ab. »Siehst ja, wir sind genug Leute!«

»Ja, sehe ich. Eigentlich bin ich auch nicht deswegen gekommen. Sondern ich wollte mich mal kurz mit euch unterhalten.«

Um den Kicker herum war es mit einem Schlag ruhig geworden. Nelles blickte in elf feindselige Gesichter.

»Also Mann, was willste?« ergriff Schnüss wieder das Wort. Die anderen Jungs bildeten jetzt um ihn und Nelles einen Halbkreis. Die beiden Mädchen waren am Kicker stehen geblieben.

Der Hauptkommissar zog seinen Dienstausweis aus der Lederjacke und hielt ihn hoch. »Ich bin von der Kripo und habe ein paar Fragen an euch.«

»Haha, ein neuer Fanbetreuer!«, höhnte Schnüss. Die anderen jungen Männer lachten.

»Wenn ihr mal einen Moment euer Hirn einschaltet, werdet ihr erfahren, um was es geht.«

»Hey Alter, schön cool bleiben!« Schnüss ließ sich nicht beeindrucken.

»Wenn wir alle schön cool bleiben, ist das hier in ein paar Minuten erledigt und ihr könnt weiter kickern«, redete Nelles ruhig weiter. »Es geht um den Tod von Dieter Wildmeier. War er oft hier und hat sich mit euch unterhalten?«

»Wer sagt das?«

»Trainer Neukirchen. Er hat uns erzählt, dass sich Wildmeier viel um euch gekümmert hat.«

Schnüss verzog sein Gesicht zu einem Grinsen. »Gekümmert ist gut! Ja, er ist ein paar Mal hier vorbeigekommen und hat ein bisschen rumgesülzt. Der gute Mensch vom Geißbockheim.«

»Das hört sich nicht so an als ob ihr ihn besonders gern gehabt hättet.«

»Na ja, auf dem Spielfeld war er ja ganz gut. Aber seine dumme Laberei ging uns ganz schön auf die Nerven.«

»Wieso?«

»Ach, er hat immer den gleichen Scheiß erzählt: Müsst ihr euch denn bei den Spielen prügeln? Könnt ihr nicht friedlich mit den anderen Fans umgehen und so weiter.«

»Da hatte er doch Recht.«

»Der hat hier wie ein Pastor seine Predigten gehalten, und das war's dann.«

»Hat er sich mit Einzelnen von euch unterhalten?« Nelles hatte plötzlich eine Vermutung.

Die Runde schwieg einen Moment lauernd, bevor ein anderer junger Mann antwortete: »Doch, Dieter hatte auch ein paar Lieblinge, mit denen er gelegentlich private Sachen besprochen hat.«

Schnüss schaute ihn böse an und fiel ihm ins Wort: »Das ist doch jetzt völlig unwichtig!«

Nelles trat den Rückzug an. Vielleicht musste er sich die Burschen noch mal einzeln vorknöpfen. Auf dem Weg zum Auto hörte er plötzlich Schritte hinter sich. Als er sich umdrehte, erkannte er den jungen Mann aus der Kneipe, der offensichtlich noch etwas los werden wollte. Nelles blieb stehen. »Willst du mich sprechen?«

»Ja.« Sie gingen langsam auf der Bonner Straße weiter in Richtung Chlodwigplatz. »Also, Schnüss hat ziemlich viel Blödsinn erzählt. Eigentlich war Wildmeier deswegen unbeliebt, weil er einige von uns echt krass angemacht hat«, erzählte der etwa Zwanzigjährige, der sich als Sascha Neusel vorgestellt hatte.

Der Hauptkommissar wurde hellhörig. »Was meinst du damit?«

»Wildmeier ist nur deswegen in die *Kurve* gekommen, weil er scharf auf einige von uns war. Bei mir hat er es auch versucht.«

»Und?«

»Ich hab ihm gesagt, dass er das bleiben lassen soll«, empörte sich Sascha. »Erstens bin ich nicht schwul und zweitens wäre er gar nicht mein Typ gewesen, viel zu alt!«

»Wie hat Wildmeier reagiert?«

»Erst mal hat er nicht locker gelassen und mir alle möglichen Versprechungen gemacht. Aber als er merkte, dass ich es ernst meinte, hat er sich ein anderes Opfer ausgeguckt.«

»Hast du eine Ahnung, ob er bei anderen Jungs aus eurer Clique erfolgreicher war?«

»Offen gestanden reden wir nicht über so etwas. Ich habe aber gehört, dass in Wildmeiers Haus öfter schwule Partys abgegangen sein sollen. Doch Genaues weiß ich nicht.«

Kalter Nieselregen überzog Autos und Asphalt mit einer glänzenden Schicht, in der sich die Lichter der nächtlichen Stadt widerspiegelten. Das Thermometer war auf knapp über null Grad gefallen. Nelles drehte die Heizung höher und kämpfte mit Lappen und Scheibenwischern gegen die beschlagene und verschmierte Windschutzscheibe an, als er heimwärts Richtung Nippes fuhr. Langsam wurde ihm einiges klar: Wildmeier war homosexuell gewesen. Deswegen hatte er ein Doppelleben geführt. Die Gesellschaft akzeptierte inzwischen zwar schwule Krankenpfleger, Friseure und Fernseh-Entertainer – fußballspielende Tunten aber haben nicht den Hauch einer Chance. So musste der Stürmer, so gut es ging, sein Liebesleben gegen seine Freundin und Nachbarn abschirmen. Mit Erfolg. Plötzlich wurde dem Hauptkommissar auch klar, was das bedeutete: Er würde nicht darum herumkommen, in der Kölner Schwulenszene zu ermitteln. Auf einmal befiel ihn ein sehr mulmiges Gefühl.

Als Nelles gegen zehn nach Hause kam, sah er unten im Blumenladen noch Licht. Die Neonschrift *Blütenträume* war zwar schon abgeschaltet und der Geschäftsraum lag im Dunkeln, doch das Büro war erleuchtet. Der Hauptkommissar klopfte gegen das Schaufenster, das wie immer liebevoll mit exotischen Pflanzen dekoriert war.

»Na, das ist aber eine Überraschung zu dieser späten Stunde. Hallo Jürgen! Wolltest du kontrollieren, ob ich die Ladenschlusszeiten einhalte? Keine Angst, ich mache nur meine Buchführung.« Bert Heinrichs war sichtlich erfreut, als er die Ladentür wieder verschlossen hatte und Nelles durch das dunkle Geschäft ins Büro lotste. »Möchtest du ein Bier?«

»Das hab ich mir jetzt verdient, nach diesem Tag!« Der Hauptkommissar trank sein Kölschglas mit einem Zug leer.

»Erzähl! Bist du wieder einem Schwulenmörder auf der Spur?«

Nelles sah ihn erstaunt an. »Kannst du hellsehen? Wie kommst du darauf?«

»Homosexuelle Intuition, mein Lieber! Würdest du sonst hier zu dieser Zeit aufkreuzen?«

»Stimmt!«

»Wen hat es diesmal erwischt?«

»Wildmeier.«

»Dieter Wildmeier, den Fußballspieler? Ich hab in der Zeitung gelesen, dass er umgebracht wurde.«

Nelles nickte.

Bert verzog das Gesicht, um dann laut loszuprusten: »Nee, ich glaub es nicht! Wildmeier war schwul? Ein schwuler Fußballer? Man kann sich heute auch vor nichts mehr sicher sein! Und ich soll jetzt unter der Dusche im Geißbockheim recherchieren?«

»Ich muss dich leider enttäuschen. Das haben wir schon gemacht, allerdings in den Umkleideräumen. Nein, von den Spielern kommt keiner als Tatverdächtiger in Frage. Wir suchen noch den großen Unbekannten.«

»Warum nicht ein Spieler? Vielleicht hatte Wildmeier mit einem von ihnen eine heimliche Liaison und sie haben sich im Streit getrennt. Ein Eifersuchtsdrama. Ist doch immer ein Mordmotiv.«

»Hey, hey, bleib auf dem Teppich! Dieser Fall hier geht in eine andere Richtung!« Nelles erzählte ihm kurz vom bisherigen Stand der Ermittlungen. »Könntest du dich mal ein wenig in der Szene umhören? Ich vermute zwar, dass Wildmeier sein Schwulsein zu Hause ausgelebt hat. Aber es könnte ja sein, dass er ab und zu in eine einschlägige Bar gegangen ist, um dort einen Typen aufzureißen.«

»Und die soll ich jetzt alle durchforsten? Dann bin ich ja die nächsten Wochen voll beschäftigt.«

»Du verbindest doch gerne das Angenehme mit dem Nützlichen.«

»Das war damals vielleicht, als ich dir bei den Strichermorden geholfen habe. Aber die Zeiten ändern sich.«

»Aha, wie soll ich das verstehen?«

»Ich habe zurzeit einfach viel zu tun. Ich komme nicht einmal mehr dazu, mich nach Männern umzusehen.«

Nelles wandte sich zur Tür. »Tja, da kann man nichts machen. Ich geh dann mal besser. Vielen Dank fürs Bier!«

»Hey, warte mal! Du musst ja nicht gleich deine Flinte ins Korn werfen. Also, ich bestreite nicht, dass ich deine Kriminalfälle sehr spannend finde, und es mir Spaß macht, dir zu helfen. Ich kann mich ja mal ein bisschen umhören, wie in alten Zeiten ...« Bert grinste den Hauptkommissar an. »Aber nur, wenn Anja einverstanden ist!«

26.5.1989

Heute war wieder ein Tag! Mama war schon mittags wieder zugedröhnt. Ich frage mich, wie sie an die ganzen Tabletten rankommt. Ob ihr Dr. Fröhlich die verschreibt? Ich hab ihr gesagt, dass ich es Scheiße finde, wenn sie immer zu ist. Sie hat gar nichts gesagt und nichts gegessen. Nur stumm mir gegenüber am Tisch gesessen und aus dem Fenster gestarrt. Früher haben Mama und ich immer zusammen Mittag gegessen. In Frankreich hatten wir zwar noch nicht so viel Geld wie heute, aber irgendwie war es viel schöner, bis Mama Erich kennen lernte. Gut, dass ich wenigstens meinen alten Nachnamen behalten konnte. Als Erich nach Hause kam, ging's gleich wieder los. Erst hat er Mama angebrüllt, weil sie um sechs im Bett lag und pennte. Er hat furchtbar rumgeschrien, alte Schlampe und so, und erst mit der Brüllerei aufgehört, als Mama heulte und ihre Tabletten schlucken musste. Dann war ich dran. Warum ich nicht besser auf meine Mutter aufpassen kann. Ich wäre ja kein kleines Kind mehr, ich soll die Pillen verstecken. Memme, Weichling, hat er gesagt, aus dir wird nie ein richtiger Mann. Und dann hat Erich wütend die Badezimmertür zugeknallt und sich umgezogen. Dann ist er weggegangen. Mir war klar, dass er zu irgendeiner Freundin gefahren ist. Wahrscheinlich diese neue junge Sachbearbeiterin, die er vor drei Monaten eingestellt hat. Aber wenigstens habe ich jetzt meine Ruhe und kann ungestört schreiben.

6. November

»Wie soll es denn nun weitergehen, Herr Nelles?«, fragte Staatsanwältin Helga Zimmermann, als sich gegen Mittag alle im Büro des Hauptkommissars versammelt hatten.

»Wenn ich Ihre Ausführungen richtig verstanden habe, ist Ihre einzige Erkenntnis bisher, dass Wildmeier vermutlich homosexuell war. Bravo!«, legte Oberrätin Bolling nach. »Aber alles, was darauf hindeutet, basiert auf den vagen Aussagen eines Hooligans. Könnte nicht vielleicht doch die Freundin, diese Tina Sattler, hinter der Tat stecken? Eifersucht ist immer ein Motiv!«

Nelles musste unwillkürlich an das Treffen mit Bert gestern Abend denken, das noch lange gedauert hatte. Wahrscheinlich bezog auch die Bolling ihr kriminalistisches Wissen aus dem Fernsehen. Besonders wenn sie, wie jetzt, mit der Staatsanwältin im Doppelpack auftrat, fand der Hauptkommissar seine neue Vorgesetzte nur schwer erträglich. Komisch, dass die beiden sich so gut verstanden. Ihm war schon klar, dass es Frauen in den höheren Rängen bei Polizei und Staatsanwaltschaft nicht besonders leicht hatten. Aber was hatte er der Bolling getan, dass sie ihn oft wie einen dummen Jungen behandelte? Er würde der Sache auf den Grund gehen, wenn die Zeiten wieder ruhiger waren.

»Herr Nelles, wir haben Sie etwas gefragt!« Die schneidende Stimme der Oberrätin schreckte ihn aus seinen Gedanken.

»Ja, ich habe Sie verstanden. Ich halte Tina Sattler nicht für verdächtig. Sie hat sich bereits im September von Wildmeier getrennt. Warum hätte sie also eifersüchtig sein sollen? Alle unsere bisherigen Ermittlungen belegen ganz klar, dass Wildmeier ein Doppelleben geführt hat. Weil er homosexuell war und dies natürlich auf keinen Fall in der Öffentlichkeit bekannt werden durfte. Ihm blieb nur dieser Ausweg. Oder er hätte sich seinen Schwanz abschneiden müssen –«

»Ich muss mir Ihre Unverschämtheiten nicht länger anhören!«, unterbrach ihn die Staatsanwältin. »Frau Bolling, ich hoffe Sie und Ihr Team werden möglichst bald einen Täter präsentieren. Oder zumindest einen Hauptverdächtigen.« Sie rauschte aus dem Büro.

»Herr Nelles, die Suche nach dem großen Unbekannten bringt uns nicht weiter!« Karin Bollings Stimme klang jetzt etwas sanfter. »Könnte es nicht sein, dass wir am Tatort noch etwas übersehen haben?«

»Ich wüsste nicht was. Wenn Sie auf dieses Plastikfläschchen anspielen: es enthielt Gleitcreme. Vermutlich aus den USA. Wir überprüfen das aber noch. Fingerabdrücke gab es an dem Fläschchen aber nicht.«

Die Oberrätin schaute Nelles betreten an. »Es gibt also am gesamten Tatort keine Spuren vom Täter?«

»Spuren schon, aber keine verwertbaren Fingerabdrücke!«

In diesem Moment klopfte es an die Tür und Dr. Stöber trat ein. Nelles hoffte auf ein Wunder.

»Die Untersuchungen haben ergeben, dass die Schamhaare am Tatort von einer männlichen Person stammen«, legte der Gerichtsmediziner los und kratzte sich dann am Kopf. »Leider konnten wir nicht herausfinden, von welcher. Auf jeden Fall ist es niemand, den wir bereits in der Gen-Datei haben.«

»Mist«, murmelte Nelles.

»Und was sage ich jetzt der Presse? Die rennen mir schon die Bude ein«, mischte sich Oberrätin Bolling in das Gespräch.

Nelles und Dr. Stöber sahen sich mit fragenden Blicken an. Plötzlich huschte ein böses Lächeln über das Gesicht des Hauptkommissars. »Sie müssen den verehrten Damen und Herren von der Presse wohl erst mal schonend beibringen, dass ihr Liebling Wildmeier schwul war.«

Gegen halb elf abends lag Nelles in Anjas Armen auf der Wohnzimmer-Couch. Er hatte sich soeben seinen Frust über den Fall Wildmeier von der Seele geredet, als es an der Wohnungstür läutete.

»Bleib liegen, Schatz! Ich mach schon auf.« Anja war mit einem Satz im Flur und blickte durch den Spion. »Ich glaube, es ist für dich.«

Nelles bemerkte sofort den Ärger in ihrer Stimme und stand auf. Seine Freundin hatte inzwischen geöffnet und Bert war eingetreten.

»Guten Abend! Ich will nicht stören. Kann ich Jürgen sprechen? Es ist wichtig!«

»Wenn es sein muss ...« Anjas Stimme klang eisig.

»Komm, wir gehen ins Arbeitszimmer.« Nelles griff den Floristen am Arm und schob ihn in einen karg möblierten Raum. »Anja ist ein bisschen gestresst«, versuchte er seine Freundin zu entschuldigen, als er die Tür geschlossen hatte. »Was gibt's Neues?«

»Ich habe mich mal in der Altstadt umgehört. Wildmeier wurde in ein paar Lokalen gesehen, du weißt ja, diese Lokale, wo verkappte Schwule gerne hingehen ...«

»Wer hat dir das erzählt?«

»Ein paar Wirte und Kellner, die ich noch von damals kenne.«

»Na ja, mir fällt wieder ein, wie seriös die waren ...« Nelles dachte an den Fall zurück, den er nur mit Hilfe von Berts Insiderwissen hatte lösen können. Besonders wohl hatte er sich in diesen Läden nicht gefühlt.

»Also das Gesicht eines Promis, insbesondere eines Fußballstars, vergessen die nicht so schnell.«

»Ich ahne Schlimmes.«

»Was denn?«

»Wildmeier ist von einem Stricher aus der Altstadt umgebracht worden.«

»Ich war noch nicht fertig. Diese Besuche Wildmeiers in den Stricher-Bars liegen schon längere Zeit zurück. So anderthalb bis zwei Jahre.«

Nelles dachte einen Moment nach. »Ist ja interessant. Zu der Zeit hat er doch noch gar nicht für den 1.FC gespielt.«

»Keine Ahnung. Fußball ist nicht gerade mein Hobby.«

»Dachte ich's mir. Du erfüllst wenigstens noch alle Schwulen-Klischees.«

Berts Gesicht verzog sich zu einem Grinsen. »Bislang hast du davon profitiert. Außerdem gibt's elegantere Sportarten.«

»Das müssen wir jetzt nicht erörtern. Sag mir lieber, ob deine Informanten noch mehr wussten. Hatte Wildmeier vielleicht irgendwelche Jungs abgeschleppt? Und ist er in letzter Zeit mal wieder aufgetaucht?«

»Nein, seit mehr als einem Jahr ist er nicht mehr in der Altstadt-Szene gesehen worden. Natürlich habe ich auch danach gefragt, ob er Bekanntschaften gemacht hat. Alle haben erzählt, dass er zwei, drei Bierchen getrunken hat und dann wieder gegangen ist.«

»Schönen Dank, Bert. Deine Infos runden mein Bild von Wildmeier weiter ab. Vielleicht hat er sich später während seiner FC-Zeit auch in anderen Schwulenkneipen getummelt. Deshalb bleibe bitte weiter am Ball ...«

»Jetzt reicht's aber. Genug Fußball für heute!«

12.8.1989

»Heute ist der erste Tag in deinem neuen Leben.« Das hat der Direktor des Sankt-Ignazius-Kollegs zu mir gesagt, als ich mich heute Morgen vorstellte. Na ja, ich werde erst mal meine alten Klassenkameraden ganz schön vermissen. Vor allem Oliver! Ihn habe ich vor zwei Jahren kennen gelernt, als ich auf das Gymnasium kam. Anfangs mochten wir uns nicht so sehr. Aber nach einigen Monaten haben wir uns angefreundet. Er hat mir bei den Schularbeiten geholfen, ich habe ihn dafür öfters ins Kino eingeladen. Ab und zu sind wir auch zusammen in die Spielhalle gegangen und haben am Fahrsimulator Wettrennen gemacht. So mit der Zeit habe ich ihm alles erzählt, was in unserer Familie abgeht. Seine Eltern sind zwar geschieden, aber seine Mutter ist sehr nett und kümmert sich um ihn, obwohl sie einen Ganztagsjob hat. Manchmal ist sie am Wochenende auch mit uns ins Schwimmbad oder Eisstadion gegangen oder hat für uns beide was Leckeres gekocht. Die beiden werden mir echt fehlen, am meisten natürlich Oliver. Er ist der einzige Mensch, mit dem ich über alles reden kann, und nun ist er über zweihundert Kilometer weit weg. Wir werden uns wohl höchstens am Wochenende mal treffen können. Vielleicht hat Erich Recht, dass ich es mir selbst zuzuschreiben habe, dass ich jetzt auf diesem Internat gelandet bin. Mama war wie immer voll gepumpt mit Pillen abends um neun ins Bett gegangen. Eigentlich tut sie mir sehr Leid. Ich könn-

te ihr nie die Tabletten wegnehmen. Ich habe in meinem Zimmer ferngesehen, als ich plötzlich Geräusche hörte. Ich wunderte mich, dass Erich schon so früh zurück war und ging ins Gästezimmer, von wo ich die Stimmen gehört hatte. Da lag er splitternackt mit dieser aufgedonnerten Blondine im Bett. Die beiden starrten mich blöd an. Sie waren schon besoffen. Erich sagte: »Los, verschwinde in dein Zimmer! Dich interessieren nette junge Frauen ja doch nicht, du Memme!« Da bin ich völlig ausgerastet. Ich hab die beiden angebrüllt, ob sie sich nicht schämen würden, in Mamas Anwesenheit in unserem Haus herumzubumsen. Und dass sie ihre dreckigen Sexspielchen woanders machen sollten. Erich ist auf mich losgegangen und hat mir eine wahnsinnige Ohrfeige verpasst und mich in mein Zimmer eingesperrt. Ich saß dort ganz ruhig und habe viel nachgedacht. In dieser Nacht spürte ich abgrundtiefen Hass gegen Erich, und ich stellte mir vor wie es wäre, wenn er sterben würde. Ich, M.M., würde ihn nicht vermissen.

Am nächsten Abend sagte Erich mir, dass er mich im Internat angemeldet hat. Einem besonders harten, damit endlich ein richtiger Mann aus mir wird.

7. November

Sebastiano Lucca hatte für halb neun einen Tisch im *Nil* reservieren lassen, nachdem er vor zwei Stunden einen Anruf von einem jungen Bekannten erhalten hatte. Der Modedesigner hatte den gut aussehenden, gebildeten Mann vor etlichen Wochen auf einer Party in Köln kennen gelernt und konnte sein Glück kaum fassen. Schon damals hatte er direkt ein Auge auf ihn geworfen, aber der junge Mann hatte kühl und abweisend reagiert.

»Ich bin mal gespannt, warum er sich plötzlich gemeldet hat«, sagte Lucca zu sich selbst, als er duschte. Beim Abtrocknen schaute er auf die Spiegelwand gegenüber und kam zu dem Urteil, dass er für seine fünfundfünfzig Jahre eigentlich noch ganz knackig war. Selbst für einen 23-jährigen Lover. Die beiden qualvollen Schönheitsoperationen, denen er sich im vergangenen Frühjahr unterzogen hatte, waren jedenfalls nicht umsonst gewesen. Er betatschte zufrieden seinen Bauch, der nun, nachdem das Fett abgesaugt war, fast wieder waschbrettartige Formen angenommen hatte und betupfte anschließend mit dem Handtuch vorsichtig die Kopfpartien am Hals und hinter den Ohren, die mit dem Skalpell gestrafft worden waren. Seine Freunde und Bekannten aus der Hamburger Highsociety hatten auf das Lifting zwar teilweise pikiert reagiert, aber als bunter Vogel konnte er sich im Gegensatz zu echten Hanseaten viele Extravaganzen erlauben. Sein Signet *SL* zierte schließlich die teuersten und ausgefallensten Herrendessous, die derzeit in edlen Boutiquen auf der ganzen Welt zu kaufen waren.

Seit über drei Jahren waren Sebastiano Luccas Kollektionen ein Renner. Leider waren der Ruhm und das große Geld etwas spät gekommen. Als junger Mann hatte sich der Modedesigner aus einer armen deutsch-italienischen Familie noch mit Gelegenheitsjobs, vorzugsweise in der Gastronomie, über Wasser halten müssen. Noch heute litt er darunter, wenn er auf den Partys der feinen Gesellschaft oder bei offiziellen gesellschaftlichen Anlässen geschnitten wurde. Doch seit drei Jahren hatte er auch gemerkt, dass Geld in vielen Fällen Wunder bewirkt und seitdem seine sexuellen Neigungen nicht mehr vor der Öffentlichkeit verborgen.

Gegen neunzehn Uhr stieg Lucca in seinen feuerroten Ferrari Testarossa und machte sich auf den Weg zum Hauptbahnhof, wo er seinen Gast gebührend empfangen wollte. Unterwegs hielt er an einem Blumengeschäft, um dreiundzwanzig Rosen zu kaufen.

»Ich weiß zwar nicht, ob er heute Geburtstag hat, aber feiern werden wir trotzdem«, rief er der verdutzten Blumenverkäuferin an der Ladentür zu und setzte seine Fahrt zügig fort.

Ausgelassen stürmte er auf den Bahnsteig, als gerade der ICE aus Köln einlief. Und schon nach ein paar Minuten hatte er den jungen Mann seiner Träume entdeckt, der gerade aus dem Restaurant-Wagen stieg. »Ciao mein Lieber! Ach, tut das gut, dich wieder zu sehen! Ich freue mich so riesig!« Er drückte den jungen Mann fester und fester an sich und küsste ihn auf beide Wangen.

Der war von der stürmischen Begrüßung sichtlich überfordert. »Sebastiano, drück mich nicht tot! Ja, ich freue mich doch auch sehr! Endlich habe ich es geschafft, mal nach Hamburg zu kommen. Aber die Fahrt hierher ist ziemlich lang und öde. Ich glaube, ich muss mich erst ein bisschen ausruhen.«

»Ach nein, kommt gar nicht in die Tüte. Du bist noch jung! Als ich dreiundzwanzig war, wurde ich nie müde. Wir haben Tag und Nacht durchgemacht. Aber die Jugend von heute ...«

»... muss ganz schön hart arbeiten, um auf einen grünen Zweig zu kommen! Ich habe ja nicht gesagt, dass ich gleich ins Bett will. Nur eine kleine Pause, bevor wir uns ins Nachtleben stürzen.«

»Bett wäre zwar auch nicht schlecht, aber vorher sollten wir noch gemütlich essen. Ich habe einen Tisch im Nil bestellt. Dort wird es dir bestimmt gefallen!«

Der junge Mann nickte und lächelte versonnen, bevor er seine Reisetasche von der Bank nahm.

»Gib sie mir. Kommt gar nicht in Frage, dass du auch noch schwer tragen musst, wenn du müde bist!« Lucca war nicht mehr zu bremsen und hatte das sichere Gefühl, dass dies der schönste Abend seines Lebens werden würde.

Das *Nil* am Neuen Pferdemarkt war eine gediegenes Restaurant, in das sich homosexuelle Pärchen gern zurückzogen. Gerade brachte der Kellner das Filet Mignon in Weißweinsauce an den Tisch, als Sebastiano Lucca wieder die Hand des jungen Mannes streichelte.

»Ich habe nicht damit gerechnet, dass du dich mal melden würdest, als ich dir damals meine Adresse gab. Es ist wie ein kleines Wunder, jetzt neben dir zu sitzen.«

»Ja, ich fühle mich auch sehr gut und bin mir sicher, dass sich die Reise gelohnt hat.« Der junge Mann strahlte den Modedesigner an. »Hast du eigentlich eine feste Beziehung, Sebastiano?«

»Wo denkst du hin? Würde ich dann hier mit dir sitzen? Du sollst wissen: ich bin einer von den letzten altmodischen Schwulen, für die Treue und Ehre keine leeren Wörter sind. Seit Pasquale tot ist, suche ich einen Mann für eine feste Beziehung. Und das ist verdammt schwierig.«

»Ist es lange her?«, fragte der junge Mann teilnahmsvoll und drückte fest Luccas Hand.

»Etwas über fünf Jahre. Er starb bei einem Unfall mit seinem Motorrad auf der Autobahn.«

»Und seitdem lebst du ganz enthaltsam?«

Der Modedesigner lachte. »Natürlich nicht! Aber der Richtige war nie dabei. Und wie ist es bei dir?«

»Oh, ich habe keine Zeit für eine feste Beziehung. Zuerst muss ich mich um meine Karriere kümmern.«

»Sehr lobenswert! Es ist gut, dass es noch ein paar junge Leute gibt, denen Erfolg etwas bedeutet. In diesen Szene-Bars lernt man zwar viele gut aussehende junge Typen kennen. Diese Traumtänzer glauben, sie lebten im Schlaraffenland und wundern sich, dass sie ohne Schul- oder Studienabschlüsse auf keinen grünen Zweig kommen. Ein schöner Körper allein ist eben noch keine Garantie für eine erfolgreiche Karriere.«

»Wohl wahr! Allerdings helfen dir Ideen und Schulabschlüsse allein auch nicht weiter, wenn es am nötigen Startkapital fehlt. So wie mir.«

»Ich dachte, du stammst aus einer wohlhabenden Familie. Das hast du mir zumindest damals auf der Party in Köln erzählt.«

»Stimmt. Aber ich habe mich mit meiner Familie total zerstritten. Ist eine lange Geschichte, und ich will dir die Details ersparen. Jedenfalls versuche ich gerade, auf eigenen Füßen zu stehen. Und da bin ich für jede Hilfe dankbar.«

»Hast du konkrete Pläne?«

»Eigentlich bin ich ziemlich flexibel. Früher wollte ich immer Fußballspieler werden. Aber der Zug ist ohne mich abgefahren. Inzwischen habe ich mich mehr in Richtung Film und Fernsehen orientiert. Ich denke, aus meinem Body ließe sich Kapital schlagen. Vielleicht könnte ich als Model anfangen. Und von dort sind ja schon viele später beim Film gelandet.«

Lucca schaute den jungen Mann etwas zweifelnd an. »Dein Selbstbewusstsein ehrt dich. Aber die Konkurrenz ist riesengroß. Hast du mal überlegt, eine Schauspielschule zu besuchen? Eine gute Ausbildung auf diesem Gebiet könnte bestimmt nicht schaden!«

»Ich glaube, dass es mehr auf die Ausstrahlung ankommt. Die kann man nicht lernen, die hat man. Du könntest mich ja als Model bei einer deiner nächsten Modenschauen ausprobieren!«

Die Harmonie war einer gewissen Spannung gewichen, als der Modedesigner mit dem jungen Mann im Wohnbereich seines Penthouse saß. Er hatte eine Flasche 91'er *Castello di Querceto* geöffnet und füllte den Chianti in zwei Gläser.

»Salute! Auf uns und unsere Zukunft! Ich werde mir unser Gespräch durch den Kopf gehen lassen. Vielleicht kann ich dir helfen.« Auch jetzt war Lucca noch enttäuscht, dass ihr Gespräch im Restaurant eine Wende genommen hatte, die nicht seinen Erwartungen entsprach. Aber er war hungrig nach Körperkontakt. Deshalb setzte er nun alles daran, den Abend in angenehmer Atmosphäre ausklingen zu lassen.

»Leider ist die Herrenmodewoche vorbei. Aber in drei Wochen mache ich eine kleine Modenschau mit meinen Dessous in Paris. Ich kann mir schon vorstellen, dass sie an deinem Körper ganz appetitlich aussehen. Ich werde morgen mit der Model-Agentur telefonieren.«

»Du musst nichts überstürzen, Sebastiano. Ich möchte, dass du es nur tust, wenn du voll von mir überzeugt bist.«

Der Modedesigner lächelte weinselig. »Und ob ich das bin! Entschuldige, dass ich erst etwas gezögert habe. Dein Vorschlag kam so plötzlich. Aber je länger ich darüber nachdenke, desto besser gefällt mir die Idee, dich als Model für meine Kollektionen einzusetzen.«

Er nahm den jungen Mann vorsichtig in den Arm und streichelte ihn zärtlich. Der ließ ihn einige Minuten gewähren und presste dann plötzlich seine Lippen auf Luccas Mund. Als Nächstes entblößte er seinen Oberkörper. Das war das Fanal zu einem heißen Liebesspiel.

»Ich wusste, wir werden zusammen glücklich!«, jauchzte Lucca, als seine Lendenpartie heftig durchgeknetet wurde. Seine Bedenken waren spätestens jetzt verschwunden.

»Übertreibe nicht. In deinem Alter solltest du genug Erfahrung haben, um zu wissen, dass man nichts überstürzen sollte. Wir haben viel Zeit ...«, sagte der junge Mann mit einschmeichelnder Stimme. »Heute Nacht werde ich dich richtig verwöhnen.«

»Kannst du mir denn auch einen kleinen Wunsch erfüllen, Liebster?«

»Jeden, den ich von deinen Augen ablese!«

Sebastiano Lucca drehte den Kopf zu einer bläulichen Plastiktüte, die neben dem Kopfende seines Bettes lag. Der junge Mann hatte verstanden.

6.3.1990

Zuerst waren nach außen hin alle nett und freundlich zu mir. Aber ich hatte meine Mitschüler und Lehrer sofort durchschaut. Mir wurde schnell klar, dass Widerstand zwecklos ist. Ich wollte das Internat überleben. Deshalb habe ich mich angepasst. Aber nur äußerlich. Ich wurde in diesen Monaten zu einem richtigen Chamäleon.

Ich habe die erste Zeit im Internat überlebt, weil mich meine Rachegedanken über Wasser hielten. Nachdem meine Klassenkameraden versucht haben, mich fertig zu machen, überlegte ich mir, wie ich mich wehren könnte. Im Laufe der Zeit fand ich raus, wie ich sie an ihrem wunden Punkt treffen konnte. Marcus hat mich damals auch immer gehänselt. Er sagte, ich hätte eine weibische Stimme und hat mich immer nachgeäfft, bis die anderen anfingen, laut über mich zu lachen. Gestern fiel mir seine Uhr in die Finger, die er immer stolz herum gezeigt hat. Er hat uns erzählt, sie wäre ein Erbstück seines Großvaters und mindestens 5000 Mark wert. Ich habe sie abends, als ich allein war, auseinander geschraubt. Heute Morgen während des Waldlaufs habe ich die Einzelteile in den See geworfen. Ich bin gespannt, wie er reagiert. Schwieriger ist die Sache mit den Lehrern. Auch von ihnen sind einige fällig. Und ich weiß auch schon, wie ich mich an ihnen rächen werde. M.M. lässt keinen Clown aus sich machen.

8. November

Hauptkommissar Kai Mühlmann ahnte, dass es einen Prominenten erwischt hatte, als er morgens gegen zehn zum Tatort nach Winterhude gerufen wurde. Am Leinpfad wohnten keine Sozialhilfeempfänger. Drei Beamte von der Spurensicherung nahmen bereits die luxuriöse Penthousewohnung unter die Lupe.

»Wer ist das Opfer?«, fragte Mühlmann als Erstes.

»Sebastiano Lucca, der Modedesigner«, antwortete einer der Kollegen.

»Sieh an. Könnt ihr schon sagen, was passiert ist?«

»Wahrscheinlich ein autoerotischer Unfall. Aber schau dir am Besten selbst die Leiche an!«

Der Hauptkommissar ging weiter in das Schlafzimmer und betrachtete intensiv Luccas leblosen Körper. Über den Kopf war eine hellblaue Plastiktüte gestülpt. In deren unterem Rand war ein Bindfaden eingelassen, der dem Opfer in Höhe des Halses die Luft abgeschnürt hatte. Aus langjähriger Erfahrung wusste er, dass Plastiktüten manchen Männern den letzten Kick bei erotischen Spielen gaben. Allerdings konnten diese tödlich enden, wenn die Luftzufuhr nicht rechtzeitig wieder einsetzte. Bis jetzt waren zwei ähnliche Fälle in seiner beruflichen Laufbahn vorgekommen. Beide Male hatten die Untersuchungen zu dem Ergebnis geführt, dass die Opfer wohl zu unvorsichtig mit den Tüten umgegangen waren, und bei Mühlmann ein ungutes Gefühl hinterlassen. Er konnte sich selbst bei reger Fantasie nicht vorstellen, wie Menschen für einen besonderen sexuellen Höhepunkt ihr Leben aufs Spiel setzten.

Der Hauptkommissar wandte sich von der Leiche ab und ließ seinen Blick aus dem Fenster schweifen. Selbst jetzt zu dieser trüben Jahreszeit hatte die Aussicht auf die Alster mit ihren Seitenarmen, eingebettet in eine herrliche Parklandschaft, etwas Erfrischendes. Mühlmann überlegte einen Moment, ob er gerne seine Zweizimmer-Wohnung in Altona gegen dieses Penthouse tauschen würde. Aber so etwas konnten sich nur Reiche leisten. Und die hatten nach allen Erfahrungen mehr Probleme als er. Der Tod des Modedesigners bestätigte den Hauptkommissar in seiner Auffassung. In seinem Kopf tauchten Fotos des lebenden Sebastiano Luccas auf, die er immer wieder in verschiedenen Zeitungen und Illustrierten gesehen hatte, vor allem in den Klatschspalten. Er schaute wieder auf die Leiche, deren bläuliche Verfärbung durch die Plastiktüte noch verstärkt wurde und schüttelte langsam den Kopf.

»Wissen Sie, wer uns verständigt hat?«, fragte er einen Kollegen von der Spurensicherung, der gerade ins Schlafzimmer gekommen war.

»Sein Geschäftsführer. Er wartet im Arbeitszimmer. Sie waren für acht Uhr dreißig verabredet.«

»Gut. Dann werde ich mal mit ihm sprechen.«

Jens Wernstätt war ein Häuflein Elend, als ihn der Hauptkommissar in der Sitzecke des Arbeitszimmers antraf.

»Es tut mir Leid, dass Herrn Lucca so was passieren musste«, begann er das Gespräch. »Wir müssen noch genau untersuchen, ob es ein Unfall oder ein Tötungsdelikt ist. Wie waren Ihre privaten Kontakte zu Herrn Lucca?«

»Nicht so intensiv. Wir haben geschäftlich sehr erfolgreich zusammengearbeitet, aber privat in verschiedenen Welten gelebt.«

»Aber sein Tod geht Ihnen offensichtlich sehr nahe, und ich nehme an, Sie haben einen Schlüssel für diese Wohnung, mit dem Sie heute Morgen geöffnet haben?«

»Wären Sie nicht entsetzt, wenn Sie ihren Chef ... so ... vorfänden?« Der Geschäftsführer redete stockend weiter und schnäuzte zwischendurch seine Nase. »Ja, klar habe ich einen Schlüssel. Weil sich viele Firmenunterlagen hier in der Wohnung befinden, und wir oft hier gearbeitet haben ... hier, in diesem Zimmer.«

»Und trotzdem hatten Sie keine privaten Kontakte?«

»Kaum. Sehen Sie, Sebastiano lebte in seiner extravaganten Luxuswelt und liebte Glamour und Glitzer. Irgendwie war das nicht mein Ding. Außerdem fehlte mir dazu das nötige Kleingeld, auch wenn ich bei ihm ganz gut verdient habe. Wie Sie bestimmt wissen, war Sebastiano homosexuell veranlagt. Ich nicht. Auch von daher hatten wir verschiedene Interessen.«

Mühlmann musterte den braun gebrannten Mittdreißiger im eleganten schwarzen Designer-Anzug, dessen Stimme jetzt langsam selbstbewusster klang, bevor er das Gespräch fortsetzte. »Ja, ich habe davon gehört. Hatte Lucca ein Verhältnis?«

»Nein. Er hätte es mir bestimmt erzählt.«

»Suchte er sich seine Sexualpartner im Milieu?«

»Kann schon sein. Darüber haben wir nicht gesprochen. Es hätte mich auch nicht sonderlich interessiert.«

»Sie haben also keinerlei Anhaltspunkte in dieser Richtung?«

»Leider nein!«

»Dann beantworten Sie mir bitte zum Schluss noch eine Routinefrage: Wo waren Sie gestern Abend und vergangene Nacht?«

»Zu Hause bei meiner Freundin.« Wernstätts Antwort kam wie aus der Pistole geschossen.

»Tja, Kai, sieht mau aus mit Fingerabdrücken.« Einer der Beamten von der Spurensicherung kam auf Mühlmann zu, als er in den Wohnbereich des Penthauses zurückkehrte. »Im Schlafzimmer haben wir bis jetzt nur welche vom Opfer sichergestellt. Aber ich habe einen interessanten Fund in der Küche gemacht. Auf der Anrichte standen nämlich zwei Weingläser. Vielleicht finden wir noch welche.«

»Dann sieht es ja doch danach aus, dass Lucca letzte Nacht Besuch hatte. Könnt ihr schon etwas Genaueres sagen?«

»Also, ein bisschen musst du dich noch gedulden, bis wir die Gläser im Labor untersucht haben.«

»Wenn mich meine Nase nicht ganz täuscht, stinkt es hier gewaltig. Ich glaube, dass in nächster Zeit noch viel Arbeit auf uns zukommt. Aber zum Glück arbeite ich ja nicht in der Pressestelle!«, erklärte der Hauptkommissar seinen verdutzten Kollegen und ging zum Wagen.

Der Anruf kam abends gegen sechs. »Hallo Bert. Hast du nachher schon was vor?«

»Jürgen, du? Ja, ich will in die Filmpalette, da läuft ›Das Gesetz der Begierde‹ mit Antonio Banderas.«

»Was hältst du davon«, flötete Nelles in den Hörer, »heute mit mir auszugehen?«

»Wegen dir soll ich einen Almodovar-Film mit Banderas sausen lassen? Du musst noch viel über schwule Männer lernen.«

»Es ist wichtig, Bert. Ich muss diesen Typen treffen, von dem du mir heute Mittag erzählt hast. Du weißt doch, dass ich mich in diesen Schwulenkneipen allein so unsicher fühle …«

»Dort ist noch kein Bulle umgebracht worden, soweit ich weiß.«

»Im Ernst, Bert, du hast den Mann doch gesehen. Komm mit!«

Der Florist überlegte einen Moment. »Ein bisschen Ähnlichkeit hast du ja mit Antonio … Na gut, wann treffen wir uns?«

»Ich hole dich um neun ab!«

Als der Hauptkommissar gegen halb zehn auf der Schaafenstraße endlich einen Parkplatz für seinen großen Citroën gefunden hatte, war das »Bermuda-Dreieck« schon mit zahlreichen, vornehmlich jüngeren Männern bevölkert, die zwischen *Schampanja*, *Park*, *Corner*, *Huber* und *Clip* hin- und her pendelten.

»Ich sollte vielleicht auch lieber eine Schwulenkneipe in Köln aufmachen. Da würde ich wenigstens richtig Schotter verdienen«, meinte Nelles zu Bert, als sie das überfüllte *Corner* betraten.

»Bei deinem Aussehen wäre der Laden bestimmt immer voll, wenn du hinter der Theke stündest.« Bert schaute sich um. »Der Typ, den wir suchen, ist wohl heute nicht hier. Wollen wir ein Kölsch trinken oder gleich weiterziehen?«

»Ein Bierchen zur Einstimmung kann nicht schaden.«

Bert hatte nicht den Eindruck, dass sich der Kommissar unter den zahlreichen schwulen Männern unwohl fühlte, und bestellte zwei Kölsch. Eine Stunde später, nachdem sie noch eine Runde durch das *Park* und das *Huber* gedreht hatten, machten sich Nelles und Bert auf den Weg zum *Clip*.

»Ich bin mir ziemlich sicher, dass wir diesen FC-Fan da antreffen. Jetzt ist eine gute Zeit.«

»Und warum schleppst du mich dann erst in die anderen Kneipen?«, nörgelte der Kommissar.

»Weil die Jungs hier meistens abends von einem Lokal in das nächste ziehen. Außerdem ist mir schon aufgefallen, dass es dir bisher ganz gut gefallen hat. Vielleicht hast du ja einen gewissen Nachholbedarf …«

Nelles schwieg, als sie die Tür der Bar öffneten und versuchte, seine Augen an die schummrige Beleuchtung zu gewöhnen. Sie setzten sich an die lange Theke. Ein gertenschlanker junger Mann mit wasserstoffblonder Kurzhaarfrisur nahm ihre Bestellung auf und betrachtete dabei den Kommissar neugierig.

»Du hast einen guten Geschmack«, sagte der Barkeeper und zwinkerte Bert mit einem Auge zu, als er ein Bier und ein Wasser brachte.

»Was meint der?«, fragte Nelles und trank einen großen Schluck.

»Keine Ahnung!«, stellte Bert sich dumm und stieß Nelles an. »Dahinten sitzt der Typ. Ich hole ihn her.«

»War es wirklich Wildmeier, den Sie gesehen haben?«, fragte der Hauptkommissar, nachdem er sich ausgewiesen hatte.

»Hundertprozentig! Ich bin seit Jahren FC-Fan und bin bei fast allen Heimspielen im Stadion. Das darf man hier bloß nicht so laut sagen ...« Der Mann drehte sich vorsichtig um. Er war Mitte dreißig und hatte schüttere Haare. Seine Kleidung war der totale Kontrast zu dem schnieken modischen Outfit der jungen Männer, die sich am Ende der Theke vor dem Zapfhahn herum lümmelten.

»Wann war das?«, fuhr Nelles fort.

»Letzten Sommer. August, glaube ich. Da habe ich ihn zweimal im Huber gesehen. Das war früher die Stammkneipe der schwulen Sportler.«

»Das interessiert mich weniger«, winkte der Kommissar ab. »Erzählen Sie mir lieber, wie sich Wildmeier verhalten hat. Hatte er zum Beispiel Kontakte zu anderen Gästen?«

»Zu anderen Gästen nicht, denn er war in Begleitung.«

»Ach so? Und hatten Sie den Eindruck, dass die beiden liiert waren?«

»Na ja, sie haben sich nicht geküsst oder so was. Aber schon sehr eindringlich miteinander geredet und sich dabei tief in die Augen geschaut.«

»Können Sie diesen Begleiter auch beschreiben?«

»So einigermaßen. Er war etwa einsfünfundachtzig, würde ich sagen, dunkelblonde, halblange Haare und schlank. Sein Alter würde ich auf fünfundzwanzig schätzen. Vielleicht auch etwas jünger. Sah ganz schnuckelig aus …«

»Danke, Sie haben uns sehr geholfen«, unterbrach ihn der Kommissar. Nach dem erneuten Anpfiff von Staatsanwältin Zimmermann heute war es wohl ratsam, möglichst schnell einige Zivilfahnder in Marsch zu setzen.

9.11.

Nach dem ersten Mal fühlte ich mich befreit. Endlich bin ich bis an die Grenzen gegangen.

Eigentlich weiß ich jetzt gar nicht mehr genau, warum ich nach Hamburg gefahren bin. Vielleicht habe ich mir wirklich etwas von dem Besuch bei Lucca versprochen. Ich meine, seine Hilfe. Mit Sicherheit hatte er den nötigen Einfluss, um gute Jobs zu vermitteln. Er hätte nur mit den Fingern schnippen müssen, und ich wäre für ihn über den Laufsteg gegangen. Außerdem hatte er genug Beziehungen zu Prominenten bei Film und Fernsehen, die meiner Karriere förderlich gewesen wären.

Dass seine Versprechungen leere Worte waren, habe ich sofort durchschaut. Ich kenne diese Situation: Wenn ältere, einflussreiche Schwule erst mal genug getrunken haben, versprechen sie dir das Blaue vom Himmel, wenn sie dich nur ins Bett abschleppen können. Während des Gesprächs bei ihm in der Wohnung wurde mir klar, dass er sich morgens an kein Wort mehr erinnern würde. So ähnlich hat er sich auch damals schon auf Wildmeiers Party verhalten. Als er dann auch noch die Vorlage mit seiner perversen Plastiktüte lieferte, konnte ich einfach nicht anders handeln.

Er hat es verdient. Strafe muss sein, das hat Erich mir beigebracht. Ich habe keine Angst, denn ich tue das Richtige.

Vermutlich rotiert der Polizeiapparat in Köln und Hamburg schon auf Hochtouren. Aber ich war ja äußerst vorsichtig, habe alle Spuren beseitigt. Wie sollen die Bullen also von mir erfahren? Ich bin schon sehr gespannt auf die Presseberichte. Welchem Phantom werden sie hinterher jagen? Ich freu mich auf das Spiel.

10. November

Eine Grippewelle hatte mehrere Beamte der Kriminaltechnischen Untersuchung matt gesetzt, so dass erst heute Morgen die Untersuchungsergebnisse auf Hauptkommissar Mühlmanns Schreibtisch lagen. Zusammen mit seinem Kollegen Andersen und zwei Leuten von der Spurensicherung saßen sie in seinem Büro und diskutierten den Fall Lucca.

»So wie es aussieht, scheinen uns die Weingläser, die ihr in der Küche gefunden habt, den einzigen Hinweis zu geben, dass möglicherweise eine zweite Person im Spiel war.«

»Ja, das sehe ich auch so«, sagte Andersen. »Auf dem einen Glas waren Luccas Fingerabdrücke und Speichelreste, das andere war gespült und blank gerieben. Somit gibt es nur zwei Möglichkeiten –«

»Zwei?«

»Ja, entweder hat der Mörder das Glas gereinigt, als er gegangen ist, oder Lucca hatte es einfach nur so auf die Anrichte gestellt. Kann doch sein, dass er einen Gast erwartete, der aber nicht gekommen ist.«

»Ich glaube, es ist zu früh, von Mord zu sprechen«, wies der Hauptkommissar seinen Mitarbeiter sachte zurecht. »Selbst wenn eine zweite Person am Tatort war, wie ich vermute, heißt das ja noch lange nicht, dass sie Lucca umgebracht hat.«

»Ich möchte noch auf etwas anderes hinweisen, Kai«, meldete sich einer der Beamten von der Spurensicherung zu Wort. »Im Analbereich der Leiche wurden Spuren einer Substanz ermittelt, die zurzeit noch analysiert wird. Könnte Gleitcreme gewesen sein.«

»Hm, etwas merkwürdig. Habt ihr irgendwelche sexuellen Hilfsmittel gefunden?«

»Nein, eben nicht!«

Der Hauptkommissar überlegte. »Warten wir ab, was die abschließende Untersuchung der Leiche ergibt. Wenn diese Substanz wirklich Gleitcreme war, hatte Lucca wahrscheinlich Geschlechtsverkehr mit einer anderen Person. Vielleicht kommen wir über die Marke der an sie ran.«

»Mensch, hören Sie endlich auf, mir solche Gräueltaten zu unterstellen! Ich habe Wildmeier nicht umgebracht!« Der dunkelblonde 25-jährige, der vor Nelles' Schreibtisch saß, wurde langsam wütend. Zivilfahnder hatten ihn gegen acht Uhr früh am Alter Markt aufgegriffen, nachdem ihnen der Hauptkommissar noch in der Nacht die Beschreibung des Zeugen aus dem *Clip* durchgegeben hatte.

»Nun mal ganz ruhig. Sie geben zu, dass Sie sich einige Male mit Dieter Wildmeier getroffen haben. Korrekt?«

Der junge Mann nickte. »Aber da ist nichts gewesen. Ich wusste ja nicht mal, ob er schwul ist. Wir haben da auch nicht groß drüber gesprochen. Er hat zwar mal angedeutet, dass er bi ist, aber gleichzeitig was von einer Freundin erzählt. Wir sind uns drei-, vier Mal in irgendwelchen Kneipen über den Weg gelaufen und haben ein bisschen gelabert. Das war's.«

»Wann war das?«

»Letzten Sommer. So Juli und August. Als es so heiß war.«

»Und Wildmeier hat Sie nie zu sich nach Hause eingeladen?«

»Doch, einmal, als wir uns das letzte Mal im *Transfert* getroffen haben. Er wollte mir seine Waffensammlung zeigen.«

»Ach, mal was Neues! Interessieren Sie sich dafür?«

»Ja, etwas, seit meiner Bundeswehr-Zeit. Ich bin aber kein Waffennarr oder so was!«

»Und, sind Sie mitgegangen?«

»Nein.«

»Warum nicht?«

Michael Mertens rutschte auf seinem Stuhl hin und her und wich Nelles' Blick aus. »Schwierig zu erklären. Er war nicht so recht mein Typ. Er hatte früher mal erzählt, dass er es etwas härter mag. Und ich stehe überhaupt nicht auf SM.«

»Seit diesem Tag haben Sie ihn nicht mehr gesehen?«

Mertens dachte angestrengt nach. »Nein. Wir sind uns ja auch immer nur zufällig begegnet.«

»Hatten Sie seine Telefonnummer?«

»Er hatte meine auch nicht.«

»Wo waren Sie am 4. November abends, Herr Mertens?«

»Keine Ahnung! Zu Hause. Ja, ich habe ferngesehen.«

»Ganz sicher? War jemand bei Ihnen?«

»Nein, ich wohne allein.«

»Denken Sie noch mal genau nach, ob Ihnen sonst noch etwas einfällt! Und halten Sie sich zu unserer Verfügung!« Der Hauptkommissar stand auf und verabschiedete sich.

»Ich kann nicht nachvollziehen, dass Sie diesen Mertens nach Hause geschickt haben!«, schrie Staatsanwältin Zimmermann, als Nelles ihr und der Oberrätin Bolling von der Vernehmung berichtet hatte. »Spätestens, als er Ihnen von seinem Interesse an Waffen erzählte, hätte es doch bei Ihnen Klick machen müssen! Und das Alibi ist ja wohl ein Witz!«

»Was haben Sie jetzt vor, Nelles?«, fragte die Kriminaloberrätin mit gefährlich ruhiger Stimme.

»Mein siebter Sinn sagt mir, dass Mertens der Falsche ist.«

»Ach nein, Ihr siebter Sinn?«, polterte die Staatsanwältin los. »Ich brauche Fakten!«

»Genau, Frau Zimmermann.« Der Hauptkommissar grinste die beiden Frauen an. »Und die sprechen nicht dafür, dass Mertens der Täter ist. Er hat glaubwürdig versichert, dass er Wildmeier zuletzt im August getroffen hat. Okay, sein Alibi ist dünn, und ich halte ihn nicht für einen Unschuldsengel. Aber ich sehe keine Handhabe, ihn festzunehmen. Ihnen sollte klar sein, dass wir mit unseren bisherigen Ermittlungen vor jedem Haftrichter baden gehen, Frau Staatsanwältin. Aber beruhigen Sie sich! Wir werden ihn weiter observieren, obwohl ich fest davon überzeugt bin, dass es uns nicht weiterbringt.«

»Guck mal, was hier gerade gekommen ist!« Kriminalkommissar Andersen stürmte mit einem bedruckten Blatt Papier in Mühlmanns Büro und wedelte damit durch die Luft. »Eine Mitteilung des Kriminaltechnischen Meldedienstes.«

»Und, was ist daran so aufregend?« Mühlmann wirkte müde.

»Einzelheiten über den Fall Wildmeier in Köln.«

»Dieser Fußballspieler? Stand doch alles schon in den Zeitungen.«

»Nicht alles! Es gibt da gewisse Parallelen zu unserem Fall!«

»Was?« Mühlmann war plötzlich wieder hellwach.

»Die Kollegen haben in Wildmeiers Wohnung eine sehr seltene Gleitcreme gefunden. Bisher wissen sie nicht, woher sie stammt und bitten deshalb um Mithilfe.«

»Jetzt wird's spannend!« Mühlmann griff zum Telefonhörer. »Mal sehen, ob unser Labor was Neues weiß.«

In diesem Moment klopfte eine junge Frau an Mühlmanns Tür und brachte einige Zeitungsausschnitte, die auf weiße DIN A4-Blätter aufgeklebt waren. »Die Unterlagen aus dem Zeitungsarchiv!« Mit einem freundlichen Lächeln überreichte sie Andersen die Papiere und verschwand gleich wieder.

Andersen stürzte sich so eifrig in die Lektüre, dass er sich nicht einmal bedankte. Als Mühlmann das Gespräch mit dem Labor beendet hatte, sprudelte Andersen los. »Hier, sieh mal! Es gab zwischen den beiden Opfern tatsächlich eine Verbindung.« Er legte Mühlmann einen der Zeitungsausschnitte vor.

Auf dem Foto in der Klatschspalte der *Hamburger Morgenpost* waren Lucca und Wildmeier zusammen abgebildet, als sie im vergangenen September eine Musical-Premiere in der Hansestadt besuchten.

»Das könnte Zufall sein.« Mühlmann war skeptisch.

»Hör zu: ›Der bekannte Modedesigner und sein Freund Wildmeier, Stürmer beim 1.FC Köln, waren unter den Ehrengästen‹ und so weiter. Reicht das?« fragte Andersen ungeduldig.

»Ja, ich bin überzeugt. Welcher Kollege bearbeitet den Fall in Köln?«

»So, langsam kommt Bewegung in unseren Fall.« Nelles rieb sich die Hände, als seine beiden weiblichen Vorgesetzten am späten Nachmittag erneut in seinem Büro erschienen. Er hatte das gute Gefühl, langsam wieder Herr der Lage zu werden.

»Und worauf gründet sich Ihr Optimismus?«, fragte die Staatsanwältin kühl.

»Vorhin hat mich Kollege Mühlmann aus Hamburg angerufen. Es gibt mehrere Hinweise, dass eine Verbindung zwischen den beiden Opfern bestand – und womöglich auch zwischen den Taten.« In knappen Worten fasste er den Stand der Ermittlungen im Fall Lucca zusammen, den Mühlmann ihm auch noch schriftlich mitgeteilt hatte. »Diese Gleitcreme wird uns bestimmt weiterbringen! Sobald wir genau wissen, woher sie stammt, werden wir auf die Spur des Täters kommen!«

»Ihre Zuversicht in Ehren. Aber ich sehe noch lange kein Licht am Ende des Tunnels«, meinte die Kriminaloberrätin. »Habe ich Sie richtig verstanden: Sie gehen also jetzt davon aus, dass Wildmeier und Lucca möglicherweise vom selben Täter umgebracht wurden?«

»Das sieht Kollege Mühlmann genauso!«

»Sie wissen, dass wir in diesem Fall ein Sammelverfahren machen müssten und unsere Dienststelle als erstbetroffene die Federführung übernehmen würde?« Oberrätin Bolling schaute die Staatsanwältin an. »Habe schon verstanden. Ich werde mich mit den Kolleginnen und Kollegen in Hamburg in Verbindung setzen.«

Nelles schluckte und wurde unruhig, als Helga Zimmermann weiter sprach.

»Da kommt eine große Verantwortung auf Sie zu, Herr Nelles. Falls sich herausstellt, dass es sich bei dem Täter um einen Serienmörder handelt, wäre es sinnvoll, wenn Sie Kontakt zu Frau Dr. Weier, unserer Psychologin, aufnähmen.«

Nachdem die beiden Frauen sein Büro verlassen hatte, klatschte Nelles in die Hände. »Auf so einen Fall habe ich schon immer gewartet!«

Als der Hauptkommissar gegen acht nach Hause kam, überlegte er, was er nun tun sollte. Da er in den nächsten Wochen wahrscheinlich kaum noch seine Wohnung sehen würde, konnte es nicht schaden, Anja schon jetzt darauf einzustimmen. Vielleicht konnte er bei Bert noch ein paar schöne Blumen ergattern.

Der Florist wollte gerade schließen, als Nelles um die Ecke kam. »Hallo Jürgen! Prima, dass du noch vorbeikommst. Ich brenne darauf zu erfahren, ob ihr diesen Verdächtigen geschnappt habt.«

Eigentlich hatte Nelles gar keine Lust, seinen gesamten Tagesablauf zu erzählen, aber er fand, dass Bert irgendwie ein Recht darauf hatte. Als er den Verdacht äußerte, dass es sich um einen Serientäter handeln könne, wurde der Florist aufmerksam.

»Ich kann mir gut vorstellen, dass solche Fälle jeden Kriminalisten reizen. Es ist ja so eine Art Katz-und-Maus-Spiel. Das setzt aber gute psychologische Kenntnisse voraus.«

»Na ja, wir haben eine Polizeipsychologin«, sagte der Hauptkommissar wenig begeistert.

»Habe ich dir eigentlich schon erzählt, dass ich auch acht Semester Psychologie studiert habe?«, fragte Bert leicht gereizt.

»Du? So siehst du gar nicht aus!«, meinte Nelles überrascht.

»Ja, kurz vor der Prüfung hat mich die Angst erwischt und ich habe aufgegeben. Grotesk, dass ich mir mit all meinem Wissen nicht selber helfen konnte. Aber man sagt ja, dass meistens die Leute Psychologen werden, die selber einen nötig haben. Glücklicherweise bin ich es nicht geworden. Blumen sind pflegeleichter als Menschen.«

»Aber vielleicht kann ich ja auf dein Wissen zurückgreifen, wenn ich Rat brauche.«

»Kein Problem. Ich habe mich während des Studiums sogar mit Serienkillern beschäftigt. Colin Wilson, David Abrahamsen, Joel Norris und noch ein paar andere Wissenschaftler haben ganz interessante Arbeiten darüber geschrieben. Und so lange ist es noch nicht her, dass ich sie gelesen habe.«

Nelles war beeindruckt. »Dann bist du auf diesem Gebiet sicher fitter als ich, und ich würde mich ungern allein auf unsere Polizeipsychologin verlassen.«

10.11.

Am interessantesten finde ich die Artikel in den Boulevardzeitungen, wenn ein spektakulärer Mord geschehen ist. Auch wenn sie immer so reißerisch geschrieben sind, bleiben sie meistens nahe an der Wahrheit. Ich habe ja keine Ahnung, wie viele Informationen die Bullen an die Presse herauslassen, aber ich vermute mal, dass sie eher mauern. Und dann ist bestimmt die Fantasie der Reporter ge-

fragt, die mit Sicherheit ausgeprägter als die der Bullen ist. Ich finde, dass die Artikel im Express *und in der* Hamburger Morgenpost *meinen Opfern ziemlich gerecht werden. Beide Blätter spekulierten, ob Wildmeier bzw. Lucca von eifersüchtigen Liebhabern umgebracht wurden. Im Express vermuteten sie anfangs sogar eine Frau als Täterin, weil es wohl etwas gedauert hat, bis die Bullen gemerkt haben, dass Wildmeier schwul war.*

Im Nachhinein bin ich erstaunt, wie schnell meine Hemmschwelle gesunken ist. Ich erinnere mich, dass ich nach vollbrachter Tat zitternd vor Wildmeiers Bett stand und die unterschiedlichsten Gefühle hatte. Aber als ich merkte, dass sich meine sorgfältige Planung ausgezahlt hat und meine Verfolger völlig im Nebel stochern, fand ich meine Sicherheit wieder. Die Bestrafung Luccas war – im Vergleich zu Wildmeier – fast spontan und das gibt mir die Sicherheit, meinen Plan weiter zu verfolgen. Denn in den letzten zwei Jahren habe ich einige Männer ihres Kalibers kennen gelernt, die mich ebenso enttäuscht haben. Leider habe ich immer zu spät gemerkt, dass ich Vertrauen und Freundschaft in die falschen alten Schwätzer investiert hatte, die meine Gefühle nie erwiderten. Im Gegenteil – sie haben meine Ehre verletzt und mich verraten!

Rache nehmen ist ein wunderschönes Gefühl, aber man darf sich nicht zu Affekthandlungen verleiten lassen. Deshalb muss ich meine nächsten Schritte wieder sehr präzise vorbereiten. Denn meine Gegner sind hoch gerüstet, was ich keineswegs unterschätze.

11. November

Die Sonne brach gerade mit zarten Strahlen durch den grauen Dunst, der Köln die gesamte letzte Woche wie ein zäher Brei überzogen hatte. Oberkommissar Jochen Rühle blickte in den Himmel und entdeckte sogar ein paar blaue Wolkenlücken. Schlagartig besserte sich seine Laune. Vielleicht konnte er nachher während der Mittagspause einen kleinen Abstecher zum Alter Markt machen, wo Punkt elf Uhr elf die Karnevalssaison offiziell eröffnet wurde. Seufzend wandte er sich wieder seinem Job zu. Er hatte bereits drei Mal an der Haustür des heruntergekommenen Altbaus in der Dasselstraße geschellt. Rühle ließ sich nicht entmutigen und klingelte erneut Sturm. Als zwei weitere Minuten vergangen waren, wurde die Haustür endlich geöffnet. Der Polizist betrat den muffigen, düsteren Hausflur und stieg die ausgetretenen Stufen der engen Holztreppe hinauf. Etwas aus der Puste erreichte er den vierten Stock, wo Michael Mertens bereits mit mürrischem Gesicht an der Wohnungstür wartete. Er war nur mit Boxershorts bekleidet.

»Sie sind bestimmt von der Kripo. Was wollen Sie denn nun schon wieder? Kann man nicht mal in Ruhe schlafen?«

Rühle blickte auf seine Uhr. »Zehn nach neun. Um diese Uhrzeit sind normale Menschen auf den Beinen.«

»Normale Menschen! Was heißt das schon? Sind Sie nur gekommen, um mich aus dem Bett zu schmeißen?«

»Nein, ich möchte Sie zum Kommissariat mitnehmen. Wir müssen uns noch mal mit Ihnen unterhalten.«

»Ich habe alles gesagt! Das sind ja Stasi-Methoden!«

»Die können Sie gerne haben, wenn Sie nicht sofort etwas kooperativer sind! Ziehen Sie sich bitte schnell an!«

»Wieso, gefalle ich Ihnen so nicht?«

»Trinken Sie erst mal einen Kaffee, damit Sie wach werden.« Der mittlerweile blaue Himmel über Köln hatte auch Nelles' Stimmung spürbar verbessert.

Der junge Mann nahm begierig einen großen Schluck aus der Tasse, bevor er loslegte: »Wo ich am 7. November war, wollen Sie wissen?«

»Und in der Nacht zum achten!«

»Das war an meinem freien Tag. Da bin ich durch verschiedene Kneipen im Bermuda-Dreieck gezogen. Das ist in der Nähe vom Rudolfplatz.«

»Wir wissen Bescheid«, nickte der Hauptkommissar. »Wissen Sie noch in etwa, wann Sie in welchen Lokalen waren?«

Mertens dachte einige Sekunden nach. »So ganz genau nicht. Die meiste Zeit war ich im *Huber* und im *Clip*. So gegen halb drei bin ich nach Hause gegangen.«

»Hat Sie dort jemand gesehen?«

»Klar, die Kellner, die kennen mich. Außerdem habe ich ein paar Bekannte getroffen.«

»Können Sie vielleicht die Namen aufschreiben?« Nelles legte ihm ein Stück Papier und einen Kugelschreiber hin.

Während Mertens schrieb, gab der Hauptkommissar seinem Kollegen Rühle, der bis dahin wortlos an einem Aktenschrank gelehnt hatte, einen Wink. Sie gingen ins Nachbarzimmer. »Sie müssen ihn beschatten, bis wir seine Aussage überprüft haben. Irgendwie traue ich ihm nicht. Heute Abend, wenn diese Kneipen aufmachen, reden wir dort mit den Zeugen.«

»Ausgerechnet heute. Muss das sein? Eigentlich wollte ich mich etwas auf Karneval einstimmen!«

Nelles schaute Rühle entgeistert an. »Ticken Sie noch ganz sauber? Also, Sie heften sich gleich an seine Fersen, wenn wir hier fertig sind!«

Michael Mertens schlenderte langsam in Richtung Severinstraße, nachdem er das Kriminalkommissariat 11 verlassen hatte. Rühle beobachtete aus sicherer Entfernung, wie er an der Einmündung stehen blieb und nach kurzem Zögern in Richtung Waidmarkt weiterging. Wahrscheinlich wollte er in die Altstadt. Vielleicht zum Alter Markt? Bei diesem Gedanken wurde Rühle wieder wohler. Ein Blick auf die Uhr sagte ihm, dass dort gerade der Oberbürgermeister die Eröffnungsworte für die fünfte Kölner Jahreszeit sprechen würde. Mittlerweile hatte Mertens seine Schritte beschleunigt, so dass der Kommissar Mühe hatte, ihn nicht aus den Augen zu verlieren. Die strahlende Sonne hatte das Thermometer auf angenehme 15 Grad hochgetrieben. Rühle begann in seinem gefütterten Anorak zu schwitzen. Vor mehreren Lokalen auf der Hohen Pforte herrschte bereits dichtes Gedränge.

Plötzlich war der Verdächtige verschwunden. Rühle befiel Panik. Er blieb an der Einmündung zur Stephanstraße stehen und schaute sich um. Dann entdeckte er Mertens, der gerade in ein Gespräch mit zwei anderen jungen Männern vertieft war. Der Polizist drehte sich blitzschnell um und ging auf die andere Straßenseite. Nach einigen Minuten schlenderten die drei gemächlich weiter, um dann abrupt umzudrehen. Rühle, der etwa zehn Meter hinter ihnen war, konnte sich nur noch durch einen Sprung in einen Porno-Laden ihren Blicken entziehen. Sofort stürzte sich ein ungepflegter Mann auf ihn.

»Kann ich Ihnen helfen? Wir haben interessante neue Videos hereinbekommen. Hetero und Gay –«

»Weder noch«, wimmelte Rühle den aufdringlichen Verkäufer ab und lugte vorsichtig in Richtung Ausgang. Die Luft schien rein.

»Wie wäre es mit unserer neuen Dildo-Kollektion?« Der Porno-Experte ließ nicht locker.

»Stecken Sie sich die Dinger sonst wo hin!« brüllte der Kommissar und stapfte aus dem Geschäft, während ihm der Verkäufer kopfschüttelnd hinterher schaute.

Draußen versuchte Rühle sich einen Überblick zu verschaffen. Von den drei jungen Männern war weit und breit nichts zu sehen. Vielleicht trinken sie in einer der Kneipen ein Bier, dachte sich der Polizist und näherte sich dem *Teddy-Treff*, aus dem laut »Echte Fründe stonn zusamme« schallte. Widerwillig betrat er das Lokal und blieb, halb versteckt zwischen schunkelnden Männern, am Eingang stehen. Etwas weiter hinten entdeckte er schließlich Mertens und seine beiden Bekannten. Automatisch griff Rühle in seine Anorak-Tasche und zauberte eine rote Pappnase und eine weiße Ballon-Mütze hervor, die er vorsorglich für diesen Tag eingesteckt hatte. Er bestellte eine Cola und schaute auf die Uhr: halb eins. Die Eröffnungsfeier auf dem Alter Markt ging langsam dem Ende entgegen. Seine Laune verschlechterte sich rapide.

»Wat is los, Jung? Haste Probleme? Siehst so traurig aus!« Ein stämmiger, großer Mann mit kurzgeschorenen grauen Haaren hatte sich vor Rühle aufgebaut. Sein vollständiges Lederoutfit sollte wohl einen New Yorker Motorrad-Polizisten darstellen. »Und deine Verkleidung ist richtig originell.«

»Mann, lass mich einfach in Ruhe.« Rühle wurde langsam sauer.

»Oh, der liebe Jung ist unpässlich. Komm, trink ein Kölsch mit mir. Dann geht's dir bestimmt besser!« Ehe der Kommissar protestieren konnte, hatte ihm der Lederkerl ein volles Bierglas in die Hand gedrückt. Wohl oder übel stieß er mit seinem Gönner an und nahm einen Schluck, um kein Aufsehen zu erregen. »Ich bin übrigens der Heinz«, stellte sich der Möchtegern-Cop vor.

Rühle sah kaum noch eine Möglichkeit, dem Gespräch auszuweichen. »Ich hatte bei deiner Bekleidung eher einen amerikanischen Namen erwartet. Sieht schon alles sehr echt aus«, meinte er. »Wer so herumläuft, kann ja eigentlich gar nicht schwul sein!«

Heinz kicherte. »Willst du es herausfinden?«

»Muss nicht sein. Ich stehe nicht auf Polizisten!« Rühle schaute in die Ecke, wo vorhin die drei jungen Männer ihr Bier getrunken hatten. Er konnte sie nirgends entdecken.

Hauptkommissar Nelles musste das Fax zweimal lesen, bevor er den Inhalt richtig begriffen hatte. Es kam nachmittags vom Hamburger Gerichtsmediziner, der Luccas Leiche untersucht und dabei Spermaspuren auf dem Bauch entdeckt hatte. Inzwischen waren diese einer DNA-Analyse unterzogen worden, und man hatte den genetischen Fingerabdruck mit dem der beiden Schamhaare verglichen, die in Wildmeiers Mund gefunden worden waren. Beides stammte von der gleichen Person.

Nelles stürzte ans Telefon, um die Oberrätin zu informieren. »Wir haben endlich den Beweis, dass die selbe Person in beiden Fällen am Tatort war. Und vermutlich der Täter ist!«

»Sieht so aus. Aber die Morde müssen Sie ihm erst noch nachweisen«, dämpfte Bolling seine Freude und kam wieder auf ihren Lieblingsverdächtigen zu sprechen: »Sollten Sie nicht von diesem Mertens eine DNA-Analyse anfertigen lassen? Vielleicht kann man ihn damit direkt überführen. Aber wahrscheinlich wissen Sie nicht mal, wo er sich zurzeit aufhält!«

»Oh doch! Er wird von Rühle observiert. Aber er hat ein Alibi für die Hamburger Tatnacht. Das überprüfen wir gerade. Ich werde gleich mit Rühle Kontakt aufnehmen und Sie dann informieren!« Als Nächstes wählte der Hauptkommissar dessen Handynummer. Rühle meldete sich erst, nachdem er es zweimal vergeblich versucht hatte. »Was macht Mertens gerade?«

»Ich kann ihn im Moment leider nicht sehen.«

Nelles hatte größte Schwierigkeiten, seinen Kollegen zu verstehen. Das lag zum einen an den lautstarken Hintergrundgeräuschen, die unschwer als Karnevalsmusik und grölende Männer auszumachen waren, und zum anderen an der schweren Zunge, mit der sich Rühle artikulierte.

»Wo sind Sie jetzt? Haben Sie etwa getrunken?«, fragte der Hauptkommissar argwöhnisch.

»Im *Corner*. Hier geht die Post ab.«

»Ist Mertens auch dort?«

»Nein, zurzeit nicht ...«

»Was soll das heißen? Haben Sie ihn verloren?«

»Jau! Aber er kommt bestimmt wieder!«

»Was ist mit den Zeugen? Diese Kellner, haben Sie die schon befragt?«

»Ging nich'. Ich hab das Bild von Mertens nich' dabei –«

»Mensch Rühle, Sie bauen ganz schöne Scheiße! Bleiben Sie im Corner! Ich komm vorbei und hol Sie ab!«

Als Nelles gegen sechs im *Corner* auftauchte, war die Stimmung schon auf dem Höhepunkt. Die meisten Männer hatten sich auf die Bänke unter den Fenstern gestellt und tanzten und schunkelten zu den Karnevalsschlagern, die aus den Boxen dröhnten. Erst nach einigen Minuten entdeckte er Rühle mit Pappnase und Ballonmütze. Er hatte sich bei zwei kräftigen jungen Männern untergehakt und gemeinsam schmetterten sie »Ach wär ich nur ein einzig mal ein schmucker Prinz im Karneval«. Der Hauptkommissar wusste, dass es in diesem Moment völlig sinnlos gewesen wäre, Rühle eine Standpauke zu halten, und schluckte seinen Ärger hinunter. Langsam ging er auf die tanzende Gruppe zu.

»Hallo, Rühle! Lass uns gehen!« Nelles bemühte sich, freundlich zu sein.

»Na Jung, was stehst du so steif rum? Willste nich' mitfeiern? Oder biste nich' aus Köln?« Einer der beiden Männer, die mit Rühle schunkelten, klopfte dem Hauptkommissar kräftig auf die Schulter. Er trug eine schrille Frauenperücke und hatte sich stark mit Lidschatten und Lippenstift geschminkt.

Nelles trat vor Schreck einen Schritt zurück. »Doch, ich bin aus Köln. Aber nicht alle Leute können um diese Zeit schon feiern. Ich wollte nur meinen Kollegen abholen.«

»Kollege ist gut«, prustete der Mann mit Perücke los. »Nä, nä, der liebe Jung bleibt schön hier. Den lass ich mir von dir nich' ausspannen. Nich', Schatz?« Er drehte sich zu Rühle um und küsste ihn mit lautem Schmatz auf die Wange.

»Jetzt trinkste erst mal einen mit!« Ein anderer Mann aus der Gruppe, so um die Dreißig, drückte Nelles ein Kölsch und einen *Kleinen Feigling* in die Hand. »Dein Freund ist übrigens sehr nett!« Er zeigte auf Rühle und stieß mit dem Hauptkommissar an, der sprachlos an seinem Bier nippte. »Sei nicht so böse, wenn dein Freund sich mal ein bisschen vergnügt. An Karneval kann man ruhig mal einen Seitensprung machen. Das gilt auch für dich. Du hast bestimmt jede Menge Chancen!« Unmerklich war der Mann Nelles immer näher gekommen und nahm ihn plötzlich fest in die Arme.

Der Hauptkommissar konnte einem Kuss auf den Mund gerade noch in letzter Sekunde ausweichen. »So, das reicht jetzt!« Er stellte sein Bierglas ab und drückte den aufdringlichen Verehrer hart an die Seite. Rühle, der die Szene beobachtet hatte, wurde mit einem Schlag nüchtern und bugsierte seinen Chef zur Tür.

Als die beiden Polizisten vor dem *Corner* auf der Straße standen, schnappte Nelles nach Luft. »Danke, dass Sie mich aus diesem Hexenkessel befreit haben. Trotzdem kann ich diesen Vorfall nicht einfach unter den Teppich kehren, Rühle. Das müssen Sie verstehen!«

Der Oberkommissar nickte schuldbewusst. »Entschuldigung, Chef. Ich weiß auch nicht genau, wie das passieren konnte. Sie wissen ja: am 11.11. hält es keinen richtigen Kölner auf dem Stuhl. Wenn dann auch noch diese ganzen Jecken um einen herum sind, muss man einfach mitmachen.«

»Bei allem Verständnis, Rühle: Wir sind im Dienst. Merken Sie sich das ein für alle Mal. So, und jetzt befragen wir die Zeugen, wenn wir schon mal hier sind. Am Besten fangen wir im *Clip* an. Dort scheint es ruhiger zu sein.«

»Das ist doch der Michael!« Jan, der heute im *Clip* hinter der Theke stand, war sich völlig sicher, als Nelles ihm ein Foto von Mertens vor die Nase hielt.

»Kennen Sie seinen Nachnamen?«

»Nö. Aber der kommt alle paar Tage hierher und trinkt ein paar Bierchen. Er hat mal erzählt, dass er in irgendeiner Altstadt-Kneipe kellnert.«

»Können Sie sich erinnern, ob er am 7. November abends hier war? Das war vergangenen Freitag.«

Der blonde Kellner musste nicht lange nachdenken. »Klar war der Michael letzten Freitag hier. Ziemlich lange, so bis halb drei. Und er hat ganz gut gepichelt.«

»Aha. Hat er sich mit anderen Gästen unterhalten?«

»Stefan und André sind Bekannte von ihm. Die sitzen übrigens gerade dahinten.« Jan zeigte mit dem Finger auf zwei junge Männer, die an einem der Bistro-Tische saßen. »Ich glaube, letzten Freitag waren sie auch hier.«

»Danke, Sie haben mir sehr geholfen!« Nelles nickte dem Kellner zu und wandte sich dann an Rühle, der gierig ein großes Glas Wasser in sich hineinschüttete. »Wenn die beiden dahinten auch bestätigen, dass Mertens am 7.11. hier war, hat er ein hundertprozentiges Alibi. Ich frage sie mal eben.«

Auch Stefan und André konnten sich sofort an den vergangenen Freitag erinnern und bestätigten, dass sie mit Michael Mertens zusammen einige Gläser Kölsch geleert hatten. Danach habe sich ihr Bekannter ein Taxi bestellt, um nach Hause zu fahren. Der Hauptkommissar hatte genug gehört. Alle drei Aussagen waren glaubwürdig, und er war nun überzeugt, dass Mertens nicht zur Tatzeit des Lucca-Mordes in Hamburg gewesen sein konnte. Somit war für heute Feierabend. Als er Rühle an der Theke abholen wollte, war dessen Barhocker leer. Auch der Kellner hatte sein Verschwinden nicht bemerkt. Nelles zahlte und ging verärgert nach draußen.

»Mensch, das hat aber ganz schön lange gedauert!«, empfing sein Kollege ihn vor der Tür. »Haben die beiden Mertens ein Alibi gegeben?«

»Interessiert Sie das wirklich? Ich glaube, Ihr Job ist Ihnen im Augenblick doch scheißegal«, antwortete Nelles grob.

»Nein, das stimmt nicht«, widersprach Rühle kleinlaut. »Ich musste noch etwas Wichtiges besorgen!« Er zog eine große Flasche edelsten französischen Cognac aus seinem Anorak, die er für einen völlig überzogenen Preis in der Nachbarkneipe erstanden hatte. »Bitte schön! Als kleine Wiedergutmachung für meinen heutigen Fehltritt.«

Nelles war gerührt und bekam plötzlich Mitleid mit seinem Kollegen, der immer noch völlig am Boden zerstört war. »Na gut, war ja auch ein harter Tag heute.« Er entkorkte die Flasche, nahm einen großen Schluck, und hielt sie dann Rühle hin. »Ich heiße übrigens Jürgen.« Dann schüttelten sie sich still die Hände.

2.9.1990

Seit ich in der Fußballmannschaft bin, ist das Leben im Internat halbwegs erträglich geworden. Dabei hatte ich zuerst Schiss, denn die meisten Jungs aus dem Team sind eher von der harten Sorte. Aber Herr Neumann, unser Trainer, meinte eines Tages zu mir, ich sollte doch einfach mal ein Probetraining mitmachen. Nach einigen Überwindungen habe ich mir dann an einem schönen Sommertag auch wirklich das Trikot übergezogen und bin auf den Platz gelaufen, wo sich schon ein Teil der Mannschaft versammelt hatte. Wie erwartet war der Empfang durch meine »Kameraden« nicht gerade freundlich. Aber die üblichen dummen Bemerkungen bin ich als

Außenseiter inzwischen schon so gewöhnt, dass ich sie einfach überhöre. Als Michael Gärtner allerdings laut in die Runde brüllte: »Ich denke, das ist hier eine Jungenmannschaft!«, stieg eiskalte Wut in mir hoch. Herr Neumann hat ihn scharf zurecht gewiesen und vom ersten Spiel ausgeschlossen. Das hat ihn in meiner Achtung enorm steigen lassen.

Das erste Training lief dann wirklich supergut. Ich schoss vier Tore. Allmählich merkte ich, dass die anderen Respekt vor mir bekamen. Später, im Umkleideraum, haben mich sogar einige gelobt. Seitdem bin ich regelmäßig dreimal die Woche beim Training. Herr Neumann hat sich in dieser Zeit immer sehr um mich gekümmert und mich auch wieder aufgebaut, wenn mal ein Spiel nicht so gut lief. Vielleicht liegt es daran, dass ich immer besser werde. Inzwischen schieße ich die meisten Tore für die Mannschaft. Herr Neumann meint sogar, ich wäre ein richtiges Naturtalent, auf das er nicht mehr verzichten wolle. Das geht natürlich runter wie Schoko-Eis im Hochsommer.

Heute Abend hat mich Herr Neumann zum Abendessen eingeladen. Er ist übrigens ein netter älterer Mann, so um die fünfzig und lebt allein in einer der Lehrerwohnungen auf dem Schulgelände. Ich habe mich schon oft gefragt, warum so ein sportlicher Typ keine Frau hat. Aber eigentlich ist es auch gar nicht so wichtig, denn so hat er wenigstens genug Zeit für uns. Ich glaube, dass er mich wirklich gerne hat, weil er mich in letzter Zeit häufig in den Arm nimmt. Allerdings habe ich auch schon gemerkt, dass mir diese Berührungen nicht so angenehm sind und mir etwas Angst machen.

13. November

Kräftiger Föhn schaufelte seit zwei Tagen warme Mittelmeer-Luft über die Alpen und bescherte der bayerischen Hauptstadt einen letzten Hauch von Sommer. Albert Herrenrieder war bester Dinge, als er sich kurz vor elf Uhr abends von seinen zwei Köchen und drei Azubis in der Küche verabschiedete. Es war ein harter Tag gewesen, weil nach acht mehrere Vorstandsmitglieder der Bayerischen Motoren Werke mit einer Gruppe japanischer Manager erschienen waren, um Herrenrieders weit über München hinaus bekannte Spezialitäten zu kosten. Zudem waren einige prominente Journalisten an diesem Tag im *Goldenen Lamm* zu ihrem monatlichen Stammtisch erschienen. Als das Personal gegangen war, schloss Herrenrieder sein Restaurant ab und überlegte, wie er den Abend ausklingen lassen sollte.

»Ein Bier, bittschön!« Der Star-Koch hatte sich gemütlich an der Theke in der *Deutschen Eiche* niedergelassen. Das uralte Lokal in der Reichenbachstraße lag nur fünf Minuten vom *Goldenen Lamm* am Viktualienmarkt entfernt. Auf dem kurzen Fußweg hatte der warme Südwind Herrenrieders innere Glut weiter entfacht. Seine Gedanken kreisten um die Frage, wie er seiner momentanen Einsamkeit ein Ende bereiten konnte. Die Frage Herrensauna oder Nachtbar erledigte sich in dem Augenblick, als ein junger Mann zwei Hocker weiter an der Theke Platz nahm.

Herrenrieder zögerte keine Sekunde. »Servus! Darf ich Sie zu einem Getränk einladen?«

Der Unbekannte schaute den Koch eine kleine Weile sehr intensiv an, bevor er lächelte und nickte. »Gern! So freundliche Leute trifft man selten. Einen Pernod-Cola, bitte!«

»Ah, Sie sind nicht aus München?«, begann Herrenrieder neugierig das Gespräch.

»Nein, nur zu Besuch. Aber ich komme immer wieder gerne hierher. Die Stadt, das Flair, die Menschen – wunderbar!«

»Ja, München ist schon schön. Sind Sie geschäftlich hier?«

»Eigentlich nicht. Aber andererseits suche ich auch einen guten Job ...«

»Na, dann wollen wir erst mal anstoßen! Zum Wohl!« Der Koch hatte sich neben den jungen Mann gesetzt und ließ die Gläser dezent klirren. »Ich heiße übrigens Albert!«

»Angenehm. Michael.«

Herrenrieder dachte einen Moment nach, aber konnte sich nicht erinnern. »Ich finde es bemerkenswert, was für gute Manieren du hast, Michael. Das findet man bei jungen Leuten kaum noch heutzutage. Ich mag Menschen, die noch Anstand und Etikette kennen und aus gutem Hause kommen.«

Der junge Mann lächelte hintergründig, so dass sein makelloses Gebiss hell im gedämpften Licht an der Theke schimmerte. »Man tut, was man kann. Meine Mutter hat großen Wert darauf gelegt, und anscheinend hat sie es geschafft. Aber ob mein Elternhaus gut war, sei mal dahingestellt.«

»Wie meinst du das?«

»Na ja, weder Geld noch gutes Benehmen können bestimmte Dinge ersetzen. Weißt du, was ich meine?«

»Ich glaube schon. In meinem Restaurant habe ich schon einige unschöne Auftritte von Mitgliedern der sogenannten Highsociety erlebt.«

»Ich versuche jedenfalls, auf eigenen Füßen zu stehen. Doch dazu brauche ich bald einen guten Job.«

»Möglicherweise kann ich dir helfen.«

»Schade, dass du heute Abend nicht im *Lamm* warst, Michael«, meinte Herrenrieder, als sie zu zweit in der Sauna im Keller seiner Villa in Bogenhausen saßen. »Einige bekannte Journalisten waren da, die dir vielleicht weiterhelfen könnten.«

»Ja, da habe ich wohl Pech gehabt. Wann siehst du sie wieder?«

»Erst in einem Monat.«

»So lange kann ich nicht mehr warten.«

»Ich kenne noch ein paar andere Leute. Ich werde in Ruhe darüber nachdenken, wen ich anrufen kann.« Der Star-Koch wischte sich mit einem Handtuch den Schweiß von seinem prallen Körper und ging zum Ofen, um neues Wasser aufzugießen. Als heiße Nebelschwaden aufstiegen, setzte er sich wieder neben den jungen Mann auf die Bank. Der hatte sich auf den Rücken gelegt und die Beine ausgestreckt. Seine Augen waren geschlossen, was seine langen schwarzen Wimpern wirken ließ. Herrenrieder betrachtete schweigend den ebenmäßigen Körper und hob seine rechte Hand, um ihn zu streicheln. Dann zuckte er zurück. Er musste sich erst satt sehen. War das hier nicht noch schöner als das Gemälde eines alten Meisters in der Pinakothek? Nichts störte die Harmonie aus Muskeln und samtweicher, leicht gebräunter Haut bis auf ein kleines, aber auffälliges Muttermal in der Nähe des Bauchnabels. Herrenrieder stutzte für eine Sekunde: Hatte er einen ähnlichen Körper nicht schon mal gesehen? Oder war es gar derselbe gewesen? Er wischte die unvollständige Erinnerung schnell beiseite und strich dem jungen Mann sanft über das dunkle, halblange Haar. »Michael, lass uns ins Bett gehen! Ich werde müde.«

Der junge Mann öffnete langsam die Augen und lächelte wieder. Dann erhob er sich gemächlich von der Bank und posierte in voller Größe vor dem Koch, der ihn sprachlos bewunderte. »Ich würde gerne noch etwas hier bleiben und dich verwöhnen, wenn du magst …«

»Da kann ich ja wohl schlecht nein sagen!« Herrenrieder legte sich auf die obere Bank und schloss die Augen.

In diesem Moment huschte der junge Mann für einen kurzen Moment aus der Sauna, um etwas aus seiner Jeansjacke zu holen. Er kam mit zwei Handschellen zurück und ließ sie um die Hände des Kochs klicken. Seinen linken Fuß kettete er an die Rückenlehne der Bank. »So, jetzt spielen wir was Neues, Albert! Aber erst mache ich dir noch etwas Dampf unter dem Arsch.« Er ging zum Ofen und kippte eine riesige Menge Wasser auf die Steine. Einen Moment später wurde es in der Sauna dunkel.

»Michael, was hast du vor? Was soll das? Mach das Licht wieder an!« Herrenrieder wurde unruhig.

»Ich möchte, dass es dir schön warm wird. Das liebst du doch, oder?«

»Mach die Dinger los! Ich mag dich sehr, glaub mir, ich werde dir helfen!«, schrie der Koch in Panik.

»Das hast du vor acht Jahren schon mal zu mir gesagt. Aber wahrscheinlich erinnerst du dich nicht mehr.«

»Bitte, mach keine Dummheiten. Ich tu alles, was du willst, Michael! Vor acht Jahren, sagst du? Da habe ich zwar mal einen wunderschönen Jungen kennen gelernt, aber er hieß nicht Michael ...« Der Koch redete jetzt wieder ruhig und gefasst.

»Wirklich? Wie auch immer, du hast deine Chance gehabt, Albert. Du hättest mich damals haben können. Ich wäre nie mehr von deiner Seite gewichen. Aber du hast sie verpasst!« Neue Hitze stieg auf, nachdem der junge Mann wieder Wasser auf die glühenden Steine gegossen hatte. Dann verließ er die Sauna und verriegelte die Tür mit einem Holzkeil. Anschließend ging er nach oben in die Küche, um sich einen Gin-Tonic zu mixen.

Nach einer Viertelstunde kehrte er zurück, schaltete das Licht an und schaute durch die kleine Glasscheibe der Sauna-Tür. Der Koch lag immer noch auf der obersten Bank und bewegte sich nicht. Vorsichtig ging der junge Mann hinein und fühlte seinen Puls.

In diesem Moment schnellte Herrenrieders Oberkörper hoch. Seine Fingernägel krallten sich in den nackten Rücken seines Peinigers und er brüllte: »Du Schwein, du elendes. Ich habe dir nie etwas getan und jetzt willst du mich hier verrecken lassen!« Dann schwanden seine Kräfte und er röchelte nur noch leise. »Bitte mach mich los! Du kannst alles von mir haben ... ich verschaffe dir einen Bombenjob! Nur lass mich hier raus!« In seinen weit aufgerissenen Augen spiegelte sich Todesangst. Er wimmerte. Langsam lockerte sich sein Griff, und er sackte auf die Holzbank.

»Zu spät!« Die Stimme des jungen Mannes war eisig, als er neues Wasser auf die Steine des Ofens kippte. Er entschwand im heißen, schwarzen Dunst, um einen neuen Gin-Tonic zu trinken. Nach zwanzig Minuten lag Herrenrieder immer noch regungslos auf der Bank. Aber sein Mörder wollte sicher gehen und machte einen neuen Aufguss. Als eine weitere halbe Stunde vergangen war, kehrte er zurück. Behutsam tastete er Herrenrieders Körper ab. Das Herz stand still.

14.9.1990

Letzte Nacht ist es doch passiert. Dabei haben mich ältere Männer bisher körperlich immer abgestoßen. Vielleicht liegt das aber auch an meinem Trainer. Als er mich damals in seine Wohnung einlud, hatte ich so eine gewisse Ahnung, was mir bevorstand. Wie sich herausstellte, hatte sie nicht getrogen. Neumann zeigte sich an diesem Abend als charmanter Gastgeber und hatte sogar mein Lieblingsgericht gekocht: Rinderrouladen. Dazu gab es ein paar Gläser guten trockenen Wein. Damals war ich noch nicht so an Alkohol gewöhnt, und deswegen war ich nach vier Gläsern ganz schön beschwipst und sehr gut drauf. Plötzlich nahm mich Neumann dann in den Arm, drückte mich fest an sich und begann, mein Gesicht abzuknutschen. Ich erinnere mich heute noch, wie seine Bartstoppeln kratzten. Dazu kam dieser widerliche Mundgeruch. Ich fühlte mich an Erich erinnert. Deshalb wehrte ich mich spontan.

Aber dann versuchte ich, wie immer in solchen Situationen, einen klaren Kopf zu behalten. Ich durfte mich mit dem Trainer nicht restlos überwerfen. Ich ließ mich also breitschlagen, mit ihm ein paar Sexspielchen zu machen, aber wir spielten sie nach meinen Regeln. Und selbst das war so schlimm, dass ich mir schwor, nie wieder solche Kompromisse einzugehen. Danach war wenigstens erst mal Ruhe.

Letzte Woche während des Trainingslagers war es dann wieder so weit. Nach dem Fußballspielen am Dienstagnachmittag kam Neumann in die Dusche und starrte mich vor meinen Kumpels lüstern an. Das war echt peinlich. Anschließend passte er eine Gelegenheit ab, als ich allein im Schlafraum war und begann, mir die Ohren voll zu sülzen. Irgendwo hatte er wohl auch schon eine dunkle Ecke ausgeguckt, wo er sich später mit mir treffen wollte. Da habe ich Panik bekommen. Ich packte ein paar Sachen zusammen und machte mich unauffällig aus dem Staub. Ich muss übrigens erwähnen, dass dieses Trainingslager zurzeit in einem kleinen Kaff fünfzig Kilometer südlich von München stattfindet. Vor der Abreise hat mir Mama noch 500 Mark zugesteckt, und die machten mich jetzt wenigstens fürs Erste finanziell unabhängig.

Mit Bus und Bahn fuhr ich also nach München. Dort habe ich an einer Frittenbude zunächst eine große Schweinshaxe verdrückt. Dabei überlegte ich mir, wie ich den Rest des Abends verbringen sollte. Da ich zum ersten Mal in München war, wollte ich auch das

Nachtleben dort kennen lernen. Vielleicht würde ich in den vielen Kneipen auf ein paar interessante Leute stoßen. Als Vierzehnjähriger darf ich eigentlich nicht hinein, aber weil ich ziemlich groß bin und etwas älter aussehe, habe ich nie große Probleme. Ich bummelte ein bisschen durch die Innenstadt, bis ich zu einem kleinen, unscheinbaren Lokal kam. Ich kann jetzt gar nicht mehr sagen, warum ich gerade in diese Kneipe gegangen bin.

Als der Wirt mir anstandslos ein Bier gezapft hatte, schaute ich mich um und entdeckte noch fünf oder sechs Männer unterschiedlichen Alters, die ebenfalls allein an der Theke saßen. Der jüngste war wohl so Ende dreißig. Er blickte mich sehr freundlich an und bald darauf kamen wir ins Gespräch. Aus einem unerklärlichen Grund fasste ich sofort Vertrauen zu ihm und erzählte vom Internat, meinen dämlichen Schulkameraden und schließlich auch vom Fußball und von Neumann. Der Mann erzählte, dass er selbst bis vor einigen Jahren in der Kreisliga gekickt habe und noch heute ein großer Fan von 1860 sei. Er sagte, dass er die Bayern überhaupt nicht mag, weil sie so eine arrogante, abgehobene Mannschaft seien, bis hin zu den Managern. Über Neumanns Anmache hat er sich furchtbar empört und meinte, ich sollte auf keinen Fall ins Lager zurückfahren. Er bot mir an, ein paar Tage bei ihm zu bleiben, um dann in Ruhe zu überlegen, was zu tun sei. Nach den Erlebnissen mit Neumann war ich natürlich zuerst misstrauisch, doch dann sagte ich mir, dass ja wohl nicht alle Männer solche Schweine sind.

Also ging ich mit Albert nach Hause. Er stellte mir sein Gästezimmer zur Verfügung, und ich war froh, mich endlich auspennen zu können, nach all dem Stress. Am nächsten Morgen nach einem riesigen Frühstück, zeigte er mir seine wertvollen Antiquitäten. Albert erzählte mir, dass er Chefkoch in einem der ersten Münchner Hotels sei, und entsprechend gespannt war ich auf das Mittagessen. Als er dann ein wahnsinniges Vier-Gänge-Menü zubereitete, lief mir das Wasser im Mund zusammen. Niemals zuvor in meinem Leben hatte ich solche Delikatessen bekommen. Bevor Albert zur Arbeit musste, machten wir einen kleinen Spaziergang durch die Stadt. Er kaufte mir eine schicke weiße Leinenhose und ein sündhaft teures Polohemd.

Während seiner Abwesenheit machte ich es mir in seiner Woh-

nung gemütlich und stöberte in seiner Bibliothek. Ich stieß auf die gesammelten Werke Jean Cocteaus und entdeckte, dass mein Lieblingsgedicht von ihm ist. Als Albert nach der Arbeit spätabends nach Hause kam, rezitierte ich das Gedicht aus dem »Choral«.

Albert war völlig begeistert und wollte natürlich wissen, wieso ich so gut Französisch spreche. Ich erklärte ihm, dass meine Mutter aus der Gegend von Paris stammt, und ich während meiner Kindheit französisch gesprochen habe, bis Erich an meinem neunten Geburtstag verfügte, dass ich auch zu Hause nur noch Deutsch sprechen durfte.

Auch in den vergangenen drei Tagen las mir Albert fast jeden Wunsch von den Augen ab, und ich fühle mich bei ihm inzwischen richtig zu Hause. Natürlich haben wir schon viel über meine Zukunft geredet, denn ich weiß nicht, ob ich zurück ins Internat kann. Oder zu meinen Eltern?

Als Albert heute Abend nach Hause kam, ist er wie immer als Erstes unter die Dusche gegangen. Ich bin mir nicht sicher, ob er die Badezimmer-Tür absichtlich aufgelassen hat. Jedenfalls kam ich auf dem Weg zur Küche vorbei und sah ihn plötzlich splitternackt vor mir. In diesem Moment spürte ich, wie von seinem kräftigen, sportlichen Körper eine eigenartige Faszination ausging, die ich mir bisher nie hatte vorstellen können. Vermutlich zieht mich seine menschliche Wärme an, die er seit unserer ersten Begegnung in der Kneipe ausstrahlt. Schon an den Tagen davor habe ich mir gewünscht, diesem Mann, der mich besser als jeder Vater behandelt, auch körperlich nahe zu sein. Jetzt, während ich diese Zeilen schreibe, fühle ich mich zum ersten Mal nach vielen Jahren glücklich, denn ich habe mit Albert eine wunderschöne Nacht verbracht. Am liebsten würde ich für immer bei ihm bleiben.

Zwar hat Albert mehrfach erklärt, dass er keinen Ärger mit meinen Eltern, dem Internat oder den Behörden haben möchte. Aus Liebe müsse er in meinem Interesse handeln. Für mich sei es wichtig, einen Schulabschluss zu machen und ein geregeltes Leben zu führen. Das aber sei nur bei meinen Eltern oder im Internat möglich. Ich hoffe dennoch auf einen anderen Ausweg und habe ihm vorgeschlagen, eine Schule in München zu besuchen.

14. November

Wiltrud Schirminger hatte grässliche Kopfschmerzen, als sie aufwachte. Obwohl sie in München geboren und aufgewachsen war, wollte sich ihr Organismus offenbar nicht an die warmen Föhnwinde im Herbst gewöhnen. Nur ihre engsten Mitarbeiter im Kriminalkommissariat wussten, dass man sie an solchen Tagen wie heute am Besten völlig allein dem Aktenstudium überließ. Gegen zehn klingelte das Telefon auf ihrem Schreibtisch. Ein stechender Schmerz zuckte durch ihr Gehirn. Der junge Polizeimeister von der Wache stellte ihr einen Anruf durch.

»Hier ist Gerd Rauter!«, meldete sich eine aufgeregte Stimme am anderen Ende der Leitung. »Ich habe gerade einen Toten gefunden …«

Schirminger unterbrach ihn, denn am wenigsten war ihr jetzt nach hysterischen Männern zumute. »Wo sind Sie?«

»In der Scheinerstraße in Bogenhausen …«

Die Kommissarin notierte sich die Adresse. »Bleiben Sie dort! Wir werden in etwa zwanzig Minuten bei Ihnen sein.« Sie legte auf und verständigte die Kollegen von der Spurensicherung und den Rechtsmediziner.

Die zweistöckige Villa, in Pastelltönen gestrichen, versteckte sich hinter einer großen Buchsbaumhecke. Wie in Bogenhausen üblich, verriet kein Schild am Eingang den Namen des Eigentümers. Die Hauptkommissarin wurde bereits an der Haustür erwartet. Der Mann war Ende dreißig, rundlich und hatte rote Ränder um die graublauen Augen.

»Gut, dass Sie endlich da sind. Ich weiß gar nicht was ich machen soll.«

»Wo ist die Leiche?«, fragte die Kommissarin knapp und stürmte an ihm vorbei ins Haus.

»In der Sauna, im Keller.« Gerd Rauter zuckte nervös und hielt sich eine Hand vor den Mund, als er jetzt den Tross von Ermittlern bemerkte, der Schirminger folgte. Sie begutachtete als erste die bläulich verfärbte Leiche, die zusammengesunken auf der oberen Bank in der Sauna lag.

»Ach, ist das nicht Albert Herrenrieder, der Besitzer von diesem Nobelrestaurant?« Sie hatte sein Porträt schon oft auf den Lokalseiten der Zeitungen gesehen.

»Ja, und ich bin einer der Köche aus seinem Team«, sagte Rauter leise.

»Wir werden uns gleich noch unterhalten. Bitte warten Sie oben!« Als er gegangen war, wandte sich die Kommissarin an den Pathologen. »Was meinen Sie? Ein Unfall?«

»Sieht zumindest auf den ersten Blick so aus. Spuren von äußerer Gewalt sind nirgends zu erkennen. Ich vermute, dass er einen Kreislaufkollaps hatte, der zum Herzstillstand führte. Aber Genaueres kann ich erst nach der Obduktion sagen.«

»Mit Spuren sieht es dürftig aus«, bemerkte einer der Ermittler. »Man könnte meinen, die Sauna sei gründlich gereinigt worden.«

»Wann haben Sie Herrn Herrenrieder gefunden?« Wiltrud Schirminger schlug einen freundlicheren Ton an, als sie merkte, dass Rauter der Tod seines Chefs sehr nahe ging. Sie saßen im Salon der Villa, der mit englischen Antikmöbeln eingerichtet war.

»So kurz nach neun. Eigentlich waren wir um acht verabredet. Wir wollten nämlich zusammen auf den Großmarkt, um frisches Gemüse zu kaufen. Sie müssen wissen: Albert war ein absoluter Qualitätsfanatiker. Deshalb hat er sich auch meistens selbst um den Einkauf gekümmert …« Rauter schossen Tränen in die Augen, und er schnäuzte sich, bevor er langsam weiterredete. »Albert war immer sehr pünktlich und zuverlässig. Deshalb war ich so erstaunt, dass er nicht öffnete, als ich ihn abholen wollte. Ich habe mindestens zehn Minuten Sturm geklingelt. Aber nichts rührte sich. Dann habe ich einen Schlüsseldienst gerufen, weil ich das Gefühl hatte, dass etwas nicht stimmt.« Er legte eine Rechnung auf den Tisch. Die Kommissarin warf einen flüchtigen Blick darauf.

»Und dann haben Sie das Haus durchsucht und Herrenrieder in der Sauna gefunden?«

Rauter nickte stumm.

»Können Sie Angaben zu seinem Privatleben machen?«

Der Koch errötete. »Na ja, Albert lebte sehr zurückgezogen. Er hatte keine feste Bindung. Und, Sie werden es ja doch herausfinden, er war homosexuell.«

»Aha. Wissen Sie, ob er in Szene-Lokalen verkehrte?«

»Er hat relativ wenig darüber erzählt und keine Namen genannt. Allerdings bevorzugte er wohl jüngere Partner. Gelegentlich hat er sie morgens mit zum Großmarkt genommen, wenn sie bei ihm übernachteten.«

»Können Sie sich an Namen erinnern?«

»Kann ich leider nicht. Seit ungefähr einem Jahr habe ich auch niemanden mehr mit Albert zusammen gesehen.«

»Hatte er vielleicht mal eine Auseinandersetzung mit einem dieser jungen Männer?«

Rauter lächelte versonnen. »Das kann ich mir überhaupt nicht vorstellen. Albert war so ein liebevoller, gütiger Mensch ...«

»Danke, das wär's fürs Erste.« Die Kommissarin hasste Gefühlsduseleien. »Eine Routinefrage noch zum Schluss: Wo waren Sie gestern Abend?«

Der Koch bekam einen knallroten Kopf. »Ist das wirklich wichtig?«

»Sonst würde ich nicht fragen!«

»Im *Morizz*.«

»Ist das nicht auch eine Homosexuellen-Bar?«

Am späten Nachmittag lagen erste Untersuchungsergebnisse vor. Wiltrud Schirminger hatte ordentlich Druck gemacht, nachdem sie die Ermittlungen in Herrenrieders Villa beendet hatten. Sie wusste, wie groß das öffentliche Interesse am Tod prominenter Personen war, und dass die Polizei schnell in die Schusslinie geraten konnte, wenn sie bei der Aufklärung auf der Stelle trat. Daher war sie auch für eine intensive Zusammenarbeit mit der Presse, um die Ordnungshüter im besten Licht zu präsentieren. Für achtzehn Uhr hatte sie zu einer Pressekonferenz geladen, um die ersten Ergebnisse im Fall Herrenrieder bekannt zu geben. Zuvor wollte sie sich jetzt mit dem Gerichtsmediziner und der Spurensicherung abstimmen.

»Es gibt kaum verwertbare Hinweise. Nur in unmittelbarer Nähe der Leiche haben wir einige Fingerabdrücke Herrenrieders gefunden. Und an einem der Handtücher eine winzige Blutspur. Sie stammt nicht vom Opfer, so viel wissen wir schon. Wir lassen sie noch genau analysieren.«

»Ich habe auch Hinweise, dass Fremdverschulden vorliegt«, meldete sich der Pathologe zu Wort. »Unter den Nägeln des Toten haben wir winzige Hautpartikel gefunden, und zwar am rechten Zeigefinger und am linken Mittelfinger. Sie stammen nicht vom Opfer. Und es kommt noch besser: An den Hand- und Fußgelenken sind leichte Blutergüsse und Hautabschürfungen. Das deutet darauf hin, dass Herrenrieder gefesselt war. Ich vermute Handschellen.«

»Dann wissen wir ja schon eine ganze Menge und können den Pressefritzen was zum Fraß vorwerfen.«

Hauptkommissar Jürgen Nelles war etwas frustriert, als er gegen acht sein Büro verließ und heimwärts fuhr. Sowohl die Hamburger Kollegen als auch sein Team traten in den Fällen Wildmeier und Lucca auf der Stelle. Kollege Mühlmann hatte ihn zwar heute Mittag angerufen und von einem Kellner berichtet, der sich als Zeuge bei der Hamburger Kripo gemeldet hatte. Nach dessen Aussage hatte Lucca am Abend vor seinem Tod in Begleitung eines jungen Mannes ein Restaurant besucht. Aber die Beschreibung des Begleiters durch den Kellner war so mager gewesen, dass es nicht mal für ein Phantombild gereicht hatte. Als Nelles ins Auto stieg, blies ihm ein eisiger Nordwind ins Gesicht. Ein paar Schneeflocken tanzten im Schein einer Straßenlaterne. Er beschloss, noch einen Abstecher zum Hauptbahnhof zu machen, um Anja eine gute Flasche Wein mitzubringen.

Am Zeitungskiosk in der Bahnhofshalle wurde gerade der neue *Express* angeliefert. Der Kommissar warf einen Blick auf das Boulevard-Blatt: »MÜNCHEN: PROMI-KOCH ERMORDET«. Darunter, etwas kleiner: »Täter aus der Homo-Szene?« Nelles drückte der Verkäuferin siebzig Pfennige in die Hand. Er schlug sofort die entsprechende Seite auf und erfuhr, dass es zwar bisher keine direkten Hinweise auf den Täter gebe, aber die Polizei an Hand der Spuren wahrscheinlich einen genetischen Fingerabdruck erstellen werde.

Die *Blütenträume* lagen völlig im Dunkeln, als Nelles gegen neun in Nippes ankam. Er hatte gehofft, den Floristen noch in seinem Geschäft anzutreffen. Danach versuchte er es in dessen Wohnung. Es dauerte ein bisschen, dann öffnete Bert in T-Shirt und Boxershorts.

»Hallo Jürgen! Entschuldige mein Outfit.«

»Auch wenn ich etwas ungelegen komme, würde ich gerne noch kurz auf deine psychologischen Kenntnisse zurückgreifen.«

»Kein Problem.«

Nelles zeigte Bert den *Express*-Artikel. »Was meinst du? Könnte es unser Mörder sein? Mich würde deine Meinung brennend interessieren!«

Bert wiegte bedächtig den Kopf. »Ich weiß nicht so recht. Nach meiner Schulpsychologie bevorzugen Serientäter meistens eine bestimmte Handschrift, wenn sie ihre Opfer umbringen. Aber Wildmeier, Lucca und jetzt dieser Herrenrieder wurden auf ganz unterschiedliche Weise ermordet. Allerdings ist auffällig, dass alle drei prominente Schwule waren. Aber sie lebten ziemlich weit voneinander entfernt ...«

»Es ist doch nicht normal, dass sie alle im Abstand von zehn Tagen getötet wurden!«

»Kann ein Zufall sein – oder auch nicht! Es ist jetzt vor allem wichtig, dass ihr herausfindet, ob es zwischen den drei Opfern irgendwelche Verbindungen gab. Ist denn der genetische Fingerabdruck des Münchner Täters schon mit eurer DNA-Analyse verglichen worden?«

»Nein, so weit sind wir noch nicht. Aber ich werde morgen gleich die Kollegen in München anrufen.«

14.11.

Als ich Herrenrieder wieder getroffen habe, musste ich viel an früher denken: Die Zeit im Internat, die Fußballmannschaft und an den ersten Abend in München. Vor allem meine Wut auf den Trai-

ner war mir wieder völlig gegenwärtig. Eigentlich war er der Erste, den ich bestrafen wollte. Aber wie ich von meiner Mutter erfahren habe, ist er vor drei Jahren tödlich verunglückt und hat sich somit meiner Bestrafung entzogen. So blieb noch Herrenrieder, der dafür gesorgt hat, dass ich wieder zurück auf das Internat musste und dort die Folgen meines Aufenthaltes bei ihm ausbaden konnte. Wobei der verschärfte Arrest noch harmlos war verglichen mit dem Stress, den mir Erich machte. Und was das Allerschlimmste war: Ich wurde aus der Fußballmannschaft ausgeschlossen.

Nachdem ich eben die Abendzeitung gelesen habe, ist mir ein ganz schöner Schreck in die Glieder gefahren. Ich habe nicht damit gerechnet, dass die Bullen so gründlich recherchieren. Die Hautreste unter Herrenrieders Fingernägeln hatte ich glatt vergessen, obwohl ich alle anderen Spuren so sorgfältig beseitigt habe. Daher werde ich in nächster Zeit sehr vorsichtig sein, bis etwas Gras über meine Strafaktionen gewachsen ist. Allerdings haben sie noch keine Anhaltspunkte über mein Aussehen. Das beruhigt mich etwas. Trotzdem ist es an der Zeit, über gewisse äußerliche Veränderungen meiner Person nachzudenken.

15. November

Aus dem Intercity »Ludwig Uhland«, der eben im Kölner Hauptbahnhof gehalten hatte, strömten zahlreiche Fans des TSV 1860 München auf den Bahnsteig. Etliche hatten auf der langen Reise schon kräftig den Hauptsponsor Löwenbräu unterstützt und stimmten bereits Schlachtrufe an. Der einzelne junge Mann, der eine Kappe und einen Schal in den Farben des 1. FC Köln trug, ging im Getümmel unter. An den weiß-blauen Fans vorbei, eilte er zum Ausgang und mischte sich unter die rot-weiß gekleideten Geißbock-Anhänger, die aus dem Umland gekommen waren und sich ins Müngersdorfer Stadion aufmachten.

»Hallo Kay! Dich habe ich ja seit Ewigkeiten nicht gesehen. Trinkst'n Bier mit?«

Der große Blonde, der an der Theke des Transfert saß, drehte sich erstaunt um. »Ich glaub es nicht! Du in diesem Fußball-Fummel?«

»Schwulsein und Fußball sind für mich kein Widerspruch. Im Gegenteil, es gibt viele Gemeinsamkeiten. Ihr wollt das bloß nicht wahrhaben.« Der dunkelhaarige junge Mann prostete seinem Bekannten zu. »Du weißt doch, dass Fußball schon immer meine Leidenschaft war. Wenn sie mich im Internat nicht aus dem Team geschmissen hätten, könnte ich vielleicht heute schon in der Bundesliga spielen. Dann hätte ich keine Sorgen mehr.«

»Hast du Probleme? Bisher hatte ich nie den Eindruck, dass es dir schlecht geht.«

»Na ja, ich schlage mich so durch. Für die Eintrittskarte ins Stadion reicht es noch!«

»Ich werde nie begreifen, wie sich Leute bei diesem Wetter zwei Stunden auf einem Fußballplatz die Beine in den Bauch stehen.«

»Das ist mehr was für richtige Männer.«

»Ha, ha, und du hältst dich dafür? Wahrscheinlich hat dieser Wildmeier genauso gedacht!« Kay grinste süffisant.

»Apropos, gibt's in dem Fall eigentlich was Neues? Haben sie endlich den Mörder?«

Kay schüttelte den Kopf. »Bin mal gespannt, ob sie den Killer jemals kriegen. Scheint ein richtiger Profi zu sein. Aber was interessieren mich schon schwule Fußballspieler?«

»Wäre Wildmeier ein bekannter Künstler gewesen, würde sich die ganze Szene tierisch aufregen«, gab der andere zurück. »Mir jedenfalls ist dieser Mord ziemlich nahe gegangen. Nicht nur, weil der FC seinen besten Stürmer verloren hat.«

»Ja, du hast natürlich Recht. Solche Verbrechen sind immer schrecklich, egal wen es trifft«, versuchte Kay ihn zu beschwichtigen, weil er wusste, dass Fußballfans ziemlich empfindlich sein konnten. »Trinkst du noch ein Bier mit, auf den FC?«

»Nein, danke!« Der dunkelhaarige junge Mann wurde unruhig. »Ich muss unbedingt los, wenn ich die erste Halbzeit nicht verpassen will!«

Bert Heinrichs schaute strafend auf seine Armbanduhr, als Nelles kurz vor zwei in seinen Blumenladen schneite. »Wie immer auf die letzte Minute!«

»Willst du nun Geld verdienen oder nicht?«

»Aha, heute brauchst du also keine kostenlosen psychologischen Ratschläge?«

»Später! Erst mal möchte ich einen schönen Strauß für Anja!«

»Gibt's einen bestimmten Anlass?«

»Ja, sie ist mal wieder sauer auf mich ...«

»Eure Beziehung ist eine richtige Achterbahn, wenn du mich fragst. Ich weiß nicht so recht, ob Blumen da noch helfen. Am Besten sollte ich euch beide therapieren.«

»Lieber nicht. Ich kann mir denken, was dabei rauskommt. Lass es mich noch mal mit Blumen probieren. Es müssen ja nicht die teuersten sein. Es gibt übrigens Neuigkeiten«, leitete Nelles zu einem anderen Thema über, als der Florist die Blumen in Zellophan einpackte. »Wir wissen jetzt, dass alle drei Opfer vom gleichen Täter ermordet wurden. Ein Vergleich aller Gen-Analysen hat ergeben, dass die gleiche unbekannte Person an allen drei Tatorten war. Die Hautreste unter Herrenrieders Fingernägeln sowie eine winzige Blutspur in der Sauna, das Sperma auf Luccas Körper, die

Schamhaare in Wildmeiers Mund: alles kleine Souvenirs des Mörders.«

»Tja, dann habt ihr es wohl doch mit einem richtigen Serienmörder zu tun. Aber ihr habt immer noch keinen Anhaltspunkt, wie dieser Bursche aussieht?«

»Nicht den geringsten. Das ist es ja! Keine brauchbaren Zeugen! Ich vermute immer noch, dass sich Wildmeier mit diesem Kerl auch in der Kölner Szene herumgetrieben hat. Vielleicht in sehr verschwiegenen Lokalen ...«

»Habe verstanden! Und ich soll da noch mal die Leute ausquetschen. Ich bekomme zwanzig Mark von dir.«

Einige Stunden später stand Bert vor dem Laden und schlug den Kragen seiner schweren Lederjacke hoch. Das Wetter bot einen ersten Vorgeschmack auf den bevorstehenden Winter. Das Quecksilber pendelte um den Gefrierpunkt, ab und zu fiel etwas Schneeregen aus dem verhangenen Himmel und ein böiger Nordostwind machte den Aufenthalt im Freien noch ungemütlicher. Auf dem Weg zum Rudolfplatz fragte Bert sich, ob ein ruhiger Fernsehabend in seiner warmen Wohnung nicht weitaus angenehmer gewesen wäre.

Ein Blick durch die große Glasscheibe des Transfert stimmte ihn augenblicklich um. An der Theke entdeckte er einige attraktive Jungmänner, die interessant aussahen. Hektische Techno-Beats empfingen den Floristen, als er die Tür des Lokals öffnete. Er suchte sich einen strategisch günstigen Platz an der Theke, von wo aus er das gesamte Geschehen im Blick hatte.

»Grüß dich, Bert! So früh und ganz allein?« Sebastian, der hübsche junge Kellner, stellte ihm ein frisch gezapftes Kölsch hin.

»Ja, muss auch mal sein. Wenn ich mich so umschaue, bin ich aber nicht der Einzige, dem zu Hause die Decke auf den Kopf gefallen ist.«

»Wir hatten schon gut zu tun heute. Stell dir bloß vor, was heute Nachmittag passiert ist!« Sebastian machte eine schnippische Handbewegung. »Da kommt doch tatsächlich ein richtiger Fußball-Fan hier rein. So das volle FC-Outfit mit Schal, Mütze, du weißt schon. Ich dachte erst, der hat sich verlaufen. Aber nein, der war schwul!«

»Jeder Jeck ist eben anders.« Bert konnte die Aufgeregtheit des Kellners gar nicht nachvollziehen. »Wie wir erst kürzlich erfahren haben, gibt es sogar schwule Fußballspieler ...«

»Genau, dieser Wildmeier! Darüber hat der FC-Fan auch geredet.«

Bert wurde neugierig. »Mit wem hat er sich unterhalten?«

»Mit so 'nem Blonden. Kay heißt der, glaube ich. Ist nur alle paar Wochen mal hier. Der FC-Fan wollte wissen, ob der Mord endlich aufgeklärt ist.«

»Wie sah dieser FC-Fan aus?«

»Super. Groß, schlank, dunkelhaarig. Ist bestimmt 'ne Sünde wert, wenn er diese blöden Fußball-Klamotten abgelegt hat.«

Bert suchte drei Stunden später immer noch in den Szene-Lokalen zwischen Rudolfplatz und Neumarkt nach dem ominösen FC-Fan. Langsam wurde ihm mulmig. Möglicherweise war dieser Typ wirklich der Serienmörder. Er sollte Nelles informieren. Andererseits hatte ihn das Jagdfieber gepackt. Bert wischte alle Bedenken beiseite. Wahrscheinlich entpuppte sich der FC-Fan bei genauem Hinsehen als ein harmloser Junge, der eben auf Fußballspieler stand. Dafür musste er den Kommissar nicht in der wohlverdienten Wochenendruhe stören.

Ein eisiger Wind blies dem Floristen ins Gesicht, als er das überhitzte Schampanja nach etlichen Kölsch verließ und überlegte, ob er den Abend mit einem Sauna-Besuch ausklingen lassen sollte. Das letzte Mal war er mit Nelles dort gewesen. Aber das war lange her. Vielleicht konnte er sich noch in ein Abenteuer stürzen. Die Männersauna lag versteckt in einem kleinen Gässchen hinter dem Rudolfplatz. Nachdem Bert Eintritt gezahlt und ein Handtuch sowie den Spind-Schlüssel in Empfang genommen hatte, warf er einen Blick in den gähnend leeren Umkleideraum hinter der Kasse. Er ließ sich auf einem der Barhocker nieder und bestellte einen Campari-Orange. Neben ihm räkelte sich ein gleichaltriger Mann, der seinen prallen Bierbauch dezent unter dem Handtuch versteckte, ansonsten aber nackt war.

»Bei dem Wetter hätte ich mehr Leute hier erwartet«, begann Bert das Gespräch mit dem kahlköpfigen Barkeeper.

»Die jungen Typen hüpfen bestimmt noch alle in der Disco rum. Aber ein paar nette sind auch schon hier. Du wirst sie gleich im Dampfbad treffen.«

»Da bin ich mal gespannt.«

Bert verstaute seine Sachen im Spind und stieg vorsichtig die Treppe hinunter. Im düsteren, heißen Nebel des Dampfbads erkannte er einige schemenhafte Gestalten. Vorsichtig tastete er sich durch den großen, gekachelten Raum vorwärts, immer auf der Hut, nicht auf dem glitschigen Boden auszurutschen. Die Stille wurde hier und da durch leises Flüstern oder unterdrücktes Stöhnen unterbrochen. Ein markanter Duft stieg plötzlich in seine Nase. Bert nahm nur einen schwarzen Schatten wahr, aber die Umrisse ließen einen attraktiven Körper vermuten. Bert zögerte, ihn zu berühren. Doch dann zeigte der Alkohol Wirkung. Langsam begann er, mit beiden Händen über die Brust des Unbekannten zu streicheln. Der blieb zunächst völlig passiv, bis Bert seine Lendenpartien liebkoste und schließlich zwischen den Beinen hängen blieb. Behutsam fasste der Unbekannte Berts Arme und fuhr dann langsam mit allen zehn Fingerspitzen bis hinauf zu dessen Hals und Schultern.

Sie tauschten wortlos eine weitere Viertelstunde Zärtlichkeiten aus, bis der Unbekannte raunte: »Komm, lass uns in eine Kabine gehen.«

Sie hatten Glück und fanden einen leeren Ruheraum. Unbeirrt vom Gequäke der Backstreet-Boys auf dem Monitor an der Wand ließen sie sich auf die große mit Gummi bezogene Matratze sinken und fielen übereinander her. Im gedämpften Licht sah Bert jetzt den schönen Körper, der ihn – bis auf die Haarfarbe – an Marcus Schenkenberg erinnerte. Dessen Fotos sammelte er nämlich. Es war einer jener Momente, in denen Realität und Fantasie eins zu werden schienen. Bert hatte beschlossen, dass sein Traumboy »Marcus« war. Bevor er nach dessen richtigem Namen fragen konnte, spürte er Marcus' Zunge in seinem Mund. Der junge Mann hatte die Initiative ergriffen. Sein Griff wurde fester. Er begann, Berts Gesäß zu massieren und verströmte dabei noch mehr von dem aufregend süßen Duft.

Als sie oben in der Bar ankamen, waren alle Hocker besetzt. Der Florist bestellte zwei Biere und nahm sie mit in eine freie Ecke des Raumes, wo Marcus wartete. »Jetzt haben wir uns aber eine kleine Erfrischung verdient. Ich hoffe, du fühlst dich genauso gut wie ich!«

Marcus zündete sich eine Zigarette an, bevor er mit rauer Stimme antwortete. »Klar, hätte ich sonst mitgemacht? Du bist noch ganz schön fit für dein Alter!«

Bert bekam einen roten Kopf. »Mit zweiunddreißig zählt man doch nicht zum alten Eisen, oder?«

»Kommt auf die Perspektive an! Ich habe einen Horror vorm Älterwerden. In sieben Jahren werde ich auch schon dreißig ...«

»Man kann sich aber pflegen und was für seinen Körper tun«, unterbrach Bert, dem der Jugendwahn zuwider war. »Was ist das übrigens für ein himmlischer Duft, den du ausströmst?«

Marcus lächelte geheimnisvoll. »Soixante-Neuf«. Das kann man aber hier nicht kaufen. Glücklicherweise, sonst würden bald alle Tunten damit herum rennen.«

»Schade! Aber vielleicht hast du ja Lust, mich wenigstens den Rest der Nacht noch damit zu verwöhnen?«

»Wo wohnst du?« Die knappe, nüchterne Frage des jungen Mannes wirkte wie eine kalte Dusche.

»In Nippes. Warum?«

»Hast du da ein eigenes Haus?«

»Sehe ich so aus? Nee, eine Mietwohnung ...«

»Marcus« runzelte die Stirn und griff zu seiner Zigarettenschachtel. »Also, ich treffe nachher noch einen Freund hier in der Innenstadt. Da lohnt es nicht, wenn ich mit nach Nippes komme. Ich bleibe lieber noch ein bisschen hier. Aber war nett, dich kennen gelernt zu haben.«

Bert fehlten die Worte. Wie vor den Kopf gestoßen beobachtete er, wie Marcus die Treppe hinunter zum Dampfbad verschwand.

16.11.

Zerstreuung verschaffe ich mir auf die vielfältigste Weise. Manchmal hilft mir auch Sex. Inzwischen bin ich auch abgebrüht genug, um unbefangen zu jenen Orten zu gehen, wo Männer anonym mit-

einander verkehren. Darkrooms, Parks und Saunen sind gar nicht so übel, weil dort nicht immer lange um den heißen Brei geredet wird, bevor man zur Sache kommt.

Früher hatte ich richtig Angst davor. Als ich mit siebzehn zum ersten Mal mit einem Mann im Dunkeln am Aachener Weiher Sex hatte, war ich hinterher so fertig, dass ich mich stundenlang unter die Dusche stellte. Auch danach blieb das Gefühl, dass ich nie mehr richtig sauber werden würde. An den darauffolgenden Tagen musste ich mich immer wieder in teuersten Gels baden; selbst ätherische Öle aus Japan konnten diesen Ekel nicht vertreiben. Erst Jahre später hat mir anonymer Sex nichts mehr ausgemacht, und seitdem ich die geile Gleitcreme benutze, die mir einer von Wildmeiers Freunden aus Amerika mitgebracht hat, empfinde ich sogar ein gewisses Vergnügen, wenn ich in eine Sauna gehe.

Mir ist längst klar, dass man dort keine Freunde fürs Leben findet. Der Typ letzte Nacht war vielleicht ganz nett und sah eigentlich auch nicht schlecht aus. Aber dass er sich in mich verknallt hat, ist sein Problem. Irgendwie machte er den Eindruck, dass er Friseur, Dekorateur oder Florist ist. Wahrscheinlich hätte er sich in seiner Wohnung als kleines Hausmütterchen entpuppt. Das wäre das Letzte, was ich zurzeit brauche.

16. November

»Ich habe unheimlichen Hunger. Sollen wir nicht irgendwo brunchen gehen?« Anja zog sich die Bettdecke über ihren wohlgeformten nackten Körper und drehte sich zu Nelles um, der durch seine halb geschlossenen Lider blinzelte.

»Anja-Baby, ich schlafe noch, und du denkst schon ans Essen ... Wie spät ist es denn?«

»Gleich halb zwölf. So langsam könntest du mal in die Gänge kommen!«

»Wenigstens sonntags darf ich ja wohl mal ausschlafen. Besonders, wenn ich so wenig Ruhe wie letzte Nacht hatte ...« Er drehte sich auf die andere Seite und schloss die Augen.

»Komisch: Dich macht Sex müde, mich macht er hungrig.« Anja streichelte seinen nackten Rücken.

Nelles nahm sie in die Arme und presste sie an sich. »Das stimmt nicht! Soll ich es dir auf der Stelle beweisen?«

»Lieber nach dem Frühstück!« Sie hüpfte aus dem Bett und schlüpfte in ihren purpurroten Morgenmantel.

»Übrigens, wir müssen gar nicht ausgehen. Ich habe gestern eingekauft. Schau mal in den Kühlschrank!«, rief ihr Nelles hinterher, als sie durch die Schlafzimmer-Tür verschwand.

Während Anja ein Bad nahm, bereitete Nelles in der Küche ein üppiges Frühstück mit Serrano-Schinken, ungarischer Salami, diversen Sorten geräuchertem Fisch und verschiedenen französischen Käsesorten vor. Er richtete die winzige Portion Kaviar in einem kleinen eisgekühlten Glasschälchen an und stellte eine Flasche Champagner in den Sektkühler.

Anja rieb sich verwundert die Augen, als sie aus dem Bad kam. »Jürgen, das ist ja der Wahnsinn! Gibt's einen Grund zu feiern?«

»Nicht direkt. Ich bin nur froh, dass wir endlich mal Zeit für uns haben. Auf unser Wohl!«

Der schrille Ton des schnurlosen Telefons riss sie im nächsten Moment aus ihrer Zweisamkeit.

»Bitte Schatz, geh nicht ran! Lass uns wenigstens mal einen Tag ungestört miteinander verbringen!«, flehte Anja, doch Nelles hatte schon die grüne Taste des Apparates gedrückt.

»Hallo! Bert?« Er hörte einige Minuten schweigend zu, bevor sich seine Miene anspannte. »Ja, das klingt sehr interessant. Ich denke, wir müssen sofort handeln. Ich hole dich gleich ab!« Der Kommissar legte das Telefon beiseite und stopfte sich ein Brötchen mit irischem Wildlachs in den Mund. »Tut mir Leid, Anja. Vermutlich hält sich der Wildmeier-Mörder wieder in Köln auf.«

»Und was willst du jetzt tun?«

»Ein paar Leute befragen, die ihn gestern gesehen haben.«

»Brauchst du dabei immer einen Assistenten?«

»Ich dachte, dieses Problem sei geklärt. Ich habe dir hundertmal erklärt, dass ich mit Bert ausschließlich dienstlich zusammenarbeite und die Sache von damals ein abgeschlossenes Kapitel ist!«

»Seit wann ist Bert Polizist?«, fragte Anja.

Nelles schüttelte den Kopf und zog sich seine Jacke über. Seine Laune war auf dem Tiefpunkt.

Sie hatten Glück. Sebastian, der gestern von dem schwulen FC-Fan berichtet hatte, stand auch heute im Transfert hinter der Theke. Bert machte ihn mit dem Hauptkommissar bekannt. Nachdem Nelles ihn befragt hatte, kam er zu Bert, der sich an einem Bistro-Tisch am Fenster niedergelassen hatte und gerade einen Cappuccino trank.

»Warum hast du dich nicht gleich gemeldet? «

»Weil ich nicht stören wollte.«

»Na toll, jetzt hat der Verdächtige einen ganzen Tag Vorsprung. Ich werde so schnell wie möglich ein Phantombild des Verdächtigen anfertigen lassen.«

»Schade! Ich habe gehofft, wir hätten noch Zeit ...«

»Wofür?«

»Wo wir schon mal hier sind, liegen die Saunen nicht weit entfernt.«

Der Kommissar schluckte, weil ihm der unschöne Abschied mit Anja wieder einfiel. »Ich glaube, das ist keine gute Idee«, sagte er nach längerem Zögern. »Wieso kommst du gerade jetzt mit so einem Vorschlag?«

Bert fühlte, wie ihm das Blut zu Kopf stieg. »Letzte Nacht habe ich meinen Traumprinzen in der Sauna kennen gelernt. Leider war der Traum nach zwei Stunden zu Ende.«

»Und ich bin jetzt der Ersatz?«

»Auf keinen Fall!«, protestierte Bert energisch. »Du weißt doch, dass du außer Konkurrenz läufst!«

»Ist ja beruhigend. Warst du wenigstens vorsichtig mit deinem Prinzen?«

»Natürlich, was denkst du! Ich hatte Kondome dabei, und er eine sehr gute Gleitcreme!«

Der Kommissar zuckte plötzlich wie elektrisiert zusammen. »Bert, kennst du die Marke?«

»Nein, ich habe nicht darauf geachtet. Jedenfalls roch sie ähnlich gut wie sein Parfum. Nach Moschus, sehr schwer.«

Hauptkommissar Nelles trat die Flucht nach vorne an und bestellte seine Vorgesetzte, die Staatsanwältin sowie Rühle um sechzehn Uhr ins Kriminalkommissariat 11. Nelles hatte entschieden, die Recherchen seines rührigen Nachbarn als Informationen aus der Szene zu verkaufen, die ihm von mehreren Insidern zugetragen worden waren. Sein Instinkt sagte ihm, dass Bert Heinrichs im wahrsten Sinne des Wortes hautenge Kontakte mit dem Mörder gehabt hatte. Um Bert nicht zu verunsichern, hatte er jedoch geschwiegen und sich ziemlich barsch verabschiedet. Zuvor hatte er sich den »Traumprinzen« präzise beschreiben lassen. Die Angaben stimmten mit denen überein, die der Kellner gemacht hatte. Nelles hatte sofort mehrere Phantombilder anfertigen lassen, die von den Zeugen noch verifiziert werden mussten.

Jetzt sah er aus dem Fenster und wunderte sich, dass die Oberrätin und die Staatsanwältin mit demselben Wagen gekommen waren. Rühles älterer Golf brauste zwei Minuten später mit hoher Geschwindigkeit heran und hinterließ beim Halten schwarze Bremsspuren.

»Das sind ja endlich mal positive Nachrichten!« Das griesgrämige Gesicht Helga Zimmermanns hatte sich während Nelles' kurzem Vortrag zusehends entspannt.

Karin Bolling pflichtete ihr bei. »Dann wissen wir jetzt endlich, wie der Verdächtige aussieht. Halten Sie die Personenbeschreibung Ihrer Zeugen für seriös?«

»Absolut!« Der Hauptkommissar war überrascht, wie schnell er seine beiden Vorgesetzten überzeugt hatte. Dabei war ihm klar, dass er auf Risiko setzte, denn bis jetzt konnte er seinen Verdacht durch keine Fakten untermauern. Dennoch wollte er diesmal alles auf eine Karte setzen und schlug deshalb vor, das vom Computer erstellte Fahndungsbild sofort an die Presse zu geben.

»Soll das Phantombild bundesweit in der Presse erscheinen?«, fragte die Staatsanwältin in die entstandene Gesprächspause.

»Ich schlage vor, dass wir zunächst in den Lokalzeitungen einen Versuchsballon starten. Bevor wir auf Bundesebene gehen, würde ich mich gerne mit den Kollegen in Hamburg und München abstimmen«, antwortete Nelles, der nun doch nicht zu hoch pokern wollte. »Außerdem würde ich gerne noch heute Abend einige Zivilfahnder die Szenelokale rund um den Rudolfplatz observieren lassen.«

Nelles hatte ein mulmiges Gefühl im Bauch, als er gegen sieben an Berts Wohnungstür schellte. Vorher hatte er noch einen Abstecher ins Transfert gemacht. Der Kellner hatte ohne zu zögern den Verdächtigen wieder erkannt. Nelles war gespannt auf Berts Reaktion.

»Oh, der Herr Hauptkommissar hat jetzt wieder etwas Zeit für mich?«, fragte der Blumenhändler gereizt, als er öffnete.

»Bert, ich werde dir gleich alles erklären. Tut mir Leid, wenn es im Augenblick etwas drunter und drüber geht. Aber das ist nun mal so, wenn man eine heiße Spur verfolgt. Und deine Überraschungsattacke kam da heute Nachmittag ziemlich unpassend.« Als der Kommissar den Ball zurückgespielt hatte, wurde sein Nachbar sofort freundlicher.

»Klar doch, sehe ich ein. Da sind wohl die Hormone etwas mit mir durchgegangen …«

»Schon gut. Sieh dir mal dieses Bild an. Ist das dein Traumprinz?«

»Warum ist das so wichtig?« Bert warf einen flüchtigen Blick auf den Ausdruck, den Nelles auf den Küchentisch gelegt hatte.

»Weil er möglicherweise unser Mann ist.«

»Was?« Der Florist stieß einen spitzen Schrei aus. »Um Himmels Willen! Wie kommst du darauf?«

»Bitte beantworte erst meine Frage!«

Bert wandte sich irritiert dem Phantombild zu und studierte es aufmerksam. »Es sieht ihm verdammt ähnlich«, sagte er dann mit zittriger Stimme.

»Bist du sicher?«

»Ja.«

»Interessant! Dann war es wohl der gleiche Mann, der vorher in FC-Kluft im Transfert war.«

»Ich glaube es einfach nicht! Okay, der Typ hat mich sitzen lassen. Aber ansonsten war er sehr nett und freundlich. Wie kommst du bloß darauf, dass er ein Mörder ist? Gibt es Beweise?«

»Ich glaube, dass die Gleitcreme, die er benutzte, dieselbe ist, die wir schon an zwei Tatorten gefunden haben.«

»Ungeheuerlich! Ich hatte Sex mit einem Serienmörder! Und er war so nett!« Bert schlug sich mit der flachen Hand vor die Stirn.

Der Kommissar grinste. »Dass solche Typen zwei Gesichter haben, muss ich dir wohl nicht erklären. Hat er sich eigentlich vorgestellt, oder habt ihr Telefonnummern ausgetauscht?«

»Das ist in Schwulensaunen nicht gerade üblich.«

27.5.96

Ist das nun die Freiheit, nach der ich mich so lange gesehnt habe? Seit einer Woche hab ich jetzt das Abi und bin endlich raus aus dem Internat!

Also wieder zu Hause. Wenigstens waren meine Eltern so fürsorglich, sich vor einem halben Jahr scheiden zu lassen. Somit bleibt mir Erichs Gegenwart bis auf weiteres erspart. Aber wie hält man es mit einer tablettensüchtigen Mutter aus, die völlig ausgebrannt ist? Und die in meinen ehemaligen Mathe-Lehrer Hermanns verknallt ist? Ausgerechnet Hermanns, einer der Pauker im Internat, der aus seiner Aversion gegen mich keinen Hehl machte. Offensichtlich lern-

ten sie sich beim letzten Elternsprechtag kennen und haben seitdem so eine Art Wochenendbeziehung. Ich weiß noch nicht, wie ich reagiere, wenn Hermanns mir hier in unserem Haus über den Weg laufen sollte.

Meine Mutter sähe es sowieso am Liebsten, wenn ich weit weg von Zuhause studieren würde. Ich habe ihr daher gestern Abend den Vorschlag gemacht, dass ich nach Köln ziehen könnte. Auch um herauszufinden, was ich später mal machen will. Daraufhin hat sie gedroht, ihre großzügige finanzielle Unterstützung radikal zu kürzen. Das wäre sehr bitter, und so mache ich mir zurzeit Gedanken, wie ich andere Geldquellen anzapfen könnte.

17. November

In der riesigen Abfertigungshalle des Frankfurter Flughafens ging es an diesem Morgen gemächlich zu. Um diese Jahreszeit waren die meisten Passagiere Geschäftsreisende. Ein hübscher dunkelhaariger junger Mann schlenderte zum Schalter von United.

»Haben Sie noch Plätze in der Maschine nach Miami?«

»Ja, da müsste noch was frei sein. Wann wollen Sie zurückfliegen?«

»Lassen Sie es offen.« Der Mann ließ seine Reisetasche von der Schulter gleiten und holte eine Kreditkarte aus dem Portemonnaie, während die Frau hinter dem Schalter das Ticket ausstellte.

»So, in einer Stunde kommen Sie bitte zum Flugsteig 46. Ich wünsche Ihnen eine gute Reise!«

Der junge Mann bummelte weiter zu einem Zeitungsstand und studierte die Schlagzeilen der Tagespresse. Beruhigt stellte er fest, dass zumindest auf den Titelseiten keine neuen Artikel über die Morde erschienen waren. Dann entdeckte er einen Kölner Stadtanzeiger mit dem dreizeiligen Hinweis: »Neue Spuren im Fall Wildmeier«. Als er das Phantombild entdeckte, wurde er plötzlich nervös. Bei einer Beruhigungszigarette dachte er einige Minuten nach. Dann ging er in einen Friseursalon.

Ein etwa fünfzigjähriger, solariums-gebräunter Mann schwebte dienstbeflissen herbei und fragte mit weicher Stimme: »Was kann ich für Sie tun?«

»Einen Kurzhaarschnitt bitte, und eine blonde Tönung!«

»Haben Sie sich das auch gut überlegt? Sie sind doch ein dunkler Typ!«

Der junge Mann verzog ärgerlich das Gesicht. »Mein Aussehen ist wohl meine Sache. Machen Sie einfach, was ich sage!«

»Beschweren Sie sich bloß nicht, wenn Sie sich hinterher im Spiegel sehen!« Beleidigt griff der Friseur zu Kamm und Schere und begann, die dunkelblonde Haarpracht zu stutzen. Nach einer Stunde stellte der junge Mann zufrieden fest, dass er sich selbst kaum noch wieder erkannte. »Na, sehen Sie: kurze blonde Haare stehen mir doch auch sehr gut! Ich kann eben alles tragen.«

»Das ist wohl Geschmackssache«, entgegnete der Friseur spitz und bat seinen Kunden dann zur Kasse.

Beim Optiker kaufte er eine modische, randlose Brille. ›Solange sie meinen Namen nicht kennen, wird mir nichts passieren. Ihr Fahndungsbild ist jedenfalls schon jetzt so alt wie die Zeitung von gestern‹, dachte er, als ein Bundesgrenzschützer flüchtig seinen Pass und das Ticket kontrollierte.

»Aha, Sie fliegen nach Florida. Ist da nicht gerade wieder ein Tourist ermordet worden? Passen Sie gut auf sich auf! Und lassen Sie bei Gelegenheit mal ein neues Passfoto machen.«

Im Kriminalkommissariat 11 glühten die Telefondrähte und Rühle setzte gerade wieder die Kaffeemaschine in Betrieb. »So Jürgen, jetzt bring mich doch mal auf den letzten Stand«, bat er seinen Chef, als der endlich den Hörer aufgelegt hatte.

»Ja, vor allem aus München gibt es interessante Neuigkeiten. Offensichtlich besteht eine Verbindung zwischen Wildmeier und Herrenrieder. Ein Kellner aus Herrenrieders Restaurant hat bestätigt, dass sein Boss mit dem Fußballspieler eng befreundet war. Obwohl Herrenrieder einige Jahre älter war, kannten sie sich schon seit ihrer Schulzeit. Als Teenager hat der Koch wohl selbst in einer Jugendmannschaft gekickt. Ja, und dann haben sie sich beim Bund wieder getroffen. Kollegin Schirminger hat auch schon Kontakt zu dieser Gebirgsjäger-Einheit in Bad Reichenhall aufgenommen. Allerdings ist es etwas schwierig, nach den vielen Jahren noch Soldaten ausfindig zu machen, die sich an die beiden erinnern.«

Das Telefon klingelte erneut. Nelles stellte den Lautsprecher an.

»Hier Schirminger. Mein Kollege, der gerade in Reichenhall die Zeugen vernimmt, hat sich eben gemeldet. Er hat einen älteren Feldwebel getroffen, der schon zu Herrenrieders Zeit in der Kaserne Dienst tat. Er erzählte von einem Vorfall, der sich in einer der Stuben zugetragen hatte. Vier Soldaten wurden bei unzüchtigen, sprich homosexuellen Handlungen erwischt. Darunter waren Herrenrieder und Wildmeier. Einer der anderen war der Sohn eines Generals, deswegen wurde die ganze Angelegenheit unter den Teppich gekehrt.«

Nelles hätte der sympathischen Stimme noch stundenlang lauschen können, doch ihm wurde klar, dass sie in einer Sackgasse steckten. »Gut, wir haben einen weiteren Beweis, dass Wildmeier und Herrenrieder homosexuell waren. Aber das ist nicht neu.«

»Vielleicht stoßen wir in ihrem Bekanntenkreis auf Zeugen, die dem Mörder irgendwann begegnet sind. Mit Hilfe Ihres Fahndungsbildes könnten wir nun noch mal alle präzise befragen.«

»Es wird uns wohl nichts anderes übrig bleiben. Morgen wird das Bild übrigens bundesweit veröffentlicht. Ich hoffe nur, dass sich der Verdächtige noch nicht aus dem Staub gemacht hat.«

Der Hauptkommissar schaute seinen Kollegen Rühle fragend an, als er das Telefonat beendet hatte. »Mit normalen Ermittlungsmethoden werden wir dem Täter nicht beikommen. Ich fürchte, er wird jetzt ein bisschen Katz und Maus mit uns spielen.«

»Und sich auf sein nächstes Opfer stürzen. Wir müssen unbedingt herausfinden, wer noch zu dieser Wildmeier-Lucca-Herrenrieder-Clique gehört hat!«

»Richtig. Das musst du herausfinden. Ich werde mich mal mit unserer Frau Dr.Weier unterhalten. Zu irgendwas müssen Polizeipsychologen ja schließlich nütze sein.«

Nelles war überrascht, als er der Psychologin zum ersten Mal in ihrem Büro gegenüber saß. Er hatte eine verschrobene ältere Emanze erwartet, doch Anita Weier entpuppte sich als Frau Mitte dreißig, die um die Reize ihres Körpers wusste. Sie lächelte den Kommissar freundlich an.

»Viele glauben zu Unrecht, die USA seien der einzige Ort, an dem es Serienkiller gibt.«

»Wie bitte?«

»Das stammt nicht von mir. Robert K. Ressler hat das gesagt. Kennen Sie ihn, Herr Nelles?«

Der Kommissar zermarterte sein Gehirn, konnte sich aber nicht erinnern. Doch er wollte sich keine Blöße geben, schon jetzt, am

Anfang ihres Gespräches. »Ich habe den Namen schon mal gehört. Wahrscheinlich ein amerikanischer Kollege von Ihnen!«

»Eigentlich war er bis zu seiner Pensionierung Kriminalist wie Sie. Allerdings kein gewöhnlicher. Er jagte in erster Linie Serienkiller. Er erfand übrigens sogar diesen Begriff.«

»Klingt interessant. Aber worauf wollen Sie hinaus?«

»Ressler hat bei der Klärung seiner Fälle immer genau das gemacht, was Sie jetzt von mir erwarten: sich in den Täter und seine Denkstrukturen hinein versetzt.« Sie griff nach einem Buch auf ihrem Schreibtisch. »Hier, sein neuestes Werk: ›I Have Lived In The Monster‹. Ich lese es gerade. Unter anderem wird darin der Fall eines Mörders geschildert, der 1992/93 fünf schwule Männer im Großraum London getötet hat. Ressler erstellte ein Profil des Täters und bei dessen Festnahme stellte sich heraus, dass Resslers Angaben bis auf kleine Nuancen den wirklichen Eigenschaften dieses Colin Ireland entsprachen.«

»Was weiß man über seine Motive?«

»Er hatte Freundin, Job und Wohnung verloren und gab bei der Vernehmung an, aus Schwulenhass getötet zu haben.«

»Wie ist man ihm auf die Spur gekommen?«

»Alle fünf Opfer verkehrten in der gleichen Bar in Kensington.«

»Sehen Sie, so einfach ist es in unserem Fall nicht. Erstens glaube ich nicht, dass unser Mörder Schwule hasst und zweitens lebten die Opfer an ganz unterschiedlichen Orten. Doch immerhin wissen wir schon, wie unser Mann in etwa aussieht!« Er legte das Fahndungsbild auf Dr. Weiers Schreibtisch.

»Danke, aber das kenne ich bereits. Ich lese schließlich Zeitung«, sagte die Psychologin kühl. »Vielleicht sollten Sie mich in Zukunft etwas eher hinzuziehen.«

Nelles blieb ruhig und sachlich. »Ich werde es mir merken. Lassen Sie uns nun über das Phantombild sprechen.«

Anita Weier lachte kurz auf. »Nun, ich bin kein Profiler und habe natürlich nicht Resslers Erfahrung. Außerdem ist eine Computer-Animation kein Foto. Aber ich habe mir schon so meine Gedanken über den Täter gemacht. Ich halte ihn für sehr intelligent, vermutlich stammt er aus besserem Milieu und möglicherweise ist er homosexuell – oder vielleicht bisexuell. Könnte sein, dass daraus auch seine Probleme resultieren. Übrigens erinnert mich unsere Mordserie stark an den Fall Cunanan.«

»Den Versace-Mörder?«

»Ja, auch der hatte es auf reiche Homosexuelle abgesehen.«

»Jetzt liegen Sie aber falsch! Unter Cunanans Opfer war auch ein heterosexueller Friedhofsgärtner, bestimmt nicht wohlhabend, und ein Immobilienmakler, der zwar reich, aber nach allen Erkenntnissen auch nicht homosexuell war!« Nelles freute sich, dass er Gelegenheit zu einer kleinen Retourkutsche hatte.

Die Psychologin lächelte eisig. »Das stimmt. Dennoch bin ich überzeugt, dass es Parallelen zwischen beiden Tätern gibt. Eventuell ist auch unser Mann in finanziellen Schwierigkeiten und lässt sich deshalb gerne von reichen, älteren Männern aushalten. Er sieht zumindest nicht so aus, als ob er schon in Armut und Elend gelebt hat.«

»Wie wird er weiter vorgehen? Das ist doch die wichtigste Frage!«

»Und die ist nicht leicht zu beantworten, solange wir über seine Motive mutmaßen. Wenn seine Morde Racheakte waren – und darauf lässt der Tathergang in allen drei Fällen schließen –, wissen wir nicht, wie viele Leute insgesamt auf seiner Todesliste stehen.«

Fort Meyers, 2.12.

Das erste Mal in Amerika! Nach dem Abi schlug ich meiner Mutter vor, mir den Flug dorthin zu schenken, weil dieses Land, spätestens seit ich »Easy Rider« gesehen habe, mein Traumland ist. Zuerst schien sie gar nicht abgeneigt. Dummerweise tauchte dann mein ehemaliger Pauker Hermanns auf. Ich machte eine fürchterliche Szene. Als er mich so von oben herab in meine Schranken verweisen wollte, bin ich ausgerastet. Ich verpasste ihm mit voller Wucht einen Kinnhaken, so dass er rücklings die Eingangstreppe unseres Hauses hinunterfiel. Damit war der Amerika-Trip dann gestorben, und eine Woche später bin ich ausgezogen.

Eigenartig, dass mich diese Bilder aus meiner Vergangenheit gar nicht loslassen, obwohl ich jetzt viele tausend Kilometer von

Deutschland weg bin und hoffe, sie möglichst schnell zu vergessen. Vielleicht hängt das aber auch damit zusammen, dass ich im Moment sehr zwiespältige Gefühle habe. Ich bin froh, hier am Strand zu liegen, während in Deutschland die Leute hinterm Ofen bibbern.

Andererseits sind die Chancen, wohlhabende und gut situierte Männer zu treffen, nicht besonders gut. Als ich hier ankam, bin ich natürlich zuerst in die Gegend von Orlando gefahren, um mir diese ganzen Vergnügungsparks anzuschauen. Die perfekte Illusion, die dort den Besuchern vorgegaukelt wird, ist schon beeindruckend. Und die ganzen Spatzenhirne, die dort herumlaufen, lassen sich natürlich auch voll einwickeln. Ich fand die Atmosphäre ziemlich ätzend. Fast nur Familien mit Kindern, die einem den letzten Nerv töten.

Nach drei Tagen hatte ich die Nase gestrichen voll und habe mich in den Süden abgesetzt. Hier in Fort Meyers ist es schon sehr viel angenehmer, doch einen reichen Gönner finde ich wohl eher in Miami oder Key West.

26. Dezember

Bert Heinrichs lag zufrieden auf seinem Sofa. Er war froh, endlich dem familiären Trubel entkommen zu sein. Er hatte Heiligabend und die zwei Feiertage bei seinen Eltern in Wittlich verbracht. Von gelegentlichen Ausnahmen abgesehen, fuhr er höchstens einmal im Jahr in das Eifelstädtchen, das immer noch den gleichen provinziellen Mief wie in seiner Jugend ausstrahlte. Während er durch die Feiertagsprogramme zappte, rätselte er, wie viele Pfunde er wohl dieses Mal in Wittlich zugelegt hatte und wie lange es dauern würde, das überflüssige Gewicht wieder loszuwerden. Das Klingeln des Telefons riss ihn aus seinen Gedanken. Bert war irritiert, als sich ein Jan am anderen Ende der Leitung meldete. Dann erinnerte er sich, dass er dem Kellner aus dem Clip vor einigen Wochen seine Nummer gegeben hatte. Seine aufgeregte Stimme dröhnte gegen laute deutsche Schlagermusik an.

»Du hast doch damals gesagt, dass wir dich informieren sollen, wenn der Verdächtige wieder auftaucht ...«

»Ist der Typ etwa bei euch?«

»Er trinkt hier gerade ein Bier. Und er hat sein Outfit ziemlich verändert. Aber ich habe sein Gesicht erkannt.«

»Ist er allein?«

»Sieht so aus, als ob er noch solo ist. Das könnte sich aber schnell ändern, denn der Laden ist rappelvoll.«

»Gut. Ich werde sofort Nelles informieren.«

»Willst du nicht lieber sofort kommen?«

»Nee, das Ding ist eine Nummer zu groß für mich. Ich werde mich hüten, der Polizei ins Handwerk zu pfuschen!«

»Okay, ich versuche ihn hier festzuhalten, bis ihr da seid!«

Aber bei Nelles lief der Anrufbeantworter. Wütend legte der Florist auf. Er wählte die Dienstnummer des Kommissars, doch niemand nahm ab. Nelles hatte ihm vor Weihnachten erzählt, dass er das Fest mit Anja daheim verbringen wolle. Also mussten sie im

Laufe des Abends wieder auftauchen. Er schrieb einen großen Zettel und klebte ihn eine Etage tiefer an die Wohnungstür des Kommissars: »Hallo Jürgen, bitte melde dich sofort bei mir! Es ist dringend! Bert«.

Gegen dreiundzwanzig Uhr waren Nelles und Bert endlich auf dem Weg in die Innenstadt. Der alugraue Citroën schoss den Hansaring hinunter.

»Da ist man einmal nicht zu Hause, und dann taucht dieser Typ plötzlich wieder auf, nachdem er wochenlang wie vom Erdboden verschluckt war!« Nelles preschte im Slalom zwischen einem tiefergelegten Escort aus Leverkusen und einem älteren Bergheimer BMW hindurch, aus dem ohrenbetäubende Technobeats wummerten.

Bert, der ganz bleich geworden war, versuchte den Polizisten zu beruhigen. »Na, vielleicht ist er noch im Clip. War es denn wenigstens schön bei deinen Schwiegereltern?«

Nelles schaute seinen Nachbarn strafend an. »Warst du schon mal in Grevenbroich?«

Bert schüttelte den Kopf.

»Dann hast du auch nichts verpasst!«

»Mit anderen Worten: du hast dich gelangweilt?«, fragte Bert vorsichtig.

»Gelangweilt ist gar kein Ausdruck! Stell dir mal vor, du musst den ganzen Tag in einem Reihenhaus verbringen, eingerichtet mit deutschen Stilmöbeln und dich mit einem höheren Finanzbeamten über Steuergesetze unterhalten. Dazu serviert dir Mutti alle halbe Stunde selbst gekochte Leckereien und füllt dich mit Likör und Kaffee ab!« Der Kommissar schüttelte sich. Dann bog er vorschriftswidrig vom Habsburgerring nach links in die Schaafenstraße ein.

»Gimme Gimme Gimme a Man after Midnight« kreischte aus den Boxen, als Nelles mit seinem Hilfspolizisten in das Clip eilte. Eine Gruppe aufgetakelter Zwanzigjähriger in schwarzen Jeans und Muscle-Shirts hüpfte hinter der Eingangstür im Takt. Jan eilte mit einem besorgten Gesicht von der Theke herbei.

»Ihr seid zu spät! Euer Mann ist schon vor einer Stunde abgehauen.«

Der Kommissar zog das Fahndungsbild aus der Innentasche seiner Lederjacke. »Sind Sie sicher, dass es der hier war?«

»Ja! Ziemlich sicher!«

»Was heißt das?«

»Nun, er sieht anders aus als auf dem Bild ... kurze blonde Haare. Aber das Gesicht ... ich müsste mich sehr täuschen, wenn er es nicht ist.«

»Haben Sie mit ihm gesprochen?«

»Klar! Ich habe versucht, ihn in ein Gespräch zu verwickeln. Doch er war ziemlich wortkarg. Meinte zum Schluss, dass er sich noch in ein paar anderen Lokalen umschauen wollte, weil ihm hier zu wenig reife Männer waren.«

»Wo gehen wir jetzt hin?«, fragte Nelles, als sie wieder die Schaafenstraße erreicht hatten.

»Ich schlage das Park vor. Könnte sein, dass er dort findet, was er sucht.«

Bert bestellte zwei Kölsch und fragte den Kellner. Nelles deckte mit einer Hand die Frisur des Mannes auf dem Phantombild ab.

»Ja, so vor einer Stunde war er hier. Dann ist er mit einem Älteren ins Gespräch gekommen und nach zwei Bieren sind sie zusammen gegangen. Ich glaube, der Ältere ist 'n Ami. Er hat zumindest so einen Akzent. Ich habe auch mitbekommen, dass sie in irgendeinem amerikanischen Restaurant was essen wollten.«

Kalter Regen nieselte aus dem pechschwarzen Himmel und kroch durch sämtliche Fasern ihrer Kleidung.

»Meine Güte! Ich wusste gar nicht, dass es so viele amerikanische Restaurants hier gibt. Wo müssen wir denn noch überall suchen?«, maulte der Kommissar.

»Glücklicherweise liegen sie alle nahe beieinander«, beruhigte ihn Bert und schaute auf seine Uhr. »Zehn nach zwölf. So langsam läuft uns die Zeit davon! Vielleicht haben wir im Joe Champs Glück!«

Ein paar letzte Gäste saßen noch an den Tischen am Fenster und bissen in riesige Hamburger. An der großen runden Theke in der Mitte des Lokals hatten sich die Reihen schon stark gelichtet. Der junge Barkeeper mit dem Namensschild »Jay« an der Brust fragte den Kommissar und seinen Begleiter auf Englisch nach ihren Wünschen.

Nelles sah ihn nervös an. »Sprechen Sie kein Deutsch?«

»Nur ein wenig. Kann ich Ihnen helfen?«

»Ja, vielleicht. Wir suchen diesen Mann.« Der Kommissar hielt ihm das Fahndungsbild vor die Nase.

»Kenne ich nicht!«

»Sehen Sie sich genau Augen und Mundpartie an!«

Jay überlegte einen Moment. »Oh, ich erinnere mich. Vor einer halben Stunde ist ein junger Typ gegangen, der so ähnlich aussah.«

»Aha, wir holen auf«, bemerkte Nelles ironisch zu Bert. »Ist er allein gegangen?«

»Nein, er war in Begleitung. Ein netter Gentleman. Kommt oft zu uns und trinkt ein paar Cocktails. Warum fragen Sie?« Jay wurde plötzlich misstrauisch.

»Weil er vielleicht Zeuge in einem Mordfall ist!« Der Kommissar holte seinen Ausweis aus der Tasche, da ihn der Barkeeper offenbar nicht richtig verstanden hatte.

»Sie sind ein Cop?« Der junge Amerikaner riss seine blauen Augen weit auf.

»Polizist«, verbesserte Nelles. »Und jetzt sagen Sie bitte alles, was sie über diesen Gentleman wissen!«

»Er ist Amerikaner und heißt David Greenbaum.«

»Wo lebt er und was macht er?« Der Kommissar wurde ungeduldig.

»Er ist Musikproduzent und lebt in Düsseldorf. Soll ich seine Adresse aufschreiben?«

»Ich bitte darum! Übrigens, Ihr Deutsch ist gar nicht schlecht«, lobte Nelles den Barkeeper, als der ihm einen kleinen Zettel überreichte. Dann wandte er sich an Bert, der die ganze Zeit interessiert den jungen Amerikaner betrachtet hatte. »So mein Lieber, ich muss dich jetzt verlassen. Möglicherweise ist dieser Greenbaum das nächste Opfer, und ich will unserem Mörder gerne zuvorkommen. Ich werde sofort Rühle aus dem Bett trommeln und mit ihm nach Düsseldorf fahren. Du kannst dich hier ja noch ein bisschen mit Jay amüsieren!« Er zwinkerte dem Floristen zu, wühlte sein Handy aus der Lederjacke und stürmte aus dem Restaurant.

Kurz nach eins standen Nelles und Rühle vor einem extravaganten Neubau in Düsseldorfs Nobelviertel Oberkassel. Die Drake-Straße schien ausgestorben, nur von einem gegenüberliegenden Haus schimmerte ein schwacher Lichtstrahl durch das Fenster. Mit Hilfe seines Feuerzeugs entdeckte Rühle auf dem Klingelschild schließlich den Namen »Greenbaum«. Er drückte kräftig auf den großen Messingknopf. Keine Reaktion.

»Hoffentlich lebt er noch!« Nelles hatte ein ungutes Gefühl.

»Vielleicht sind sie noch in irgendeine andere Bar gegangen«, versuchte Rühle seinen Chef und sich zu beruhigen, als er zwei weitere Male geschellt hatte.

»Um diese Zeit?«

»Nicht alle Leute leben so solide wie du!«

Nelles war nicht nach Scherzen zumute. »Hier ist doch was faul, das spüre ich! Komm, lass uns in der Wohnung nachschauen.«

»Bist du verrückt? Darf ich dich kurz daran erinnern, dass hier eigentlich die Düsseldorfer Kollegen zuständig sind?«

»Blödsinn. Wenn Gefahr im Verzug ist, müssen wir handeln! Ich rufe jetzt einen Schlüsseldienst.«

»Sollen wir nicht lieber noch etwas warten? Wir müssen uns doch keinen unnötigen Ärger einhandeln.«

»Du kannst ja bis morgen früh hier warten!« Der Hauptkommissar griff zu seinem Handy.

»Siehst du, mein sechster Sinn hat mich nicht getäuscht«, murmelte Nelles, als sie endlich in Greenbaums Wohnung standen. Schon im Flur gab es Anzeichen einer gewalttätigen Auseinandersetzung: eine wertvolle antike Kommode stand quer von der Wand abgerückt, eine Schublade war samt Inhalt auf den Boden gefallen. Scherben einer großen Blumenvase lagen über die Marmorfliesen verstreut. Der Hauptkommissar zog seine Pistole aus dem Halfter und entsicherte sie, bevor er weiterschlich. Rühle folgte ihm auf den Fersen. Langsam gewöhnten sich ihre Augen an die Räume, die nur schwach vom Licht einer Straßenlaterne erhellt wurden. »Vielleicht ist er noch hier«, flüsterte Nelles, als sie das riesige Wohnzimmer betraten.

»Ich schaue im Schlafzimmer nach.« Rühle verschwand lautlos im Dunkeln.

Plötzlich vernahm der Hauptkommissar ein Knacken und meinte, einen Schatten wahrzunehmen. Er wirbelte herum.

Rühle stand hinter ihm und grinste. »Negativ. In dieser Wohnung befindet sich zurzeit keiner außer uns. Ich habe überall nachgesehen.« Er redete jetzt mit normaler Lautstärke und ging zum Lichtschalter. »Merkwürdig. Aber auf jeden Fall hat hier ein Kampf stattgefunden. Guck dir mal dieses Chaos an!« Rühles Blick wanderte von einer Ecke des Wohnzimmers zur anderen. Ein schwerer englischer Ledersessel lag umgekippt in der Mitte des Raumes, mehrere Gläser und eine halbvolle Weinflasche waren vom antiken Couchtisch gefallen und hatten auf dem bunten Perser einen hässlichen roten Fleck mit unzähligen Glassplittern hinterlassen.

Der Hauptkommissar bückte sich und prüfte den Teppich. »Ist noch feucht. Ich schätze, diese Schweinerei hier ist vor höchstens einer Stunde passiert.«

»Hier habe ich noch was Interessantes gefunden«, rief Rühle aus dem Flur und zeigte auf mehrere kleine Blutspuren auf den Marmorfliesen, als Nelles herbeigeeilt war.

»Mann, das gefällt mir überhaupt nicht!« Der Hauptkommissar schüttelte besorgt den Kopf.

Calais, 27.12.
Jedes Jahr zur Weihnachtszeit muss ich an früher denken. Die schön verpackten Geschenke, der Duft aus Tannen und frischem Gebäck, und die sentimentale Musik. Ich kann mich aber an kein Weihnachtsfest erinnern, an dem die Stimmung ungetrübt war. Mutter bekam immer pünktlich an Heiligabend ihre Migräne und hatte so wieder allen Grund, Tabletten zu schlucken. Erich genehmigte sich zur Feier des Tages eine Flasche feinsten französischen Calvados. Wenn er dann genug herumgebrüllt hatte, machte er sich einfach aus dem Staub. Ich vermute, dass er zu einer seiner Miezen fuhr, um sein ganz privates Weihnachten zu feiern.

Dieses Jahr war ich zum ersten Mal an Weihnachten ganz allein. Einerseits war es – im Vergleich zu früher – sehr angenehm, doch ich muss ehrlich gestehen, dass ich diese eigenartige Stimmung auch etwas vermisst habe. Vielleicht wäre es wirklich schön, das Fest zusammen mit einem Partner richtig stilvoll zu begehen.

Gerade stelle ich mir die Frage, ob David derjenige sein könnte. Er ist sehr nett und verständnisvoll, hat gute Manieren und wohl auch genug Geld und Einfluss. Eine äußerst interessante Kombination! Ich bin gespannt, wie sich unser Verhältnis entwickeln wird.

27. Dezember

Als Jürgen Nelles kurz nach sieben Uhr dreißig in sein Büro kam, fühlte er sich keineswegs fit. Er war ein typischer Nachtmensch, der immer erhebliche Probleme hatte, morgens rechtzeitig aufzustehen. Doch heute war Eile geboten. Er wollte die Kollegen der Düsseldorfer Kripo unbedingt selbst informieren, bevor sie möglicherweise durch Nachbarn oder den Mann vom Schlüsseldienst alarmiert würden. Sein Ansprechpartner, Hauptkommissar Dietmar Roth, war jedoch erst kurz vor acht zu sprechen und nicht gerade begeistert, als Nelles ihm von seinem Blitzbesuch in Greenbaums Wohnung berichtet hatte.

»Tja Herr Kollege, Ihre Aktion war wohl etwas voreilig. In Zukunft können Sie uns ruhig vorher informieren. Zu jeder Tages- und Nachtzeit!«

»Wir sind davon ausgegangen, dass Gefahr im Verzug ist. Und die Situation vor Ort hat unseren Verdacht ja auch bestätigt!«

»Ach ja? Und wo sind die handelnden Personen?«

»Das sollten wir so schnell wie möglich herausfinden! Ich schlage vor, dass Sie umgehend Ihre Kriminaltechniker in Marsch setzen.«

»Was für eine ausgezeichnete Idee. Meine Leute sind gleich unterwegs. Aber glauben Sie nicht, dass Sie Ihr eigenmächtiges Handeln einfach so abhaken können, Herr Kollege!«

Nelles atmete tief durch, als er den Hörer aufgelegt hatte. Er fragte sich, ob das Verhalten seines Kollegen etwas mit der Städtefeindschaft zwischen Köln und Düsseldorf zu tun hatte, die ihm als »Imi« aus Dortmund wohl zeitlebens rätselhaft bleiben würde.

In diesem Moment kam Rühle durch die Tür. »Wir müssen Mr. Greenbaum genauer unter die Lupe nehmen! Hast du Infos über seinen Musikladen?«

»Noch nicht! Aber ich weiß, wo ich sie bekomme.« Nelles griff wieder zum Telefon und wählte Berts Nummer.

Der Florist war freundlich, aber kühl, als ihn der Kommissar nach dem weiteren Verlauf des gestrigen Abends fragte. »Natürlich sehe ich ein, dass du mich nicht mitnehmen konntest. Aber deswegen musst du mich noch lange nicht mit dem erstbesten Kellner verkuppeln.«

»Wieso? Er war doch ganz nett.«

Bert sah ein, dass es keinen Zweck gehabt hätte, sein jüngstes Abenteuer zu leugnen. »Aber ich habe es nur getan, um etwas über Greenbaum zu erfahren!«

»Hat es sich gelohnt?«

»Das kann man wohl sagen! Jay hat mir erzählt, dass er vor einem halben Jahr eine kleine Liaison mit Greenbaum hatte. Und, falls es dich interessiert, dessen Musik-Produktion heißt Black Label, Firmensitz Düsseldorf, Kaistraße.«

»Saubere Arbeit«, lobte der Kommissar. »Du hast schon wieder was gut!«

Rühle, der aufmerksam zugehört hatte, grinste breit. »Bemerkenswert, wie dein V-Mann an seine Informationen kommt.«

Rühle rief bei Black Label an und erfuhr von Greenbaums Sekretärin, dass ihr Chef über die Weihnachtstage Freunde in München besuchen und nicht vor Anfang Januar zurückkehren würde. Die Nachfrage bei Greenbaums Freunden ergab, was Rühle schon befürchtet hatte: Er war gar nicht erst nach München gefahren, sondern hatte einen Tag vor Heiligabend wegen dringender Geschäfte telefonisch abgesagt.

Der schwarze Pontiac Firebird rollte gemächlich die Küstenstraße in südwestlicher Richtung entlang. Aus dem Meer stieg am Horizont ein silberner Streifen empor, der zusehends breiter wurde und Wasser und Land in ein geheimnisvolles Licht tauchte. David Greenbaum und sein Begleiter hatten die vergangenen Stunden wenig geredet. Nach der spontanen Abreise war der junge Mann bereits kurz vor Aachen fest eingeschlafen. Erst bei einem Tankstop an der Autobahn hinter Brüssel hatte er seine Augen wieder aufgeschlagen und sich auf Bitten des Amerikaners hinter das Lenkrad des Wagens gesetzt. Greenbaum hatte ihm auf der Karte das Ziel und den Weg dorthin gezeigt, und so waren sie schließlich in den frühen Morgenstunden in Calais angekommen. Nach einem Café au lait mit Croissant hatte Greenbaum das Steuer wieder übernommen. Jetzt befanden sie sich kurz vor dem Cap Gris-Nez, wo steile Kreidefelsen zum Meer hin abfielen.

»Sprichst du eigentlich Französisch?«, brach der junge Mann das Schweigen. Seine hellblond-gefärbten Haare leuchteten für Sekunden im Sonnenlicht.

»Nein. Ich bin schon froh, dass mein Deutsch ganz gut ist.«

»Ich bin Franzose. Meine Mutter hat mich nach Deutschland mitgenommen, als sie dort ihren zweiten Mann geheiratet hat.«

»Oh, dann haben wir ja keine Sprachprobleme!«

»Mein Französisch ist zwar ein wenig eingerostet, aber für den täglichen Bedarf reicht es allemal.«

Der Musikproduzent verlangsamte die Fahrt und ließ den Firebird auf einem Parkplatz mit Aussichtsplattform langsam ausrollen.

»Ist das nicht wundervoll? Diese Landschaft, der Ozean? Ich habe es so vermisst während der letzten Monate. In Portland, meiner Heimatstadt, habe ich als Junge fast jeden Tag am Meer verbracht«, schwärmte Greenbaum, als sie ausgestiegen waren. Zwischen den Wolkenlücken schickte die Sonne gleißende Strahlen hindurch, die das graue Meer wie ein riesiger Scheinwerfer beleuchteten und ihm einen hellblauen Schleier verliehen.

Sein Begleiter rieb sich die Augen. »Ja, es ist großartig. Als Kind bin ich einige Male mit meiner Mutter hier gewesen, in den Sommerferien. Einige der wenigen guten Erinnerungen, die ich an diese Zeit habe.«

»War deine Jugend so schlimm?«

»Es gibt schönere Themen.«

Der Amerikaner lächelte ihn an. »Du hast Recht. Bei diesem Naturschauspiel müssen wir uns nicht mit alten Geschichten belasten. Ich kann kaum glauben, dass wir jetzt hier sind. Das ist so schön in Europa: Man fährt ein paar Stunden, und schon sieht man eine andere Welt.«

»Sag mal, hast du eigentlich damit gerechnet, dass dein Ex plötzlich in deiner Wohnung auftaucht?«, kam der junge Mann auf die vergangene Nacht zu sprechen.

»Nein. Er muss uns regelrecht aufgelauert haben.«

»Warum hast du ihm nicht deinen Wohnungsschlüssel weggenommen?«

»Weil er noch einige Sachen bei mir abholen wollte. Und bei dem Trubel über Weihnachten habe ich nicht mehr daran gedacht.«

»Ist er immer so gewalttätig?«

»Er hat mir einige Male sehr unschöne Szenen gemacht, doch so schlimm wie letzte Nacht war es nie. Gut, dass du dazwischen gegangen bist! Ich wüsste nicht, wie ich allein mit ihm fertig geworden wäre. Schließlich mache ich kein Bodybuilding.«

»War doch selbstverständlich, David.« Der junge Mann schaute besorgt auf Greenbaums verbundenen Arm. »Hast du noch Schmerzen?«

»Nein, es ist alles okay. Die Wunde ist wohl doch nicht so tief. Viel mehr tut es mir um die Blumenvase Leid, die zu Bruch gegangen ist. Sie war ein schönes altes Erbstück meiner Großmutter.«

Hauptkommissar Roth war diesmal wesentlich freundlicher am Telefon. »Wir haben einige Spuren in Greenbaums Wohnung gefunden, vor allem Fingerabdrücke. Die Auswertung hat uns aber nicht weitergebracht. Sie stammen allesamt von unbekannten Personen.«

»Und was ist mit den Blutspuren?«

»Die werden noch untersucht. Sie wissen ja, dass Gen-Analysen etwas dauern. Frühestens morgen kann ich Ihnen Genaueres sagen.«

Nelles legte den Hörer auf und blickte mit versteinerter Miene auf die Staatsanwältin und die Kriminaloberrätin, die ihm gerade wegen des Einsatzes in Düsseldorf eine Standpauke gehalten hatten. Er war kurz davor, zu kapitulieren.

»Im Augenblick können wir nur auf den großen Zufall hoffen«, unterbrach der Kommissar nach einigen Minuten das eisige Schweigen in seinem Büro. »Immerhin gibt es ein gutes Zeichen!«

»So, und welches?«, wollte die Staatsanwältin wissen.

»Bisher ist keine neue Leiche gefunden worden.«

Le Touquet, 31.12.
Im Augenblick fühle ich mich pudelwohl. Ich weiß nicht, ob es daran liegt, dass ich wieder in meiner alten Heimat bin. Oder ob es der positive Einfluss von David ist. Bisher habe ich keine Abneigung gegen ihn verspürt, obwohl ich so eine Art Hassliebe zu älteren Männern empfinde. Meistens kann ich mich mit Ihnen besser als mit Gleichaltrigen unterhalten.

So ähnlich ist es auch bei David, obwohl er auf den ersten Blick etwas oberflächlich scheint. Geschichte ist eines unserer gemeinsamen Interessengebiete. Als wir gestern an der Atlantikküste unterwegs waren und die vielen alten Bunker und Panzer sahen, haben wir lange über den Krieg und die Nazis gesprochen. Ich habe mich oft mit dem Dritten Reich beschäftigt und will eine gewisse Faszination dafür nicht verhehlen. Allerdings habe ich meine Meinung für mich behalten als David erzählte, dass seine Familie 1935 vor den Nazis nach Amerika geflüchtet ist.

Ich bin sehr gespannt, wie unser Ausflug weitergeht. Bisher hat David mich nicht angemacht, und ich hoffe, dass es auch so bleibt. Wenn wir zusammen ins Bett gehen sollten, muss die Initiative von mir ausgehen. Leider passiert es mir auch heute immer noch, dass die alten Erlebnisse von damals mit meinem Fußballtrainer sofort gegenwärtig sind, wenn ich mit einem älteren Mann schlafe. Manchmal überkommt mich sogar richtiger Ekel, der sich zur Wut steigert, wenn sich hinterher herausstellt, dass er mich nur für seine Geilheit ausnutzen wollte.

31. Dezember

Das Thermometer war an den vergangenen beiden Tagen kräftig gestiegen. Der laue Südwestwind trieb dicke Regenwolken vom Atlantik über der Kölner Bucht zusammen. Gerade entlud sich ein kräftiger Schauer, als Bert und Jay aus der U-Bahn-Station ins Freie stiegen. Sie hatten beschlossen, Silvester zusammen zu feiern, obwohl sie sich noch nicht genau auf den Ort geeinigt hatten. Jay zog es zu seinen amerikanischen Freunden im Joe Champs, während Bert lieber in die Szenelokale wollte.

»Ich schlage einen Kompromiss vor«, meinte der Florist, als sie unter ein Vordach geflüchtet waren. »Wir essen bei euch einen schönen großen Hamburger und schauen uns anschließend im Clip um. Danach können wir ja noch irgendwo tanzen gehen.«

»Okay. Aber ich tue es nur für dich! Eigentlich bin ich nicht scharf auf Schwulenkneipen!«

Bert spürte, dass er seinen neuen Freund nicht so ganz überzeugen konnte. Langsam trottete er hinter dem jungen Mann her, der in Richtung des Restaurants vorausgegangen war. Die Autos auf dem Ring schoben sich Stoßstange an Stoßstange schrittweise vorwärts. Unzählige Menschen hasteten über die große Kreuzung an der Aachener Straße, und der Lärm war genauso unerträglich wie sonst zur nachmittäglichen Hauptverkehrszeit. Bert fühlte sich plötzlich einsam und verloren.

Gegen zehn hatte sich vor dem Stadtgarten eine lange Menschenschlange gebildet. »Dass es Silvester auch überall so voll sein muss. Und dann noch dieses Wetter!«, nörgelte Jürgen Nelles. Gerade lief ihm ein Schwall Regenwasser vom Schirm in den Hemdkragen.

»Sei doch nicht so nervös! Wir sind ja gleich drin. Und dann feiern wir mal wieder wie früher!« Anja war bester Laune. Sie freute sich, dass Jürgen sich endlich mal Zeit für sie genommen hatte. Es war ihre Idee gewesen, das Silvester-Konzert zu besuchen und danach gemeinsam ins neue Jahr zu tanzen. Nelles wäre lieber zu Hause geblieben. Doch schließlich hatte er nachgegeben, um Anja nicht wieder zu verstimmen. Er versuchte, freundlich zu bleiben, obwohl er am liebsten weit weg gewesen wäre. Das Phantombild des mutmaßlichen Serienmörders spukte durch seinen Kopf und plötzlich musste er auch an Bert denken. Wo er wohl den Abend verbrachte?

»Zahlst du den Eintritt oder soll ich?«, fragte Anja und riss ihn aus seinen Gedanken.

Er hatte gar nicht wahrgenommen, dass sie endlich an der Kasse standen. Geistesabwesend zog er sein Portemonnaie aus der Hose. »Ist doch klar, dass ich dich einlade!«

»Hör mal die Musik – ist es nicht himmlisch?«

»Mm, klingt nicht schlecht. Trinken wir einen Sekt an der Bar, zur Einstimmung?«

»Sicher, wenn du magst!«

Nelles drängelte sich an die Theke und kam wenig später mit zwei gefüllten Gläsern zurück. »Es ist ein richtig angenehmes Gefühl, mal wieder in einer gemischten Kneipe zu sein.«

»Was meinst du, Schatz?« Anja blickte ihm tief in die Augen.

»Na ja, die letzte Zeit war ich fast nur noch in Schwulenkneipen, wenn ich überhaupt ein Lokal betreten habe.« Er trank einen großen Schluck Sekt. Dann stellte er sein Glas ab, nahm Anja in die Arme und küsste sie lange und leidenschaftlich.

Zur Feier des Tages hatte Bert ein riesiges T-Bone-Steak mit Baked Potato und Salat bestellt. Danach fühlte er sich wesentlich besser.

Auch Jay war richtig aufgeblüht. »Ich fühle mich wie zu Hause! Bei uns gibt es allerdings Silvester immer Hummer. Auf Cape Cod gibt es sowieso die besten Meeresfrüchte der Welt. Du musst mich unbedingt besuchen, wenn ich wieder dort bin!«

»Warum bist du eigentlich nach Deutschland gekommen?«

»Um die Sprache zu lernen. Ich bin jetzt fast ein Jahr hier. Ist es nicht normal, wenn man da an Zuhause denkt?«

»Vor allem an solchen Tagen wie heute. Wie lange willst du denn noch hier bleiben?«

»Bis Karneval. Den will ich unbedingt noch miterleben. Aber danach geht's zurück nach Massachusetts.«

»Tja, dann bleibt uns ja nicht mehr viel Zeit«, seufzte Bert und blickte Jay nachdenklich an.

»Oh, immerhin noch sieben, acht Wochen. Da können wir noch genug erleben!«

»Vielleicht hast du Recht.« Es klang nicht sehr überzeugend.

Jay stupste den Floristen unter dem Tisch am Knie. »Hey, sei nicht traurig! Erst mal feiern wir ins neue Jahr.«

Bert stockte, weil er aus den Augenwinkeln plötzlich im Hintergrund an der Bar eine Person entdeckt hatte, die ihm bekannt vorkam. Er schaute genauer hin: Kein Zweifel, es war »Marcus«, der gerade genüsslich den Rest seiner Strawberry-Margarita mit dem Strohhalm aufsog und lässig einen Zwanzigmarkschein über die Theke schob.

»Hast du einen Bekannten entdeckt?« Jays Stimme klang unangenehm laut.

Bert legte den Zeigefinger auf seinen Mund und flüsterte: »Ich glaube, da hinten steht der Mörder, von dem ich dir erzählt habe! Schau nicht hin! Wir müssen sofort zahlen und ihm folgen!«

»Bist du verrückt? Wir rufen die Polizei!«

»Damit er wieder verschwindet? Nein, ich will erst wissen, wo er hingeht, bevor ich meinen Freund informiere.«

Jay drehte sich unauffällig in Richtung des Verdächtigen. »Bist du sicher, dass er es ist? Er sieht irgendwie anders aus.«

»Muss er ja auch, um sich noch auf die Straße zu trauen!«

»Okay, wenn du meinst. Ich begleite dich. Mach dir wegen der Rechnung keine Sorgen.« Jay winkte eine junge Kellnerin heran, die gerade in der Nähe stand und flüsterte ihr etwas ins Ohr. Beide lächelten Bert an. Der bemerkte sie jedoch gar nicht, weil er seine Augen wieder dem Verdächtigen zugewandt hatte. Der schöne junge Mann hatte sich gerade von seinem Hocker erhoben und steuerte auf den Ausgang zu.

Jürgen Nelles schwebte mit Anja zu sanften Klängen eines Jazz-Trios über die Tanzfläche und fühlte sich von allen Problemen dieser Welt meilenweit entfernt. Er strich seiner Freundin über die langen blonden Locken und drückte sie kräftig. Es war halb zwölf. Gleich würden sie zusammen auf das neue Jahr anstoßen, noch ein bisschen tanzen und schmusen und dann … Das Piepen des Handys riss den Kommissar aus seinen Träumen. Er murmelte eine kurze Entschuldigung, als er Anja allein auf der Tanzfläche stehen ließ. Nach fünf Minuten kehrte er mit geschäftiger Miene zurück.

»Der Verdächtige ist wieder aufgetaucht. Ich muss los!«

»Halt, Jürgen! Du willst uns jetzt nicht diesen schönen Abend verderben, oder?«

»Anja, bitte! Meinst du, mir macht es Spaß, Silvester Verbrecher zu jagen? Wir sehen uns später zu Hause!«

»Da bist du ja endlich. Übrigens: ein frohes neues Jahr!« Bert strahlte den Kommissar an, als der kurz nach zwölf im Clip auftauchte.

»Danke, das wünsche ich dir auch«, antwortete Nelles zerstreut und blickte sich nervös um. »Meinst du dahinten, das ist er?« Seine Stimme kam kaum gegen die laute Disco-Musik an.

Bert nickte.

»Zumindest sieht er unserem Phantombild sehr ähnlich. Ich denke, ich sollte ihm mal vorsichtig auf den Zahn fühlen.«

»Warten Sie!« Jay mischte sich plötzlich ein.

Nelles hatte ihn vorher gar nicht beachtet und war irritiert. »Was wollen Sie?«

»Ich möchte nur sagen, dass dieser Mann dort drüben anders aussieht als der, der am zweiten Weihnachtstag bei uns mit David Greenbaum gegessen hat.«

»Sind Sie sicher?«

»Hundertprozentig. Das fängt bei der Frisur an. Davids Begleiter hatte kurze, blonde Haare. Außerdem hat er sich anders verhalten … männlicher, ohne so viele tuntige Handbewegungen …«

»Das hat doch nichts zu bedeuten!«, fuhr Bert seinen amerikanischen Freund an. »Er kann sich bestimmt gut verstellen und sein Aussehen jederzeit verändern. Wenn ich drei Typen auf dem Gewissen hätte, würde ich das auch tun …«

»Mag ja sein, aber was ist mit der Frisur?« fragte der Kommissar zweifelnd. »Können Haare in einer Woche so schnell wachsen?«

»Hast du noch nie was von Perücken gehört?« Der Florist ließ sich nicht von seiner Meinung abbringen.

»Gut, ich werde mit ihm reden. Danach wissen wir mehr. Und ich möchte bei der Vernehmung nicht von euch gestört werden!« Nelles zwinkerte seinem Nachbarn liebevoll zu und ging unauffällig an den kleinen, hohen Bistrotisch in der Ecke, an dem der Verdächtige saß.

Anja hatte sich noch nie so einsam gefühlt wie jetzt, als sie an der Bar des Stadtgartens saß und einen Kaffee trank. Sie erinnerte sich an den Abend, als sie Jürgen Nelles kennen gelernt hatte. »Lass dich nie mit einem Polizisten ein, denn der ist sowieso mit seinem Beruf verheiratet«, waren damals seine Worte beim Abschied gewesen und langsam wurde ihr bewusst, dass sie keineswegs scherzhaft gemeint waren. Doch sie fand, dass sie in den vergangenen Jahren genug Rücksicht auf Jürgens Job genommen hatte und nun die Grenze des Zumutbaren erreicht war. Während sie noch nachdachte, wie sie den Rest der Nacht verbringen sollte, setzte sich ein junger Mann neben sie an die Bar.

»Hallo! Schreitest du ganz allein über die Schwelle ins neue Jahr?«

Anja schaute ihn ärgerlich an, doch dann fand sie seine altbackene Anmache eigentlich ganz originell. »Nein, mein Freund musste gerade dringend fort.«

»... und lässt dich einfach hier allein sitzen? So was macht man doch nicht.»

»Na ja, ich bin auch ganz schön sauer. Aber er hat halt so einen blöden Beruf. Was soll ich machen?«

»Mit mir ein Gläschen Sekt trinken und auf das neue Jahr anstoßen!« Der junge Mann, der sich als Lothar vorstellte, hatte schon die Getränke geordert, bevor Anja protestieren konnte. Lothar war ihr auf Anhieb sehr sympathisch. Seine schulterlangen, dunkelblonden Locken umrahmten ein markantes Gesicht und die neugierigen grau-grünen Augen hatten sie gleich in ihren Bann gezogen. Lothar erzählte ihr, dass er Germanistik und Theaterwissenschaften studiere und Lyrik sein großes Hobby sei.

»Hast du schon viel geschrieben?«

»So einiges. Ein kleiner Gedichtband ist sogar schon veröffentlicht worden. Wenn du mir deine Adresse gibst, schicke ich ihn dir mit persönlicher Widmung zu.«

»Nicht so stürmisch, junger Mann. Ein bisschen Bedenkzeit brauche ich schon!«

»Wozu? Ich habe dir doch keinen unsittlichen Antrag gemacht.«

»Das musst du auch gar nicht. Ich bin mir ziemlich sicher dass du weißt, wie du auf Frauen wirkst.«

»Na, so was! Dessen war ich mir überhaupt nicht bewusst. Darauf müssen wir noch etwas trinken!«

»Einverstanden! Auto fahren kann ich eh nicht mehr.«

»Gut, dass du so einsichtig bist. Übrigens, nur für den Fall der Fälle, sollte das Geld fürs Taxi nicht mehr reichen: meine Wohnung ist fünf Minuten von hier entfernt.«

»Darf ich das junge Glück vielleicht mal stören?«, fragte Hauptkommissar Nelles spöttisch, als er an die Theke des Clip zurückkehrte, wo Bert und Jay gerade einen intensiven Zungenkuss austauschten.

»Oh, entschuldige! Aber wir dachten, deine Vernehmung dauert ewig.« Bert hatte einen roten Kopf bekommen. »Bist du denn weitergekommen?«

Der Kommissar schüttelte den Kopf. «Eigentlich nicht. Als der Wildmeier-Mord geschah, war er mit seinem Freund angeblich in Amsterdam. Was er an den Tagen gemacht hat, als Lucca und Herrenrieder getötet wurden, wusste er nicht mehr genau.«

»Das ist doch verdächtig!«, empörte sich Bert.

»Finde ich nicht. Oder weißt du noch so präzise, was du an jedem einzelnen Tag vor zwei Monaten gemacht hast? Um alle Zweifel auszuräumen, werde ich morgen sein Alibi mit dieser Reise nach Amsterdam prüfen. So, und jetzt fahre ich nach Hause. Soll ich dich mitnehmen?« Nelles blickte Bert tief in die Augen.

Der rutschte auf seinem Barhocker hin und her. »Danke für das Angebot. Aber eigentlich bin ich noch gar nicht müde. Ich bleibe noch etwas mit Jay hier!«

Nelles schien enttäuscht. »Pass gut auf dich auf!«

David Greenbaum und sein junger Begleiter waren auf dem Weg in das kleine Hotel an der Strandpromenade, nachdem sie im Kasino von Le Touquet die Silvester-Nacht verbracht hatten.

»Danke für den schönen Abend! Ich habe schon lange nicht mehr so gut gegessen. Und auch die Revue hinterher war toll. Seit Jahren bin ich nicht mehr so schön ins neue Jahr gekommen!« Der junge Mann umarmte den Musikproduzenten flüchtig und schlug den Kragen seiner Lederjacke hoch. Eine Windböe fegte sie für einen kurzen Moment aus ihren romantischen Träumen. Greenbaums lange, graublonde Haare wurden durcheinander gewirbelt. Melancholisch schaute er auf das dunkle Meer, in dem sich nur noch ein paar Lichter der kleinen Stadt widerspiegelten. Weiter in der Ferne blinkte alle paar Sekunden monoton das grelle weiße Licht eines Leuchtfeuers im Rhythmus des rauschenden Wassers.

»Ewig rauscht das Meer ...«, murmelte der Musikproduzent, als er sich nach einigen Minuten des Schweigens wieder seinem Begleiter zuwandte.

»Was meinst du, David?«

»Nun, das hier wird immer sein. Schon seit Millionen von Jahren gibt es dieses Geräusch und den Wechsel von Ebbe und Flut, tagein, tagaus. Immer wenn ich auf einen Ozean hinaus blicke wird mir die Vergänglichkeit unseres Lebens bewusst. Angesichts dieser Weite schrumpfen doch alle unsere täglichen Probleme zu Nichtigkeiten. Hattest du noch nie dieses Gefühl?«

»Doch, ich kann es gut nachvollziehen«, sagte der junge Mann nach kurzem Zögern. »Aber leider sind die täglichen Probleme trotzdem da, und wir müssen sie lösen.«

»Ja, natürlich. Wir sollten sie nicht verdrängen. Aber zumindest dürfen wir hin und wieder träumen.«

Der Amerikaner zog eine Flasche Champagner aus seinem Trenchcoat. »Bevor wieder Alltag ist, sollten wir noch die Nacht genießen. Gut, dass es in Europa nicht verboten ist, Alkohol am Strand zu trinken.« Er ließ den Korken mit lautem Knall in den dunklen Himmel fliegen.

»Du denkst immer an alles, nicht wahr?«, fragte der junge Mann und lächelte dankbar.

»Nein, stimmt nicht. Die Gläser habe ich leider vergessen ... Übrigens habe ich nicht vergessen, dass ich gleich übermorgen, wenn ich im Büro bin, alle Hebel in Bewegung setzen werde, um einen Job für dich zu finden. Auf unsere gemeinsame Zukunft, Santé!«

Greenbaum nahm einen großen Schluck und reichte seinem Begleiter den Champagner. Dann wischte er sich mit der Handfläche über den Mund. »Was hältst du davon, wenn wir diese wundervolle Nacht gemeinsam im Hotel fortsetzen, Manuel? Spürst du nicht auch das Verlangen nach etwas Zärtlichkeit?«

Der junge Mann nickte. »Ja, es wird etwas kühl hier am Meer. Ein bisschen Wärme könnte nicht schaden.«

Le Touquet, 1.1.
Komischerweise werde ich auch heute noch immer sentimental, wenn wieder ein neues Jahr beginnt. Vielleicht ist das ein Indiz, dass ich mir meine Sensibilität irgendwie bewahrt habe. Schon als Jugendlicher hatte ich zu Silvester immer gute Vorsätze, um mein Leben in eine positive Richtung zu lenken. Aber wie die meisten Leute stelle ich immer nach ein paar Tagen fest, dass ich doch zu schwach bin.

In diesem Jahr ist es jedoch anders. Ich habe durch meine Strafaktionen bewiesen, dass ich stark sein kann, wenn es notwendig ist. Warum sollte es dann nicht auch möglich sein, irgendwann wieder ein ganz normales Leben zu führen? Eigentlich wäre dieser Jahreswechsel genau der richtige Zeitpunkt für eine Umkehr, gäbe es da nicht ein Problem: die Person, die mich mindestens so ausgenutzt und gedemütigt hat wie die anderen drei Herren. Leider habe ich es nicht mehr vor Silvester geschafft, sie zu bestrafen. Und wäre es nicht ungerecht, sie einfach aufgrund meines momentanen sentimentalen Dusels laufen zu lassen? Ich denke, auch meine ersten drei Opfer haben es verdient, dass ich konsequent bleibe, damit ihr Tod nicht umsonst war. Für mich ist es in jedem Fall besser, denn dann habe ich endlich die Gewissheit, dass alle Schulden beglichen sind.

Natürlich denke ich im Augenblick auch darüber nach, was passiert, wenn mir wieder Männer über den Weg laufen, die mich nur ausnützen wollen. Soll ich sie dann genauso hart bestrafen? Offen gestanden bin ich noch zu keinem endgültigen Urteil gekommen. Nur so viel ist sicher: Klein beigeben werde ich nie, jetzt, nachdem ich endlich erwachsen geworden bin.

1. Januar

Als Bert Heinrichs gegen neun Uhr morgens seine Wohnungstür aufschloss, war er schrecklich müde aber zufrieden. Jay hatte ihn überredet, die erste Nacht des neuen Jahres im LuLu durchzutanzen. Begeistert hatte er Jays erotische, schlangengleiche Bewegungen und den unnachahmlichen Hüftschwung beobachtet. Nachdem er sich an den voll aufgedrehten Hip-Hop-Beat gewöhnt hatte, war er seinem amerikanischen Freund schließlich schüchtern auf die Tanzfläche gefolgt. Schweißüberströmt waren sie an die etwas ruhigere Bar gegangen. Dabei hatte ihm Jay ins Ohr geflüstert, dass dies sein bisher schönstes Silvester sei. Natürlich hätte Bert die lange Nacht noch gerne mit neuen erotischen Abenteuern in seinem oder Jays Bett gekrönt, doch der junge Amerikaner hatte darauf bestanden, allein nach Hause zu gehen, weil er bereits am Mittag wieder kellnern musste. Immerhin hatte er sich von Bert mit einem langen Kuss verabschiedet.

»Ein paar Wochen bleiben uns noch«, seufzte Bert, als er sich endlich ins Bett legte. Ein lautes Geräusch aus der Wohnung unter ihm riss den Floristen wenig später aus seinen Gedanken. Er richtete sich auf und vernahm jetzt deutlich Stimmen. Zweifellos waren es Anja und Jürgen, die sich lauthals anbrüllten. Bert zog die Decke über den Kopf und drehte sich auf die Seite. Als er plötzlich seinen Namen aus den Wortfetzen heraus hörte, wurde er hellwach. Er schaltete das Licht an und stieg langsam aus dem Bett. Dann zog er sich eine Jeans und ein Sweatshirt an und schlich vorsichtig durch das Treppenhaus. Vor Jürgens und Anjas Wohnungstür blieb er stehen und lauschte dem heftigen Wortgefecht, das immer weiter anschwoll.

»Lass doch endlich mal Bert aus dem Spiel! Er hat dir doch wirklich nichts getan«, sagte Nelles jetzt etwas ruhiger.

»Dass ich nicht lache. Warum musstest du dich dann unbedingt heute schon wieder mit ihm treffen?«, keifte Anja.

»Ich habe dir bereits hundertmal erklärt, dass er mich über eine verdächtige Person informiert hat, die sich gerade im Clip aufhielt.«

»Ja, Klasse, und dein Westentaschen-Holmes hat nicht mal erkannt, dass dieser sogenannte Verdächtige gar nicht der Mann war, den ihr sucht.«

»Es ist erst sicher, wenn wir sein Alibi überprüft haben.«

»Das machst du doch nur, um Bert zu imponieren, Stümper!«

»Anja, es reicht. Ich will nicht weiter mit dir über meine Arbeit diskutieren!«

»Keine Angst, wir werden in nächster Zeit gar nicht mehr miteinander reden. Ich packe nämlich jetzt meine Sachen und gehe!«

Bert Heinrichs hatte genug gehört. Zitternd schlich er zurück in seine Wohnung und blieb hinter der Eingangstür stehen. In der Wohnung unter ihm war es ganz ruhig geworden. Fünf Minuten später knallte eine Tür durch das Treppenhaus, und dann entfernten sich schnelle Schritte. Der Florist überlegte noch, was er jetzt tun sollte. Er war innerlich viel zu aufgewühlt, um ins Bett zu gehen. Deshalb ging er in die Küche und öffnete eine Flasche Riesling, die er im Kühlschrank fand. In diesem Moment summte die Türklingel. Bert eilte in den Flur und lugte durch den Spion. Es war Jürgen Nelles.

»Tut mit Leid, dass ich dich am frühen Morgen störe. Wahrscheinlich hast du sowieso unseren Krach mitbekommen.«

»Ja, es war nicht zu überhören. Schade, ich hätte euch einen besseren Start ins neue Jahr gewünscht. Komm rein und trinke ein Glas Wein mit mir!«

Der Kommissar folgte Bert in die Küche. »Ach, es ist immer dasselbe. Sie will einfach nicht kapieren, dass mein Job nun mal so ist und mischt sich in Sachen ein, von denen sie keine Ahnung hat. Warum ist diese Frau immer so besitzergreifend und lässt mir nicht die nötigen Freiheiten – wenigstens in beruflicher Hinsicht?«

Bert schüttelte den Kopf und schwieg einen Moment. »Ich habe so was auch schon mit Männern erlebt. Manche Leute verstehen eben nicht, dass Liebe auch bedeutet, seinen Partner nicht besitzen zu wollen. Vielleicht ist es ja ganz gut, wenn ihr beide in Ruhe überlegt, wie es weitergehen soll.«

»Mag sein.« Nelles leerte sein Weinglas. »Aber vor allem möchte ich mich nun endlich auf meine Arbeit konzentrieren. Und deswegen habe ich im Moment auch keine Lust, zurück in meine Wohnung zu gehen. Kann
n ich vielleicht ein paar Stündchen bei dir knacken?«

Bert schaute ihn überrascht an. »Meinst du, dass das gut wäre? Vielleicht kommt Anja im Laufe des Tages zurück.«

»Da kennst du sie aber schlecht. Und selbst wenn – sie kann mich mal.«

»Okay, ich mache dir das Sofa im Wohnzimmer zurecht.«

»Keine Umstände, bitte. Ich vermute, du hast ein großes Bett, oder?«

»I'm singin' in the rain ...«, trällerte der hübsche junge Mann mit der blonden Kurzhaarfrisur und balancierte dabei mit ausgebreiteten Armen über ein schmales Mäuerchen. Gerade war wieder eine schwarze Wolke über das Meer herangezogen und der stürmische Westwind peitschte die großen, schweren Regentropfen so heftig vor sich her, dass die Strandpromenade von Le Touquet in einen grauen Schleier gehüllt wurde. David Greenbaum hatte seinen Schirm aufgespannt, doch eine kräftige Bö knickte ihn einfach zur Seite.

»Verdammt, das Ding hat über hundert Mark gekostet«, fluchte er.

»Lass ihn einfach wegfliegen! Schenke ihm die Freiheit. Freiheit für alle Regenschirme!«, rief sein junger Begleiter übermütig. »Hey, David: Uns gehört die Welt. Das lassen wir uns doch nicht von so ein bisschen Sturm und Regen vermiesen. Komm, sing mit!«

»Ich bin kein guter Sänger. Aber deine Stimme kann sich durchaus hören lassen.«

»Im Ernst?«

»Ja, sonst würde ich es nicht sagen. Du hast einen sehr angenehmen Bariton.«

»Freut mich zu hören. Aber was habe ich davon?«

»Nun, du könntest was daraus machen.«

»Was meinst du damit? Eine Platte aufnehmen?«

»Vielleicht. Oder eine Gesangsausbildung beginnen.«

»Das dauert doch viel zu lange! In einem Monat werde ich vierundzwanzig!«

»Na und? Es gibt Leute, die beginnen so eine Ausbildung noch mit fünfzig.«

»Und wie soll ich ein Musikstudium finanzieren?«

»Da gibt es doch viele Möglichkeiten. Wir können zu Hause ja mal in Ruhe darüber sprechen.«

»Meinst du, meine Stimme ist jetzt noch nicht gut genug für eine Plattenaufnahme?«

»Also für Popmusik reicht es allemal. Ich wäre froh, wenn alle Künstler, die ich produziere, so gut singen könnten.«

»Können wir nicht bei dir im Studio mal Probeaufnahmen machen? Bitte, David!«

»Ich denke, das lässt sich einrichten. Vorher muss ich mir allerdings gut überlegen, was du singen könntest. Hast du eine Idee?«

Der junge Mann überlegte eine kleine Weile. Ein Sonnenstrahl bahnte sich seinen Weg durch die dunkelgraue Wolkendecke und beleuchtete das dunkle Meer wie ein Spotlight.

»Also David, wie die meisten meiner Altersgenossen stehe ich vor allem auf Dancefloor. Nicht unbedingt nur harten Techno. So manche alte Disco-Nummer aus den Siebziger- und Achtzigerjahren turnt mich total an. Du weißt schon: alte Bee Gees- oder Donna Summer-Stücke. Besonders schrill finde ich Divine.«

»Klar, habe ich mir fast gedacht.«

»Hast du Platten von Divine?«

»Nein. Ehrlich gesagt war sie nie so ganz mein Geschmack. Aber ich habe sie oder ihn Anfang der achtziger in New York auf einer Party getroffen. Ich war wirklich beeindruckt.«

»Ist das wahr? David, du Glückspilz! Ich beneide dich darum.«

»Ja, ist schade, dass Divine so früh das Zeitliche gesegnet hat. Man hätte bestimmt noch viel aus ihr machen können.« David Greenbaum senkte nachdenklich den Kopf und blieb stehen. Er betrachtete die Reste seines Schirms, die er immer noch in der rechten Hand hielt.

»David, ich habe eine Idee«, unterbrach der junge Mann seine

Gedanken. »Wir könnten doch ein modernes Remake von den alten Divine-Stücken aufnehmen. Du produzierst, und ich singe.«

Nelles erwachte gegen Mittag aus einem tiefen Schlaf. Als er die Augen aufschlug, fiel sein Blick als Erstes auf das überdimensionale Foto eines spärlich bekleideten jungen männlichen Models an der Wand gegenüber. Erst in diesem Moment wurde ihm wieder bewusst, dass er sich heute früh in der Wohnung seines Nachbarn einquartiert hatte. Soeben huschte Bert mit einem Tablett durch die Tür, und der Kaffee-Duft vertrieb augenblicklich den abgestandenen Geruch verschwitzter Männerkleidung. Der Gastgeber war in einen schwarzen, seidenen Kimono gehüllt, der einen tiefen Einblick auf seine Brust und die darunter liegenden Körperpartien freigab, als er das Tablett neben dem Bett abstellte.

»Mannomann, was für 'ne Nacht«, murmelte Nelles, als er zu dem großen Becher griff.

»Ich hoffe, du hast dich beruhigt.« Berts Stimme klang besorgt.

»Es geht schon wieder. Vielleicht ist es ja ganz gut, dass die alte Pissnelke endlich ihre sieben Sachen gepackt hat und abgehauen ist. Jetzt kann ich mich endlich in Ruhe auf meine Arbeit konzentrieren.«

»Hey, Alter, reg dich nicht wieder auf. Das bringt nichts!« Bert konnte eine heimliche Genugtuung nicht ganz verbergen. »Wir machen uns einen schönen gemütlichen Tag zu Hause und morgen sieht die Welt schon ganz anders aus.«

»Nix da. Heute wird gearbeitet. Ich werde gleich mal losfahren und das Alibi von deinem Verdächtigen aus dem Clip überprüfen. Aber vorher könnte ich noch einen Happen essen.«

»Kein Problem, der Frühstückstisch ist schon gedeckt.«

Nelles schlug die Bettdecke zurück und erstarrte. Sein durchtrainierter Körper war splitternackt. »Wo ist meine Unterhose?«, brüllte er im nächsten Moment.

Bert machte ein unschuldiges Gesicht und zog unter dem Bett einen weißen Calvin-Klein-Minislip hervor. »Ich habe eigentlich nicht so ganz verstanden, warum du dich irgendwann im Laufe des Morgens von allen Fesseln befreien wolltest.«

»Warum bist du eigentlich nicht gleich mitgekommen? Das hätte dir den ganzen Ärger mit deinem Macker erspart!« Lothar strich behutsam über Anjas Kopf.

»Ja, wahrscheinlich hast du Recht. Vielleicht habe ich einfach zu viele Skrupel. In den ganzen drei Jahren, die wir zusammen sind, habe ich ihn noch kein einziges Mal betrogen. Jürgen ist kein Macker, sondern irgendwie ein lieber Kerl. Und du kannst mir glauben, dass ich mich im Augenblick ziemlich beschissen fühle.«

»Es ist ja noch nichts passiert! Insofern musst du doch kein schlechtes Gewissen haben!«

Anja streichelte seinen Rücken und seufzte. »Was soll ich jetzt bloß machen?«

»Du kannst gerne bleiben. So lange du willst.«

»Ich glaube nicht, dass das eine gute Lösung ist.«

»Willst du etwa sofort wieder zu ihm zurück?«

»Nein. Ich rufe meine beste Freundin an. Vielleicht nimmt sie mich für ein paar Tage auf, damit ich in Ruhe und mit dem nötigen Abstand über alles nachdenken kann.«

»Wie du möchtest. Aber mein Angebot steht ...« Lothar breitete seine Arme aus und drückte sie fest an sich.

Das Display im Armaturenbrett zeigte 15.46 Uhr an, die Außentemperatur betrug +5 Grad Celsius. Nelles bog langsam von der Aachener in die Vincenz-Statz-Straße ein. Nach wenigen Minuten hatte er das gesuchte Haus gefunden. Der Altbau war durch einen sorgfältig gepflegten Vorgarten zum Bürgersteig hin abgeschirmt und wirkte verlassen. Der Kommissar näherte sich durch die schmiedeeiserne Pforte des mannshohen, schwarz gestrichenen Gitters der Haustür. »Dr. Hans-Josef Dittmann, Rechtsanwalt und Notar« stand auf einem dezenten Messingschild über der Klingel. Darüber gab es einen zweiten Knopf mit einem kleineren Schild »Privat«. Als er jetzt kurz überlegte, wo er drücken sollte, befielen Nelles plötzlich leise Zweifel, ob der unangemeldete Besuch an einem Feiertag so geschickt war.

Immerhin war Dittmann eine Größe in Köln, sein Name stand fast täglich auf den Lokalseiten der Zeitungen. Als Vorsitzender der

SPD-Ratsfraktion und als Promi-Anwalt verfügte er über alle Verbindungen, die nötig sind, um im kölschen Klüngel erfolgreich mitzumischen.

Der Kommissar gab sich einen Ruck und drückte die Klingel unter dem »Privat«-Schild. Keine Reaktion. Nelles wartete einen kurzen Moment und probierte es noch mal. Als er nach einem dritten Versuch schon aufgeben wollte, hörte er Schritte im Hausflur. Dann wurde die schwere Eingangstür geöffnet, und ein gepflegter Herr um die sechzig stand vor ihm. Das Gesicht kam Nelles viel älter vor als auf den Zeitungsfotos.

»Sie wünschen?« Die Stimme des Anwalts klang frostig. Offensichtlich war er höchst ungehalten über die Störung am Neujahrstag.

»Guten Tag, Herr Dittmann. Entschuldigen Sie bitte die Störung, aber ich würde Ihnen gern kurz ein paar Fragen stellen. Es dauert nicht lange.« Der Kommissar zog seinen Ausweis aus der Lederjacke. »Gestatten, Hauptkommissar Jürgen Nelles.«

Dittmann ignorierte die ausgestreckte Hand des Polizisten und sah ihn mit bohrenden Blicken an. »Wenn es unbedingt sein muss. Kommen Sie rein! Wir müssen das ja nicht auf der Straße besprechen.« Er führte den Kommissar in sein Büro im Erdgeschoss und nahm hinter einem großen englischen Mahagoni-Schreibtisch Platz. »Setzen Sie sich. Worum geht es?«

»Vielen Dank!« Nelles rutschte in einen der beiden Ledersessel gegenüber. »Wie Ihnen sicher bekannt ist, fielen in den vergangenen Wochen mehrere prominente Homosexuelle einem mutmaßlichen Serientäter zum Opfer. Gestern Abend nun sind wir in einem Szenelokal auf einen Verdächtigen gestoßen, dessen Alibi ich überprüfen möchte.«

»Und was habe ich damit zu tun?«, unterbrach der Anwalt mit schneidender Stimme.

»Nun, der Verdächtige, ein gewisser Tobias Woller, sagte aus, am 4. November mit Ihnen in Amsterdam gewesen zu sein. Das war übrigens der Tag, an dem Dieter Wildmeier ermordet wurde.«

Dittmanns Gesicht wurde plötzlich bleich, doch er fasste sich schnell wieder. »Ich kenne keinen Tobias Woller. Außerdem war ich am 4. November nicht in Amsterdam und vor allem bin ich nicht homosexuell. Merken Sie sich das!«

Nelles war über das plötzliche Aufbrausen des Anwalts überrascht und glaubte kein Wort. Vorsichtig hakte er nach: »Aber warum sollte Herr Woller mir eine Lügengeschichte auftischen? Er muss doch damit rechnen, dass ich seine Aussage überprüfe. Und warum kommt er ausgerechnet auf Sie?«

»Was weiß ich. Vielleicht hat er meinen Namen mal irgendwo in der Zeitung gelesen und sich mit blühender Phantasie diese Story dazu ausgedacht.«

»Sie bleiben also dabei, dass Sie Tobias Woller nicht kennen und am 4. November nicht mit ihm in Amsterdam waren?«

Dittmann zögerte, einen Moment zu lange, wie Nelles fand, bevor er mit ruhiger Stimme antwortete: »Ja! Und nun verlassen Sie bitte mein Haus, nachdem Sie mir schon den Feiertag verdorben haben. Ich werde mir ohnehin Schritte gegen Ihren unverfrorenen Auftritt hier vorbehalten. Unglaublich, dass Sie sich von irgendwelchen Strichern solche Ammenmärchen auftischen lassen und anständige Bürger damit belästigen.«

In diesem Augenblick flog die Tür des Arbeitszimmers auf und ein junger Mann stürmte herein. »Sag mal, bist du völlig übergeschnappt? Ich habe alles mit angehört. Weißt du eigentlich, was du mir da gerade eingebrockt hast? Soll ich etwa Scherereien mit den Bullen kriegen, nur weil der feine Herr Anwalt nicht zugeben will, dass er schwul ist? So was Verlogenes wie du ist mir ja noch nie untergekommen.« Tränen hilfloser Wut rannen aus Wollers Augen, als er den Anwalt voller Hass anstarrte.

Dittmann hockte steif in seinem Sessel und rang nach Worten, als der Kommissar ihn fragte: »Bleiben Sie immer noch bei Ihrer Aussage?«

Der Anwalt schüttelte langsam den Kopf. »Nein, ich ziehe sie zurück. Ich rufe Sie morgen an und mache eine neue. Bitte lassen Sie mich jetzt allein!«

Als sich Nelles lautlos aus dem Büro zurückzog, hörte er Schritte auf den weißen Marmorfliesen der Treppe.

»Du bist das größte Schwein, das ich je kennen gelernt habe.

Glaube nicht, dass ich mir das so einfach bieten lasse!«, brüllte Tobias Woller, bevor er mit lautem Krachen die Eingangstür ins Schloss warf.

Gegen halb zehn abends bog der schwarze Pontiac Firebird von der A 52 in die Ausfahrt Düsseldorf-Oberkassel ab.

»Schade, dass wir nicht länger bleiben konnten. Die Tage in Frankreich sind wirklich wie im Flug vergangen.«

»Ja, morgen beginnt wieder die Routine. Auf mich wartet jede Menge Arbeit im Büro und im Studio. Aber wenn du willst, kannst du ja noch ein paar Tage bleiben. Vielleicht schaffen wir es bis dahin schon mit ein paar Probeaufnahmen«, tröstete David Greenbaum seinen jungen Begleiter, der nun hintergründig lächelte.

»Mal sehen. Du hast schon so viel für mich getan, David. Ich habe auch ein paar Dinge zu erledigen.«

Greenbaum lenkte seinen Sportwagen in die Drake Straße, die genauso still und verlassen war wie bei ihrer Abreise vor sechs Tagen. Nachdem er den Firebird in der Garageneinfahrt abgestellt hatte, ging er mit seinem Begleiter zum Hauseingang. Als sie oben vor der Wohnungstür angekommen waren, spürte der Musikproduzent sofort, dass etwas nicht stimmte. Er versuchte, den Schlüssel in das Schloss zu stecken, doch es war nicht möglich.

»Verdammt, was ist denn jetzt los? Ich kann die Tür nicht aufschließen!«

Er schaute den jungen Mann ratlos an, der ihn halb spöttisch fragte: »Ist es auch die richtige Wohnung?«

»Ja, was denkst du denn! Ich leide doch nicht an Amnesie.«

»Schau doch mal, da oben ist eine Notiz.« Sein Begleiter entfernte einen Handzettel, der am Türrahmen angeklebt war und entdeckte sofort das Polizei-Siegel.

Der Musikproduzent riss ihm das Schreiben aus der Hand und begann laut zu lesen: »›Sehr geehrter Herr Greenbaum, wegen dringender polizeilicher Ermittlungen mussten wir Ihre Wohnung in Ihrer Abwesenheit untersuchen und deshalb das Türschloss auswechseln. Bitte haben Sie Verständnis für diese Maßnahme und melden Sie sich nach Ihrer Ankunft im Polizeipräsidium Düsseldorf bei dem zuständigen KHK Roth‹ ... Ich werde verrückt. Was soll das?« Greenbaum war immer nervöser geworden.

»Vermutlich ein Einbruch oder so etwas. Du weißt doch, dass Ganoven immer Feiertage und Ferien ausnutzen – diese Arschlöcher!« Der junge Mann legte seine Hand auf Greenbaums Schulter. »Du fährst jetzt zur Polizei und lässt dir dort deinen neuen Schlüssel aushändigen.«

»Willst du nicht mitkommen? Du kannst mich doch jetzt nicht allein lassen!«

»Das tue ich auch sehr ungern. Aber ich muss unbedingt heute Abend noch zu einem Freund in der Innenstadt, der mir cinc bcträchtliche Summe Geld schuldet. Und die brauche ich unbedingt, um morgen nach Berlin zu fahren. Dort habe ich nämlich einen Vorstellungstermin bei einer Modelagentur.«

»Aber davon hast du mir bisher noch gar nichts erzählt!«

»Ich wollte die schöne Stimmung nicht kaputtmachen und dachte es sei besser, erst jetzt darüber zu reden. Ich melde mich aber auf jeden Fall morgen, wenn ich in Berlin angekommen bin. Dann kann ich dir auch sagen, wie lange ich dort bleiben muss, und wann wir uns wieder treffen können.« Er griff mit der linken Hand nach seiner Reisetasche am Boden. »Ciao, David. Vielen Dank für alles und bis bald!« Er küsste ihn auf die Wange.

Düsseldorf, 1.1.
Während ich hier im Hotel sitze und diese Zeilen schreibe, muss ich viel an die zurückliegenden Tage mit David denken. Endlich habe ich mal wieder einen netten Mann kennen gelernt, der einigermaßen ehrlich zu sein scheint. Der überstürzte Abschied eben tut mir zwar etwas Leid, doch ich hätte ihn unmöglich zur Polizei begleiten können. Das Risiko wäre viel zu groß gewesen, denn trotz meiner neuen Frisur und der Brille hätte ein guter Bulle mit ziemlicher Sicherheit die Ähnlichkeiten mit dem Phantombild erkannt.

Ich hoffe, dass David mir meine Story mit der Modelagentur abgekauft hat, denn ich möchte gerne auf sein Angebot mit den Probeaufnahmen zurückkommen, wenn die Zeiten wieder etwas ruhiger geworden sind. Und dann werde ich herausfinden, wie ernst David seine Worte gemeint hat und ob er wirklich etwas für mich tun will. Ich bin mir zwar nicht völlig sicher, ob ich das Zeug zu einem Popstar habe, doch einen Versuch wäre es wert. Denn es ist auf jeden Fall eine Möglichkeit, mit relativ wenig Aufwand schnell das große Geld zu verdienen.

2. Januar

Als Kriminaloberrätin Bolling gegen neun in Nelles' Büro rauschte, ahnte der Hauptkommissar, dass es neuen Ärger geben würde. Sie nahm auf dem Stuhl vor seinem Schreibtisch Platz und kam ohne Umschweife zur Sache: »Eben hat mich Dr. Dittmann angerufen. Können Sie mir erklären, warum Sie ihn gestern Nachmittag in seiner Privatwohnung aufgesucht haben?«

Nelles rang um Fassung. »Ganz einfach: Ich musste das Alibi eines Verdächtigen überprüfen, und nur Dittmann weiß, wo der sich am 4. November aufhielt.«

»Ganz einfach, finden Sie? Nelles, Sie machen diesen Job lange genug um zu wissen, dass man so nicht mit einem der einflussreichsten Ratsherren dieser Stadt umspringt. Was sollte diese Aktion? Sie hatten doch schon vorher Zweifel, dass es der Mann ist, den wir suchen.«

»Zumindest sieht er dem Phantombild sehr ähnlich und ich stehe dazu, dass es richtig war, sein Alibi zu überprüfen. Schließlich müssen wir uns im Augenblick an jedem Strohhalm festhalten.«

»Ist das Ihr Verständnis von kriminalpolizeilichen Ermittlungen? Dann werden wir den Täter wohl nie fassen.«

Nelles spürte, wie seine Vorgesetzte ihn in die Defensive drängte und ging zum Angriff über: »Hat Ihnen Dittmann denn auch erzählt, dass er gestern bei meiner Vernehmung eine Falschaussage gemacht hat?«

»Er hat mir berichtet, dass Sie ihn durch Ihren Besuch in eine prekäre Lage gebracht hätten und sich deshalb bei mir beschwert.«

»War er nun am 4. November mit Tobias Woller in Amsterdam oder nicht? Das ist doch die einzige Frage, die hier interessiert!«

»Ja, war er! Und er möchte jetzt nicht weiter in dieser Angelegenheit belästigt werden. Reicht das?«

»Zumindest ist Woller mit dieser Aussage endgültig entlastet. Aber wir sollten den Herrn Anwalt nicht so ungeschoren davon kommen lassen.«

Die Kriminaloberrätin erhob sich und schaute Nelles kühl an, bevor sie leise weiter redete. »Wir werden ihn in Ruhe lassen! Das war nämlich mein Deal, den ich mit ihm ausgehandelt habe: Er hat seine Aussage korrigiert, dafür lassen wir ihn ungeschoren davonkommen – und wahren strengstes Stillschweigen über sein Privatleben. Seien Sie froh, dass Sie sich nur ein blaues Auge geholt haben!«

Nelles griff zum Telefonhörer und war Sekunden später mit Hauptkommissar Roth verbunden. Rühle beobachtete aus dem Nachbarbüro, wie sich Zornesfalten auf der Stirn seines Chefs bildeten, je länger der Düsseldorfer Kollege am anderen Ende der Leitung redete.

»Das darf ja wohl alles nicht wahr sein, was Sie mir da erzählen. Ein Kollege hat Greenbaum gestern Abend den neuen Wohnungsschlüssel ausgehändigt, ohne ihn zu vernehmen? Und Sie halten es nicht mal für nötig, uns darüber zu informieren? Ist Ihnen überhaupt klar, dass durch Ihr Verhalten der mutmaßliche Serienmörder weiter auf freiem Fuß ist und sein Vorsprung immer größer wird?« Nelles brüllte jetzt in den Hörer, so dass Rühle zusammen zuckte. »Herr Roth, lassen Sie alle weiteren Erklärungen. Das bringt uns sowieso nicht weiter. Ich werde jetzt sofort mit meinem Kollegen Rühle zu Ihnen rüber kommen. Sorgen Sie dafür, dass dieser Greenbaum spätestens in einer Stunde bei Ihnen im Präsidium ist und für eine Vernehmung zur Verfügung steht!« Er knallte den Hörer auf das Telefon und starrte Rühle wütend an. »Ich darf gar nicht daran denken, dass unser Mann vielleicht gestern Abend in aller Seelenruhe mit Greenbaum durch die Düsseldorfer Altstadt gebummelt ist und ein paar Bierchen getrunken hat.«

»Wissen sie denn, ob er sich noch bei Greenbaum aufhält?«

»Wohl nicht! Das zumindest konnten ihm die Kollegen entlocken. Doch darüber hinaus war Mr. Greenbaum angeblich unpässlich, als er gestern Abend auf dem Präsidium seinen Schlüssel abholte und nicht bereit, weitere Fragen zu beantworten. Und weil er mit Dienstaufsichtsbeschwerde gedroht hat, haben ihn die Kollegen lieber mit Samthandschuhen angefasst.«

»Und warum haben sie uns nicht eher informiert? Ich meine,

wenn du nicht angerufen hättest, wären wir immer noch völlig ahnungslos.«

»Angeblich wollte Kollege Roth gerade meine Nummer wählen, als ich anrief. Dieser Wichser!«

»Ein unpassendes Schimpfwort.« Rühle grinste seinen verblüfften Chef an.

»Wieso?«

»Sind wir nicht alle Wichser, mehr oder weniger? Und manchmal kann das ja auch ganz schön sein.«

Nelles konnte endlich wieder lächeln.

Trotz des nasskalten Wetters pilgerten um die Mittagszeit zahlreiche Touristen über die Domplatte – so wie an den 364 anderen Tagen im Jahr. Gerade verließ eine Gruppe Japaner die Kathedrale durch das Hauptportal. Dicht auf den Fersen folgte ihr ein junger Mann mit blondierten Haaren und blieb dann mit etwas Abstand neben einem Andenken-Kiosk stehen. Er zog ein Handy aus der Tasche seines Trenchcoats und gab eine Nummer ein.

»Hallo, David! Schön, dass ich dich noch erreiche. Warum es so laut ist? Ich bin gerade auf dem Kudamm unterwegs zur Modelagentur, wo das Casting ist. Wenn ich den Job bekomme, muss ich wohl noch ein paar Tage hier bleiben. Sonst werde ich bald zurück kommen. Ich melde mich, sobald ich Näheres weiß. Drück mir die Daumen! Ach, was ich dich übrigens noch fragen wollte: warum haben die Bullen nun dein Türschloss ausgewechselt?« Das Gesicht des jungen Mannes wurde zusehends ernster, als er seinem Gesprächspartner zuhörte. »Natürlich war es richtig, dass du denen gesagt hast, dass sie den Falschen verdächtigen. Du traust mir doch wohl nicht etwa zu, dass ich ältere schwule Männer umbringe? Das beruhigt mich! Pass auf, sobald ich das Casting hinter mir habe, gehe ich zur Polizei und kläre die Angelegenheit. Es ist wirklich eine Unverschämtheit, dass sie mich mit diesem Serienkiller verwechseln und mir nachstellen. Jetzt muss ich wahrscheinlich mit allen möglichen Unannehmlichkeiten rechnen. Das hat mir gerade noch gefehlt, wo ich ohnehin so in Zeitdruck bin. Aber mein Job geht vor, und deswegen muss ich jetzt mal Schluss machen. Doch eine Frage habe ich noch: Du kennst doch bestimmt diesen bekannten deutsch-italienischen Schlagersänger aus Köln, diesen Diego Umberti? Weißt du zufällig, wo er sich gerade aufhält? In South Beach, Miami? Er verbringt den ganzen Winter dort? So ein Mist! Da kann ich ihn natürlich nicht erreichen! Warum? Ich habe ihn mal vor längerer Zeit in Köln getroffen und ihm anschließend einen Song zugeschickt, den ich komponiert habe. Natürlich hat er sich nie wieder gemeldet, obwohl ich gehofft hatte, er würde mir helfen. Und nun dachte ich mir, dass du dir meinen Song vielleicht anhören könntest, bevor du demnächst die Probeaufnahmen mit mir machst. Na ja, macht nichts. So, jetzt muss ich aber Schluss machen. Bis bald, mon cher!« Er hauchte einen Kuss in das Handy und ging die Treppe zum Hauptbahnhof hinunter. Eine rumänische Bettlerin mit einem Kind im Arm stellte sich dem jungen Mann in den Weg und hielt die Hand auf. Er schubste sie zur Seite und verschwand unbehelligt in der Bahnhofshalle. Dann warf er einen Blick auf die große Anzeigetafel in der Mitte und stellte fest, dass der »Thalys« nach Paris-Nord in fünf Minuten abfahren würde.

Als Nelles und Rühle endlich das Büro von Hauptkommissar Roth gefunden hatten, wurden sie ausnehmend höflich begrüßt.

»Möchten Sie einen Kaffee? Oder lieber Mineralwasser oder Saft?«

»Oh, man merkt doch sofort, dass man in der Landeshauptstadt ist«, bemerkte Nelles spitz. »Vielen Dank, machen Sie sich keine Umstände. Wo ist Greenbaum?«

»Er muss jeden Moment kommen. War gar nicht so einfach, ihn aus seinem Tonstudio loszueisen. Ich musste wirklich alle meine Überredungskünste einsetzen«, betonte Roth und erntete von Nelles einen verächtlichen Blick.

»Mir scheint, dieser Herr ist sich gar nicht bewusst, in welcher gefährlichen Lage er sich befand, als er mit seinem Lover auf Reisen ging.«

»Das sieht Mr. Greenbaum ganz anders. Er ist sich sicher, dass Sie auf der falschen Spur sind, und ich habe ehrlich gesagt auch meine Zweifel, Kollege Nelles.«

Es klopfte an der Tür und deshalb schluckte der Kölner Hauptkommissar seine bissige Bemerkung schnell hinunter. Ein extravagant gekleideter Endfünfziger trat ein. Nelles musterte seine drahtige Figur und seine gepflegte Erscheinung neugierig, bevor er auf den Zeugen zuging.

»Guten Tag, Sie sind sicher David Greenbaum!« Nachdem sie einen lauen Händedruck ausgetauscht hatten, stellte er sich und die anderen Polizisten vor. Dann kam er sofort auf die drei ungeklärten Mordfälle zu sprechen.

»Wir haben allen Grund zu der Annahme, dass der junge Mann, den Sie am 26.Dezember in Köln kennen gelernt haben, der mutmaßliche Serienmörder ist.«

»Das halte ich für ausgesprochenen Blödsinn!« Greenbaum, der bisher schweigend ohne jegliche äußere Reaktion Nelles' Ausführungen angehört hatte, zitterte jetzt vor Erregung. »Sie sehen doch: Ich lebe noch! Wir haben zusammen eine lange Reise durch Nordfrankreich unternommen und viele schöne Dinge erlebt. Zwischendurch hätte er jede Menge Möglichkeiten gehabt, mich umzubringen. Aber Manuel würde so etwas nie tun.«

»Wissen Sie auch seinen Nachnamen?«, unterbrach ihn Nelles ruhig.

»Ja, natürlich! Schneider, er heißt Manuel Schneider!«

»Sind Sie sicher?«

»Was soll diese Frage?« Greenbaums Gesicht lief vor Wut rot an.

»Es wäre ja denkbar, dass sich Ihr Begleiter unter falschem Namen vorgestellt hat. Haben Sie zufällig irgendeinen Ausweis von ihm gesehen?«

»Wo denken Sie eigentlich hin? Meinen Sie, ich lasse mir erst den Pass zeigen, wenn ich jemanden kennen lerne?«

»Nee, das ist normalerweise nicht üblich. Wissen Sie denn, wo sich Manuel Schneider jetzt aufhält?«

»Muss ich Ihnen das mitteilen?« Greenbaum hatte sich wieder unter Kontrolle und überlegte blitzschnell, wie er die Kripo austricksen konnte.

»Wenn Sie keinen Ärger bekommen wollen, sagen Sie uns bitte jetzt sofort alles, was Sie wissen. Und nehmen Sie meine Warnung bitte sehr ernst!« Der Kölner Kommissar, der von seinen Kollegen aus dem Hintergrund schweigend beobachtet wurde, funkelte den Amerikaner mit seinen dunkelbraunen Augen an.

»Keine Ahnung! Er hat sich gestern Abend von mir verabschiedet und wollte sich in den nächsten Tagen wieder melden.« Greenbaum spielte den Ahnungslosen.

»Nun, wenn das so ist, werden wir ihr Telefon überwachen müssen. Wenn ich Sie recht verstanden habe, ruft er Sie ja bald wieder an.« Nelles wusste, dass seine Drohung ihre Wirkung nicht verfehlen würde.

Greenbaums Augenlider zuckten. »Das dürfen Sie gar nicht. Ich werde sofort meinen Anwalt einschalten.«

»Wir dürfen einiges, wenn wir Kapitalverbrechen aufklären müssen, und ein Anwalt kann Ihnen auch nicht helfen. Wir können Sie auch observieren und notfalls sogar in Schutzhaft nehmen. Es wäre also besser, Sie würden mit uns kooperieren, Mr. Greenbaum. Das erspart Ihnen und uns eine Menge Ärger.«

Der Amerikaner gab sich geschlagen. »Okay, Manuel hält sich zurzeit in Berlin auf. Er stellt sich dort heute bei einer Modelagentur vor. Er hat mich noch eben vom Kudamm aus angerufen.«

»Aha, das klingt ja schon viel interessanter! Haben Sie eine Adresse der Agentur?«

»Nein, es ging alles so schnell, als wir uns gestern verabschiedeten. Ich habe ihm aber erzählt, dass Sie ihn suchen.«

»Wie schön, dass Sie unsere Arbeit so unterstützen«, meinte Nelles sarkastisch. »Und wie hat er reagiert?«

»Er hat mir versprochen, nach dem Casting sofort zur Polizei zu gehen und das Missverständnis aufzuklären.«

»Was denken Sie?«, fragte Nelles in die Runde, nachdem Greenbaum gegangen war.

»Ich halte seine Aussage für glaubwürdig«, meinte Hauptkommissar Roth.

Rühle zuckte mit den Schultern. »Ich weiß nicht so recht. Okay, was Greenbaum sagt, mag zwar stimmen. Aber vielleicht hat unser Mann ihn schlicht angelogen.«

»Das werden wir ganz schnell herausfinden. Wir müssen jetzt als

Erstes die Kollegen in Berlin vorwarnen und eine gezielte Fahndung an sie rausgeben.« Nelles stürzte ans Telefon.

»Ist Ihr Chef immer so hektisch? Das ist hier ja schließlich nicht sein Büro!«

Rühle zog es vor, diese Bemerkung seines behäbigen Düsseldorfer Kollegen nicht zu kommentieren und wechselte das Thema: »Sagen Sie, Kollege Roth, hat die Auswertung der Spuren aus Greenbaums Wohnung noch neue Erkenntnisse gebracht?«

»Nicht, dass ich wüsste.«

»Haben Sie denn eine Gen-Analyse der Blutspuren in Auftrag gegeben?«

»Das war nicht nötig. Greenbaum hat ja ausgesagt, dass er sich bei einer tätlichen Auseinandersetzung mit seinem Nachbarn verletzt habe. Wir haben das nachgeprüft. Die Blutspuren stammen tatsächlich von ihm.«

»Mit seinem Nachbarn?«

»Ja, das hat uns natürlich auch etwas irritiert. Nach intensivem Befragen hat er dann zugegeben, dass dieser ›Nachbar‹ wohl sein Ex war.«

»Verstehe! Und der war eifersüchtig auf Manuel. Dieser Greenbaum scheint trotz seines Alters noch ganz schön aktiv zu sein.«

»H.w.G.« Roth grinste feist.

»Was sagten Sie?«, fragte Rühle naiv.

»Häufig wechselnder Geschlechtsverkehr! Ist doch normal bei Schwulen.«

»Ich kenne mich da nicht so genau aus, habe aber meine Zweifel, dass Heteros sich anders verhalten. Wie auch immer, meinen Sie nicht, wir sollten Greenbaum tatsächlich observieren lassen?«

»Das sollten wir ernsthaft in Erwägung ziehen!« Nelles hatte seine Telefonate beendet und mischte sich jetzt in das Gespräch ein. »Durchaus möglich, dass Manuel bald wieder Kontakt mit ihm aufnimmt.«

»Und wie stellen Sie sich das vor, Herr Kollege? Wo soll ich die Leute für eine so aufwändige Aktion hernehmen, zumal wir nicht mal hundertprozentig sicher sein können, dass dieser Manuel wirklich der Mörder ist?«

Nelles rieb sich das Kinn. »Ja, zu dumm, dass wir keine Spur von ihm in Greenbaums Wohnung gefunden haben. Was ist eigentlich mit den Fingerabdrücken, die Sie sichergestellt haben?«

»Abgesehen von Greenbaums konnten wir die anderen, die von mindestens zwei weiteren Personen stammen, nicht zuordnen. Sie sind in keiner Kartei.«

»Da kommt mir gerade noch eine Idee: Was ist mit Greenbaums Wagen? Haben Sie den schon unter die Lupe genommen?«

»Nein, noch nicht«, murmelte Dietmar Roth kleinlaut.

»Dann wird es aber höchste Zeit! Hoffentlich hat Greenbaum die Kiste noch nicht reinigen lassen!«

»Ich finde es schade, dass Jürgen uns so auseinander gebracht hat. Deswegen sehe ich euren Krach auch mit einem lachenden und einem weinenden Auge«, meinte Doris. Anja hatte bei ihrer besten Freundin Unterschlupf gefunden und als Dank einen Tafelspitz gekocht, den sie nun mit einem trockenen Riesling verzehrten.

»Ja, er ist oft so dominant, dass ich keine Luft mehr kriege. Deshalb muss ich endlich auf Distanz gehen«, pflichtete Anja ihr bei. »In letzter Zeit habe ich viel zu wenig an mich selber gedacht. Schließlich habe ich ja auch ein Leben und eigene Interessen.«

»Sehr richtig. Und die solltest du auch vertreten, selbst gegenüber dem tollsten und nettesten Mann. Willst du dich denn endgültig von ihm trennen?«

»Ehrlich gesagt: Ich weiß es nicht. Einerseits hänge ich noch sehr an ihm, und eigentlich wollte ich ihn ja immer heiraten, doch andererseits hängt mir sein ganzes Macho-Gehabe langsam zum Hals heraus. Nie hat er Zeit für mich, meine Wünsche sind ihm scheißegal. Nee, so kann es nicht weitergehen!«

Doris legte ihren Arm um Anjas Schulter. »Erst mal vielen Dank für dieses köstliche Essen. Und nun werden wir uns einen wunderschönen Abend machen. Nur wir beide – ganz allein.«

Als Jürgen Nelles kurz vor acht nach Hause kam, war Berts Blumengeschäft noch hell erleuchtet. Die Tür stand offen. »Hallo, hast du die Öffnungszeiten geändert, oder ist irgendwas passiert?«

»Nein, es ist alles in Ordnung. Ich mache einen kleinen Versuch seit heute, ob es sich lohnt, bis 20 Uhr zu öffnen.«

»Und?«

»Ich muss wohl eine längere Anlaufzeit einkalkulieren, bis die Kunden das Angebot annehmen.«

»Meinst du, sie kaufen so spät noch Blumen?«

»Warum nicht? Du hast dich doch selbst oft genug geärgert, wenn du Anja Blumen schenken wolltest, und ich schon zu hatte ...«

»Im Moment möchte ich diesen Namen nicht mehr hören!«

»Hat sie sich inzwischen mal gemeldet?«

»Nee. Aber damit habe ich auch nicht gerechnet. Sie hat halt ihren Dickkopf, wie ich dir gesagt habe.«

In diesem Moment kam Jay durch die Ladentür. »Hi, everybody! Habt ihr den Killer endlich gefasst?« Er zog eine imaginäre Pistole aus der Tasche, entsicherte sie und zielte auf Bert. Dazu machte er mit schnalzender Zunge Schussgeräusche. Der Florist zuckte die Schultern und schaute Nelles hilflos an.

Der fand Jays Vorstellung nicht besonders witzig. »Also Jungs, ich glaube ich gehe mal in meine Wohnung, bevor ihr eure Wildwest-Spielchen fortsetzt. Macht's gut, bis morgen.«

»Nimm doch nicht immer alles so ernst!« Der Florist folgte Nelles nach draußen und ließ einen ratlos blickenden Jay im Laden zurück. »Dieser Manuel hat doch bestimmt ein Handy, wenn er so viel unterwegs ist. Vielleicht hat Greenbaum ja seine Nummer, und ihr könnt ihn damit zurück verfolgen.«

Nelles schüttelte den Kopf. »Glaubst du wirklich, das hätten wir ihn nicht schon gefragt? Nein, Manuel hat keine Spuren bei ihm hinterlassen, soweit wir bisher wissen. So, und nun kümmere dich endlich um deinen neuen Lover.«

»Es, es ist nicht das, was du denkst«, stotterte Bert.

»Schon gut«, sagte der Kommissar und verschwand im Hauseingang um die Ecke. Bert blickte ihm traurig hinterher.

Paris, 2.1.
Gott sei Dank hat David keinerlei Anhaltspunkte, wo ich mich augenblicklich aufhalte und das wird auch so bleiben. Ich schätze David nicht so ein, dass er den Mund hält, wenn die Bullen Druck auf ihn ausüben. Da ich ihn sehr sympathisch finde, möchte ich ihn nicht in eine Lage bringen, in der er die falschen Entscheidungen treffen könnte, so dass ich mich hinterher an ihm rächen müsste.

Mein Weg ist jetzt klar vorgegeben, und ironischerweise haben die Bullen mit dazu beigetragen, in dem sie ihre Jagd auf mich verstärkt haben. Ich werde als Nächstes die offene Rechnung mit Umberti begleichen und kann so drei Fliegen mit einer Klappe schlagen: Ich fliege nach Florida, wo mich die deutschen Bullen sicher nicht vermuten und verschwinde dadurch bis auf Weiteres von der Bildfläche. Dann werde ich endlich von Umberti das Tape mit meinem Song zurückfordern, damit ich ihn später mit David produzieren kann. Und danach werde ich Umberti bestrafen. Ich werde die Gelegenheit nutzen, um mich in Florida ein bisschen in die Sonne zu legen und so für einige Zeit dem depressiven mitteleuropäischen Wetter aus dem Weg zu gehen.

So, nun muss ich eigentlich nur noch etwas Geld für die Reise auftreiben, natürlich auf legale Weise. Da Mutters Schwester Josianne hier in der Nähe wohnt und über ein ganz gut ausgestattetes Bankkonto verfügt, dürfte das nicht so schwierig werden, wenn ich mir eine gute Geschichte ausdenke und ein wenig auf ihre Tränendrüsen drücke. Es wird schon schief gehen!

3. Januar

Als Anja morgens gegen sechs in einen unruhigen Halbschlaf fiel, spürte sie eine zarte Hand auf ihren Brüsten. Sie musste an Jürgen denken, doch dies hier war nicht seine Hand, die gern fest zupackte. »Komisch, dass ich mich so schnell daran gewöhnen kann«, dachte Anja und streichelte Doris' weichen Bauch. Nach dem Essen hatte Doris darauf bestanden, noch etwas frische Luft zu schnappen, und nach einem längeren Fußmarsch durch das Belgische Viertel waren sie schließlich am Rathenauplatz gelandet. Dort hatte Doris sie schnell überredet, ein paar exotische Cocktails im Vampire zu trinken. Natürlich war ihr beim ersten Besuch einer Lesbenkneipe etwas mulmig zumute gewesen. Es war nicht bei einem Cocktail geblieben, und als sie gegen halb drei zurück zu Doris geschlendert waren, hatte sie Jürgen völlig aus ihrem Gedächtnis verdrängt. Sie hatte es sogar genossen, sich eng umschlungen mit Doris in aller Öffentlichkeit zu zeigen.

Doch nun graute ihr irgendwie vor dem Morgen. Sie musste Entscheidungen fällen, die wichtigsten ihres Lebens. Wollte sie wirklich zurück zu Jürgen, oder war Doris die verlockendere Alternative? Ging es überhaupt nur um diese beiden Menschen, oder musste sie sich nicht vielmehr die grundsätzliche Frage stellen, ob sie ihre Zukunft lieber mit einer Frau oder einem Mann verbringen wollte? Anja stand leise auf, ging in die Küche und trank zwei Gläser Mineralwasser. Doch ihr alkoholisiertes Gehirn blieb benebelt. Verzweifelt legte sie sich auf die Couch im Wohnzimmer und versuchte, sich Klarheit zu verschaffen. Nachdem sie über eine Stunde wach gelegen hatte, fasste sie einen Entschluss: Sie würde die Entscheidung ihres Lebens hinausschieben.

Hauptkommissar Jürgen Nelles hatte das gute Gefühl, dass sie heute bei ihren Ermittlungen einen großen Schritt weiter kommen würden, als er gegen acht ausgeschlafen und blendender Laune in seinem Büro auftauchte. Da er davon ausging, dass sie kurz vor dem Durchbruch standen, hatte er kurzer Hand den freien Samstag gestrichen und alle zum Bereitschaftsdienst eingeteilt. Gerade wollte er die Düsseldorfer Kollegen nach dem auffälligen Parfum und der Gleitcreme des Verdächtigen fragen, als das Telefon summte.

Es war Dietmar Roth .»Kollege Nelles, da sind Sie ja endlich. Ich dachte, Sie arbeiten rund um die Uhr an Ihrem Fall.«

Die Frotzeleien konnten Nelles heute nicht aus der Ruhe bringen. »Ist ja wunderbar, dass Sie auch endlich mal Gas geben«, meldete er sich. »Ich hoffe, Sie haben einen guten Grund, uns schon zu so früher Stunde zu stören.«

»Na klar habe ich den. Wir haben nämlich gestern Abend noch den Firebird von Greenbaum auseinander genommen. War ein ganz schönes Stück Arbeit. Vor allem, bis wir Greenbaums Einverständnis hatten. Aber es hat sich gelohnt.«

»Nun sagen Sie endlich, was Sie gefunden haben«, drängelte Nelles ungeduldig.

»An der Kopfstütze des Beifahrersitzes waren ein paar winzige blonde Haare. Wir lassen sie schon mit den bisherigen Genproben des Verdächtigen überprüfen. Aber Sie wissen ja: Das dauert.«

»Egal, immerhin ist das mal eine gute Nachricht. Bitte halten Sie mich auf dem Laufenden. Und noch was, Kollege Roth: Bei unseren bisherigen Ermittlungen haben wir herausgefunden, dass der mutmaßliche Täter ein sehr ausgefallenes französisches Parfum und eine amerikanische Gleitcreme benutzt. Beide Artikel sind nicht in Deutschland erhältlich. Bitte halten Sie die Augen auf! Bis bald!« Er legte den Hörer auf und klatschte in die Hände. »Jochen, es geht endlich weiter!«

Rühle konnte den frischen Elan seines Chefs noch nicht so ganz verstehen und schaute ihn misstrauisch an, als plötzlich Anita Weier ohne anzuklopfen in Nelles' Büro schneite.

»Guten Morgen, die Herren! Ich hoffe, ich störe Sie nicht bei ihren wichtigen Ermittlungen. Eigentlich wollte ich nur mal hören, was es Neues gibt.«

Nelles nutzte sofort die Gunst der Stunde. »Nett, dass Sie sich mal blicken lassen, Frau Doktor! Sie wissen doch: wir können Ihren Rat immer gut gebrauchen. Und was uns jetzt natürlich brennend interessiert: wo hält sich der Verdächtige Ihrer Meinung nach zurzeit auf?«

»Also, ich glaube nicht, dass er noch in Berlin ist – wenn er überhaupt dort war. Es sei denn, dort hält sich sein nächstes Opfer auf. Aber das hätte er wohl kaum diesem Greenbaum auf die Nase gebunden. Denn offensichtlich hat er sich erst mal dessen Vertrauen erschlichen, und da kann er ja nicht gleich mit der Tür ins Haus fallen und Greenbaum anvertrauen, was er schon alles auf dem Kerbholz hat. Deshalb bin ich auch davon überzeugt, dass Sie im Augenblick nicht mehr aus Greenbaum herausbekommen. Der weiß wirklich nicht mehr, als er Ihnen gesagt hat. Ich vermute, der Verdächtige ist zunächst für einige Zeit untergetaucht – vielleicht im Ausland, bis sich die Wogen etwas geglättet haben. Und dann wird er möglicherweise wieder zuschlagen, wenn noch weitere Opfer auf seiner Liste stehen. Ob dem so ist, müssen Sie möglichst schnell herausfinden!«

Nelles lächelte sie brav an. »Klingt nach einer guten Analyse, was Sie da sagen. Wir werden Ihren Ratschlag befolgen. Vielen Dank!«

Das Telefon summte erneut. Es war Kommissar Mühlmann aus Hamburg. »Wir haben zwischen den Feiertagen die Pressearchive der Boulevardzeitungen durchforstet. Dabei war auffällig, dass alle drei Opfer häufig zusammen auf allen möglichen Promi-Partys gesichtet wurden. Allerdings waren unter den anderen Berühmtheiten, die in den Artikeln erwähnt wurden oder auf den Fotos zu sehen waren, keine Homosexuellen, die als weitere potentielle Opfer in Frage kämen.«

»Was macht Sie so sicher? Das Problem ist doch, dass von den meisten Prominenten nicht bekannt ist, ob sie schwul sind oder nicht. Solche Leute wie Lucca sind doch eher die Ausnahme.«

»Da mögen Sie Recht haben. Allerdings haben wir die Promis aus dem Umfeld von Lucca und Herrenrieder auch vernommen. Leider konnten sie uns nicht weiterhelfen.«

»Wir werden uns noch mal verstärkt mit Wildmeiers Umfeld beschäftigen.«

»Wildmeier scheint übrigens so eine Art Mittelpunkt dieses Trios gewesen zu sein. Zumindest deuten einige Zeitungsartikel darauf hin, dass er die Fäden in der Hand hatte. Und noch was: Als wir Luccas geschäftliche Unterlagen geprüft haben, sind wir auf Rechnungen der Lufthansa gestoßen. Er muss vor zwei Jahren über einen Zeitraum von vier Monaten fast jedes Wochenende in Köln verbracht haben.«

»Interessant! Ich nehme nicht an, dass er hier geschäftlich zu tun hatte.«

»Obwohl er die Flüge natürlich als Geschäftsreisen abgerechnet hat.«

»Klar, bestimmt hatte er einen guten Steuerberater. Wir werden der Sache mal nachgehen. Vielleicht finden wir ja den Lover, den er hier immer an den Wochenenden beglückt hat.«

Die Taube trippelte zweimal von einer Seite zur anderen über den beige verputzten Fenstersims, bevor sie in den grauen Winterhimmel davon flatterte. Der junge Mann räkelte sich unter einem weißen Bettlaken und schaute auf seine Uhr. Es war kurz vor elf. Für das Frühstück im Hotel war es zu spät. Er ging zum Fenster und blickte auf die trübe Szenerie des Place du Marché Sainte Cathérine. Eine alte Frau schrubbte ihren Hauseingang und zwei Hunde tobten mitten über den kleinen, quadratischen Platz. »In spätestens ein oder zwei Tagen wird es schneien. Dann kommt der Winter«, hatte ihm der Nachtportier prophezeit, als er am frühen Morgen gegen fünf von seiner Tour durch das Pariser Nachtleben zurückgekehrt war. »Höchste Zeit, den Abflug zu machen«, dachte der junge Mann. Doch bis zum Start der Maschine morgen um 11.30 Uhr hatte er noch jede Menge Zeit. Er ging in das winzige Badezimmer und duschte, bevor er sich legere Kleidung anzog und das Hotel Jeanne d'Arc an der Rue de Jarente verließ.

Bei einem Baguette mit Leberpastete und einem Café au lait im gegenüberliegenden Bistro erinnerte sich der junge Mann an die vergangene Nacht. Im Le Quetzal war er nach einigen Drinks auf einen wohlhabenden Jungunternehmer gestoßen, der ihn für den Rest des Abends eingeladen hatte. Die Gespräche mit dem Dreißigjährigen waren eher oberflächlich gewesen und nach weiteren Cocktails im edlen Queen auf den Champs-Elysées hatte Jean-

Pierre ihn hemmungslos angebaggert. Als Jean-Pierre auf der Toilette war, hatte er schnell die Tanzfläche verlassen und war mit einem Taxi zum Hotel gefahren. Der junge Mann bestellte ein zweites Baguette mit Käse und musste grinsen, als er an die horrenden Rechnungen dachte, die Jean-Pierre in den Lokalen bezahlt hatte.

Dabei fiel ihm wieder ein, dass sein Bargeld langsam knapp wurde. Heute Nachmittag würde er nach Neuilly hinausfahren und seine Tante Josianne etwas schröpfen. Er hatte sie bereits gestern Abend über seinem Aufenthalt in Paris informiert und beruhigt festgestellt, dass sie seinem Besuch mit großer Freude entgegensah. Versonnen blickte er durch die großen Scheiben des Bistros und zündete sich eine Zigarette an. Zwei Streifenpolizisten näherten sich dem Bistro und lugten neugierig durch die Fenster. Der junge Mann drückte nervös die Zigarette im Aschenbecher aus und ging zur Toilette. Als er zurückkam, zahlte er schnell seine Rechnung beim Kellner an der Theke und verließ mit hochgeschlagenem Mantelkragen eilig das Lokal.

Nachmittags gegen fünf trank Bert Heinrichs einen Kaffee im Barflo. Er wartete auf Jay, dessen Schicht in einer halben Stunde zu Ende sein würde. Er blätterte in einem schwulen Gratisblatt, um sich die Zeit zu vertreiben. Über den Rand der Zeitung beobachtete er, wie ein Mann in den besten Jahren hereinkam und sich zögernd umschaute. Dann bestellte er an der Theke einen Gin-Tonic und kam an Berts Tisch.

»Entschuldigung, darf ich mich zu Ihnen setzen? Ich weiß, die meisten Leute wollen immer einen Tisch für sich allein. Bei mir ist das genau umgekehrt. Ich langweile mich zu Tode, wenn ich allein sitze. Ich möchte Sie aber nicht stören.«

Bert faltete die Zeitung zusammen und legte sie auf die Seite. »Nehmen Sie ruhig Platz«, sagte er freundlich und musterte den Fremden neugierig. Der Mann war wohl so Mitte fünfzig, sein Bürstenhaarschnitt hatte einen leichten Grauschimmer und die lebhaften, blaugrünen Augen verliehen seinem fein geschnittenen Gesicht einen munteren Ausdruck. Ein teurer Armani-Anzug betonte seinen sportlichen Körper.

»Oh, ich habe mich noch gar nicht vorgestellt. Schwackes, Kurt Schwackes!«

Bert erhob sich flüchtig, schüttelte ihm die Hand und nannte seinen Namen. Er war gespannt, wie sich die Unterhaltung entwickeln würde.

»Sind Sie oft hier?«, begann der Mann das Gespräch.

Der Florist schüttelte den Kopf. »Normalerweise nicht. Ich habe einen freien Tag.«

»Ich auch. Was machen Sie denn sonst?«

»Ich habe einen Blumenladen. Und Sie?«

»Eigentlich Lebenskünstler. Wenn ich nicht philosophiere, bin ich in der Gastronomie tätig.«

»Ein weites Feld.«

»Richtig. Ich habe ein paar Gaststätten.«

»Kenne ich die vielleicht?«

»Schon möglich.«

»Dann kennen Sie bestimmt auch viele Leute.« Bert musste plötzlich an Jürgen Nelles und seine Mordfälle denken und wollte einen Versuchsballon starten. Vielleicht hatte dieser Schwackes ja gute Drähte.

»Natürlich kenne ich einige«, fuhr der Gastronom mit sonorer Stimme fort. »Aber Diskretion ist in der Gastronomie Ehrensache. Vielleicht verrate ich Ihnen ein bisschen mehr, wenn wir uns etwas näher kennen gelernt haben ...«

In diesem Moment stürmte Jay ins Barflo. Er hatte Bert sofort entdeckt. »Hi, wie geht's?«

»Alles klar! Das hier ist übrigens Herr Schwackes, mit dem ich mir ein wenig die Zeit vertrieben habe.«

Der junge Amerikaner stellte sich kurz vor und musterte den Gastronom misstrauisch.

Schwackes zog eine Visitenkarte aus seiner Brieftasche und überreichte sie Bert.

»War schön, mit Ihnen zu plaudern. Vielleicht hören wir ja mal voneinander.« Er legte einen Zwanzigmarkschein auf den Tisch und wandte sich dem Ausgang zu.

»Was meintest du mit ›Zeit vertreiben‹? Du lässt dich doch wohl nicht von alten Männern anbaggern?«, zischte Jay, als der Gastronom außer Hörweite war.

»Keine Panik! Wie er schon sagte: Wir haben nur nett geplaudert. Und selbst wenn ich mit dir verheiratet wäre, gäbe es für mich keinen Grund, nicht ab und zu auch mal Gespräche mit anderen Männern zu führen, du eifersüchtiges Biest!«

Paris, 3.1.
Ob der schwule Serienmörder, der hier vor ein paar Jahren etliche Frauen umbrachte, auch im Queen getanzt hat? Mich hat diese Geschichte damals sehr fasziniert. Er sah auch ganz gut aus. Gibt es Parallelen zwischen uns? Ich denke, meine Motive sind höherwertig: Ich muss die Männer, die mich ausgenutzt und verarscht haben, bestrafen. Das ist eine Frage der Moral! Es wäre unmoralisch, wenn sie ungestraft davonkämen. Insofern befinde ich mich in bestem Einklang mit der Gesellschaft und ihren ausführenden Justizorganen. Er hat die Frauen damals nur umgebracht, um sie auszurauben, vielleicht hat er sie auch gehasst.

Könnte ich einer Frau etwas zu Leide tun? Selbst wenn sie mich so behandeln würde wie die von mir bestraften Männer? Eigentlich habe ich mich mit Frauen immer gut verstanden. Am Besten natürlich mit meiner Mutter. Auch wenn ich sie gelegentlich verachtet habe, so liebe ich sie doch immer noch. Trotz aller Differenzen in letzter Zeit ist sie der einzige Mensch geblieben, der mich auch nicht fallen lassen würde, wenn die Bullen mich kriegen sollten. Und auch ihre Schwester ist völlig in Ordnung und steht voll hinter mir.

Das schreibe ich nicht, weil sie mir vorhin zehntausend Francs geliehen hat, sondern weil wir ein sehr angenehmes Gespräch führen konnten, und sie mir in jeder Beziehung ihre Unterstützung zugesagt hat. Ich bin froh, dass ich mit diesem guten Gefühl morgen beruhigt nach Florida fliegen werde.

7. Januar

Nelles saß in seinem Büro und starrte in den wolkenverhangenen Himmel, aus dem ab und zu ein paar Schneeflocken zur Erde rieselten. Der einzige Lichtblick war die Gen-Analyse der blonden Haare aus Greenbaums Auto, die nun eindeutig dem Verdächtigen zugeordnet werden konnten.

»Hey Jürgen, Kopf hoch! Es gibt etwas Neues!« Rühle scheuchte ihn aus seinen Gedanken. »Die Amis haben sich endlich gemeldet. Wir wissen jetzt, woher diese Gleitcreme stammt.«

»Meinst du, das hilft uns weiter?«, fragte der Kommissar skeptisch.

»Ich will es hoffen. Also, es handelt sich um den Hersteller Glide Stream. Sie wird nur von einem kleinen schwulen Sexshop in Fort Lauderdale in Florida vertrieben.«

»Wer hat das herausgefunden?«

»Das FBI.«

»Du liebe Güte! Haben die unseretwegen alle schwulen Pornoläden Amerikas durchkämmt?«

»Ist nicht anzunehmen. Nein, es gab wohl in Florida eine Mordserie, bei der diese Gleitcreme auch eine wichtige Rolle spielte.«

»Scheiße! Hat etwa unser Mann dort auch schon zugeschlagen?«

»Nee, beruhige dich! Der Mörder aus Florida hatte es auf Frauen abgesehen, die er mit der Gleitcreme penetrierte. Außerdem sitzt er bereits hinter Schloss und Riegel. Die ganze Geschichte ist auch schon zwei Jahre her. Diese Gleitcreme wird jedenfalls nur in diesem Laden verkauft und selten an gute Kunden in der Umgebung verschickt. Demnach müsste unser Mann das Zeug vor Ort erworben haben.«

»Hat das FBI die Kundenkartei durchforstet?«

»Ja, und sie haben auch den Besitzer des Pornoshops vernommen. Er hat kein Whow!-Lubricant nach Deutschland verschickt.«

»Konnte er sich an deutsche Kunden in letzter Zeit erinnern?«

»Er hat ausgesagt, dass relativ viele Touristen bei ihm ein- und ausgehen, besonders häufig Deutsche. Die kaufen das Zeug wohl wie jeck, daher konnte er sich auch nicht an einzelne auffällige Kunden erinnern.«

»Tja, dann hat sich unser Mann wohl in den letzten Monaten tatsächlich zwischendurch im Sonnenstaat aufgehalten. Fragt sich nur, ob er sich dort erholen wollte oder bereits einem neuen Opfer auf der Spur war?«

Der warme Südwind strich sanft über den nackten Rücken des jungen Mannes, der noch lange nach Mitternacht als einziger regungslos auf einem Liegestuhl am Pool des Island House verharrte. Leise raschelten die riesigen Wedel der Kokospalmen und gaben ab und an einen Blick auf den sternenklaren Himmel frei. Vor einer Woche hatte er noch mit David gemeinsam an der französische Atlantikküste gefroren. Er genoss die Ruhe, hier mitten im Trubel von South Beach, dem hipsten Viertel von Miami. Aber schließlich war er ja nicht nur zum Vergnügen hier. Obwohl ihm der Jetlag noch zu schaffen machte, ging er auf sein Zimmer, duschte und zog sich um. Dann begab er sich auf die Suche.

Er hatte gerade den ersten Schluck von seinem Planter's Punch im Twist getrunken, als sich schon ein gut situierter Herr auf den Barhocker neben ihn setzte. Er hieß Craig und erzählte, dass er der Besitzer des größten Fotostudios von Miami Beach sei.

»Dann lebst du doch sicher auch hier?«, wollte der junge Mann wissen.

»Oh ja, ich bin sogar hier geboren. Vor ein paar Jahren habe ich mir ein wunderschönes Art-deco-Haus in der vierten Straße gekauft. Wenn du möchtest, lade ich dich ein und zeige es dir.«

»Nicht nötig. Kennst du andere deutsche Schwule, die hier leben? Ich recherchiere für einen Artikel über Deutsche in Miami.«

»Eigentlich kenne ich nur einen deutschen Maler. Ob er sehr bekannt ist, weiß ich nicht. Und einen Koch, der in Deutschland sehr berühmt war.«

»War?«

»Ja, leider. Er wurde vor zwei Monaten in München ermordet.

Schrecklich, wenn ich daran denke. Wer mag so was getan haben? Er hatte hier eine wunderschöne Wohnung, direkt am Atlantik.«

Der junge Mann spürte eine nagende Unruhe, doch er hatte sich unter Kontrolle. »Eine schlimme Sache mit diesem Koch. Du kennst nicht vielleicht auch einen Popsänger namens Diego Umberti? Er soll hier ebenfalls wohnen.«

»Wenn ich mich recht erinnere, habe ich den Namen schon gehört. Doch ich glaube nicht, dass er hier wohnt. Dann wäre er mir bestimmt schon über den Weg gelaufen, denn die Szene hier in South Beach ist doch recht überschaubar – zumindest unter uns Älteren.«

Bert Heinrichs überlegte gegen Mittag, ob er nicht einfach schließen sollte. Seit er geöffnet hatte, waren gerade mal zwei Kundinnen erschienen und hatten dreißig Mark in der Kasse hinterlassen. Der Florist wusste, dass die Tage nach Weihnachten und Neujahr immer besonders hart waren, weil die meisten Leute über die Feiertage reichlich mit Blumen eingedeckt worden waren. Eigentlich war Anfang Januar die ideale Zeit für Betriebsferien. Bert versuchte, sich einen Traumurlaub irgendwo im warmen Süden auszumalen: Würde er lieber auf die Kanarischen Inseln fliegen oder nach Sri Lanka? Thailand wäre auch nicht schlecht. Und dann gäbe es ja auch noch die Karibik oder Florida. Egal, Hauptsache schöne Sandstrände und Wärme. Doch wen sollte er auf seine Reise mitnehmen? Allein würde es ihm jedenfalls keinen Spaß machen. Jay? Bert konnte sich diese Frage nicht beantworten. Jürgen Nelles tauchte in seinen Gedanken auf. Ja, der wäre sicher die bessere Wahl. Nicht so mimosenhaft wie Jay. Der Florist seufzte und blickte durch das Schaufenster auf das graue Einerlei draußen auf der Straße. Dann kam ihm ein Gedanke. Er ging zum Telefon.

»Guten Tag, Herr Schwackes! Ich hatte gar nicht erwartet, Sie zu Hause anzutreffen …«

»Was verschafft mir denn die Ehre? Rein private Gründe?« Schwackes war gut gelaunt.

Bert holte tief Luft. »Nicht so ganz. Sie deuteten doch gestern an, dass Sie ganz gute Connections zu verschiedenen Leuten haben. Und vielleicht könnte ich ja auch geschäftlich davon profitieren.«

»Klar! Blumen werden doch immer gebraucht. Ja, da kann ich Ihnen bestimmt einige Türen öffnen. Aber das sollten wir jetzt nicht hier am Telefon besprechen. Ich kenne schöne ruhige Plätzchen im Grüngürtel. Ich wollte um drei dort joggen. Haben Sie nicht auch Lust?«

»Zu joggen? Wenn ich Ihre Figur richtig einschätze, sind Sie ganz gut im Training. Da würde ich niemals mithalten.«

»Unsinn! Probieren Sie es einfach mal aus. Sie werden nicht glauben, wie fit Sie sind!«

»Aber ich besitze nicht mal einen Trainingsanzug!«

»Notfalls tun es auch Boxershorts«, kicherte Schwackes. »Nur dafür ist es heute wohl etwas zu frisch draußen. Aber Sie haben doch noch Zeit genug, sich einen Jogginganzug zu kaufen! Also, ich erwarte Sie um drei auf dem Parkplatz an der Brühler Straße!«

Obwohl ihm nicht zum Lachen zumute war, musste Hauptkommissar Nelles grinsen, als er hörte, wie Rühle am Telefon im Nachbarbüro auf Französisch mit der Pariser Polizei radebrechte. Als das Gespräch endlich zu Ende war, ging er zu seinem Kollegen hinüber. »Das hast du Klasse gemacht, Jochen!«

»Vielen Dank! Aber wieso überlässt du mir immer solche unangenehmen Aufgaben?« Rühle schaute ihn beleidigt an.

»Weil ich gar kein Französisch spreche! Und auf Lateinisch kann ich mich ja wohl schlecht mit denen unterhalten.«

»Hoffentlich ist dein Englisch einigermaßen. Die Telefonate mit Amerika, die demnächst sicher anstehen, kannst du dann nämlich führen«, knurrte Rühle.

»Ist ja schon gut. Hast du denn wenigstens verstanden, was die Kollegen in Paris herausgefunden haben?«

Sein Kollege grinste. »Zur Strafe sollte ich es dir eigentlich gar nicht sagen. Also, dieses Moschus-Parfum gibt es in drei Pariser Parfümerien. Eigentlich ist es ein Duft für Frauen, aber es wird wohl auch ganz gerne von Schwulen benutzt. Die Pariser Kollegen haben mit unserem Phantombild alle drei Läden abgeklappert und sind auch fündig geworden.«

»Was? Unser Mann ist in Paris?«

»Warte ab! Also, eine Verkäuferin will ihn auf dem Bild wieder erkannt haben. Aber der Mann hatte keinen deutschen Akzent! Er sprach lupenreines Französisch!«

»Hm, schon eigenartig.«

»Vielleicht ist der Verdächtige ein Franzose!«

»Möglicherweise hast du Recht, Jochen. Auf jeden Fall müssen wir ihn auch in Frankreich zur Fahndung ausschreiben lassen.«

»Schon geschehen!«, meldete Rühle diensteifrig.

Die beiden Frauen, die mit wattierten Anoraks am Decksteiner Weiher entlang spazierten, waren allein auf weiter Flur. Doris hatte heute einen freien Nachmittag. Als gegen zwei die Sonne ab und zu aus den winzigen Wolkenlücken hervor blinzelte, hatte sie Anja zu dem kleinen Ausflug in den Grüngürtel überredet.

»Na, hab ich es nicht gesagt: Frische Luft macht einen klaren Kopf«, wandte sich Doris an ihre Freundin, die bisher wortlos neben ihr her getrottet war. Eine Ente flatterte mit lautem Gequake aus dem Wasser und watschelte schwerfällig die Uferböschung hinauf. Einige Meter weiter zog ein Schwanenpaar majestätisch seine Kreise auf dem kleinen See, der in den Sommermonaten von Tausenden Ausflüglern belagert wurde. Von hinten trabte ein junger Mann in kurzen Hosen und T-Shirt heran – vermutlich ein Student der nahe gelegenen Sporthochschule. Als er die Frauen überholt hatte und um die nächste Ecke hinter dem Gebüsch verschwunden war, herrschte wieder Stille.

»Irgendwie ist es hier heute richtig gespenstisch«, fand Anja.

»Du musst keine Angst haben. Wir sind ja zu zweit«, beruhigte sie Doris. »Oder würdest du dich sicherer fühlen, wenn Jürgen jetzt bei dir wäre?«

»Könnte schon sein …«

»Du vermisst ihn also?«

Anja dachte einen Moment nach, bevor sie antwortete. »Ich glaube – ja. Ach Doris, es ist alles so schwierig! Einerseits fühle ich mich bei dir sehr, sehr gut aufgehoben. Selbst der Sex mit dir ist eine interessante neue Erfahrung und macht mir irgendwo auch Spaß. Aber ich weiß nicht, ob ich so auf Dauer leben möchte.«

»Du musst ja nichts überstürzen! Bei mir hat es auch einige Zeit gedauert, bis ich meine Hetero-Phase überwunden hatte. Lass dir einfach Zeit.«

»Das ist gut gesagt! Verstehst du nicht, dass ich im Augenblick zwischen den Stühlen sitze?«

»Du darfst dich nicht nur von deinem Verstand steuern lassen, Gefühle sind genauso wichtig!«

»Deshalb versuche ich ja die ganze Zeit, dir zu erklären, dass meine Gefühle es mir so schwer machen, eine Entscheidung zu treffen. So sympathisch ich dich finde – du bist nicht die Liebe meines Lebens, so viel steht schon mal fest.« Doris schaute zu Boden und kickte einen Kieselstein zur Seite.

Um sechs Uhr morgens war der junge Mann an den Strand gegangen, um den Sonnenaufgang zu beobachten. Zarte, purpurrot angestrahlte Wölkchen im Osten über dem Atlantik hatten ihn angekündigt. Zwanzig Minuten später war dann der äußere Rand des blutroten Sonnenballs in der Ferne über dem Horizont aufgetaucht und hatte zusehends die Dunkelheit in ein faszinierendes Farbenspektakel verwandelt. Der junge Mann ging erst schlafen, als die ersten Touristen mit Schwimmausrüstung und Kühltaschen den Strand bevölkert hatten.

Jetzt, gegen zwölf, hielt es ihn nicht mehr länger in seinem Zimmer. Sein Magen knurrte und verlangte nach einem guten, ausgiebigen Frühstück. Auf der Lincoln Road Mall fiel ihm unter all den amerikanischen Reklame- und Hinweisschildern ein französisches auf: Lyon Frères. Neugierig näherte er sich der Weinbar, die gerade geöffnet wurde. Für einen noch annehmbaren Preis wurde Brunch in mehreren Variationen angeboten. Als sich der junge Mann an einen der kleinen Bistrotische gesetzt hatte, eilte sofort ein Kellner herbei.

»Bonjour monsieur! Comment êtes-vous aujourd'hui?«, begann er seinen kleinen Sprachtest, doch die Bedienung schüttelte den Kopf.

»Ich verstehe leider kein Französisch. Der Inhaber dieses Lokals ist Franzose. Aber er lebt schon so lange in Florida, dass er diese schöne Sprache nicht mehr vollständig beherrscht.«

»Schon gut. Dann wähle ich das Brunch-Buffet, und bringen Sie mir bitte ein Glas Chablis!«

»Kalifornischen oder französischen?«

»Französischen. Was für eine Frage.«

Als die Bedienung mit schnellen Schritten gegangen war, schaute sich der junge Mann um. Von dem Bistro war ein kleiner Laden abgetrennt, in dem man französische Delikatessen und Weine kaufen konnte. Inzwischen hatten weitere Gäste an den anderen Tischen Platz genommen. Dann betrat plötzlich ein Mann in Hawaii-Hemd und Bermuda-Shorts das Lokal und ging sofort weiter an die Ladentheke. Der junge Mann fühlte, wie sich seine Muskeln anspannten. Obwohl er den Mann nur von hinten sehen konnte, war er sich sicher, dass er derjenige war, den er schon seit Wochen suchte.

Kurz vor drei bog Bert Heinrichs mit seinem klapprigen alten Kadett auf den Parkplatz an der Brühler Straße ein. Er stellte den Wagen neben zwei verlassenen Limousinen der höheren Preisklasse ab und stieg aus. In einem Auto, das zehn Meter weiter parkte, saßen zwei nicht mehr taufrische Damen, die, soweit er es auf die Entfernung erkennen konnte, für einen Waldspaziergang etwas zu aufgetakelt waren. Bert erinnerte sich an Gespräche mit Hetero-Freunden, die ihm erzählt hatten, dass vor allem nach Einbruch der Dunkelheit auf diesem Parkplatz im Grüngürtel immer »reger Verkehr« herrsche. Er blickte durch die kahlen Zweige in den Himmel, der sich inzwischen wieder im gewohnten winterlichen Grau zeigte. In spätestens einer Stunde würde dieses Grau allmählich in ein tiefes Schwarz übergehen, und der Florist hoffte, dann wieder heil in seinem Auto zu sitzen.

»Prima, dass Sie gekommen sind!«, rief plötzlich jemand. Bert drehte sich blitzschnell um und erkannte Kurt Schwackes, der aus dem Wald angelaufen kam. Keuchend blieb der Gastronom vor ihm stehen und schüttelte seine Hand. »Ich hab schon mal ein paar Runden gedreht. Mein Pensum sind durchschnittlich zehn Kilometer. Aber die wollte ich Ihnen nicht gleich zumuten.«

»Ausgesprochen nett von Ihnen. Ich bin mir nicht mal sicher, ob ich einen Kilometer schaffe.«

»Nur keine falsche Bescheidenheit! Sie sind doch noch jung! Ich werde Sie schon fit machen. Los!« Schwackes setzte sich unvermittelt in Bewegung und schlug einen der zahlreichen Waldwege ein. Bert hatte Mühe, mit seinem Tempo Schritt zu halten. Als sie nach einigen hundert Metern eine Lichtung erreichten, war er bereits völlig aus der Puste.

»Bitte halten Sie an! Ich kann nicht mehr.« Er atmete tief durch und fühlte, wie seine Bronchien in der kalten Luft schmerzten.

Schwackes war einige Meter vor ihm stehen geblieben. Mit langsamen Schritten kehrte er zurück. »Sie wollen doch wohl nicht jetzt schon schlapp machen! Treiben Sie denn gar keinen Sport?«

Bert grinste gequält. »Nur Sex! Und ich finde, das reicht auch.«

»Na ja, es ist zwar der schönste Sport, aber es reicht nicht, um fit zu bleiben. Was meinen Sie wie toll es ist, nach einem richtig langen Lauf – sagen wir mal so fünfzehn bis zwanzig Kilometer – eine heiße Nummer zu schieben.«

»Dann wäre ich längst tot!« Bert machte einige Lockerungsübungen, weil er merkte, wie seine Muskeln in der Kälte langsam steif wurden.

»Okay, wir laufen jetzt langsam weiter«, sagte Schwackes verständnisvoll. »Nach einem Kilometer kommt eine Bank, auf der wir uns ausruhen können.«

Bert wunderte sich, dass ihm seine Beine noch gehorchten. Obwohl sie das Tempo wesentlich gedrosselt hatten, war ihm der Kilometer wie ein Marathon-Lauf vorgekommen. Als sie jetzt auf der Bank am Rande der Lichtung unter einer kahlen Eiche saßen, schnaufte er wie eine alte Dampfmaschine.

»Sie müssen unbedingt etwas für Ihren Körper tun!«, mahnte Schwackes. »Aber deswegen sind wir eigentlich ja gar nicht hier. Übrigens: sollten wir nicht endlich zum Du übergehen? Ich bin der Kurt!« Bert nickte und stammelte atemlos seinen Vornamen. Schwackes umarmte ihn und gab ihm einen flüchtigen Kuss auf die Wange, bevor er fortfuhr. »Also, wenn ich dich am Telefon recht verstanden habe, möchtest du gerne, dass ich dir geschäftliche Kontakte verschaffe?«

Bert atmete inzwischen wieder normal und war in der Lage, zu sprechen. »Ja, so in der Art. Gerade jetzt im Winter läuft mein Laden nicht so besonders. Da kämen ein paar lukrative Aufträge ganz gut. Zum Beispiel kann man ja auch Gaststätten schön mit Blumen dekorieren. Oder vielleicht könnte ich einige deiner Freunde beliefern.«

Der Gastronom dachte eine kleine Weile nach. »Ich denke, da lässt sich was machen. In meinen Gaststätten brauchen wir nicht so häufig frische Blumen. Künstliche sind auf Dauer billiger. Aber bei besonderen Anlässen scheuen wir keine Kosten und Mühen. Leider ist derjenige, der die meisten Feten veranstaltet hat, kürzlich gestorben. Auf üble Weise.«

»Kenne ich ihn vielleicht?« Bert spürte, wie er seinem Ziel näher kam.

Schwackes nahm seine plötzlich erwachende Neugierde gar nicht wahr. »Bestimmt! Es war Dieter Wildmeier.«

»Davon hab ich gehört. Hatte Wildmeier denn enge Freunde, die diese Party-Tradition möglicherweise fortsetzen?«

»Ich vermute, zurzeit stehen noch alle ziemlich unter Schock. Aber im Sommer sieht die Welt wahrscheinlich schon anders aus.«

»Und wer waren Wildmeiers engste Freunde? Kenne ich die vielleicht auch?«, bohrte Bert weiter.

»Zwei von ihnen wurden inzwischen auch auf ziemlich bestialische Weise ermordet.«

»Lucca und Herrenrieder!«

Der Gastronom nickte. »Genau! Dann gibt es noch Diego Umberti.«

»Ich glaube, ich habe den Namen schon gehört. Ein Schlagersänger, nicht wahr? Ist aber nicht so meine Musikrichtung.«

»Ja, er singt deutsche und italienische Schnulzen – auch nicht unbedingt mein Geschmack. Dann zählte Peter Steinburg zu Wildmeiers guten Freunden.«

»Kenne ich nicht!«

»Er besitzt eine Metallwaren-Fabrik im Bergischen Land und ist Vorstandsmitglied im Bundesverband deutscher Unternehmer. Ja, und dann ist da noch Veith Möbius. Der Name sagt dir bestimmt auch etwas.«

»Der Künstler?«

»Genau, Maler und Bildhauer.«

»Wohnen die alle hier in Köln?«

»Bis auf Umberti. Der verbringt die Wintermonate lieber im sonnigen Florida.«

»Und was ging da so ab, auf diesen Partys bei Wildmeier?«

»Du bist ganz schön neugierig, mein Lieber! Nun, ich war nicht immer dabei. So drei-, viermal hat er mich eingeladen. Eigentlich gehört nicht viel Phantasie dazu, um sich auszumalen, was da ablief. Natürlich ging es in erster Linie immer um das alte Spielchen ›Wer mit Wem?‹, zumindest zu vorgerückter Stunde. Wildmeier lud zu seinen Partys immer etliche attraktive Jungs ein, für die es auch ein Riesenspaß war.«

»Hat er sie bezahlt?«

»Wo denkst du hin – das waren keine Stricher! Außerdem hätte Wildmeier das bei seiner Popularität gar nicht nötig gehabt.«

»Seid ihr euch denn nicht in die Quere gekommen? Ich meine, wenn nun mehrere von euch auf denselben Knaben scharf waren?«

»Einmal habe ich das erlebt. Wildmeier war zu der Zeit mit einem ziemlich geilen Geschoss zusammen, Franzose oder Halbfranzose. Hatte etwas Ähnlichkeit mit Marcus Schenkenberg. Und Lucca war auch auf den scharf und hat ihn den ganzen Abend angebaggert. Komischerweise hat sich Wildmeier darüber weniger aufgeregt als dieser Typ selber. Aber, wie gesagt, das war eine Ausnahme. Denn es waren immer genug nette Jungs für alle da.«

»Weißt du noch, wie dieser Typ hieß?«

»Manuel, glaube ich. Warum?«

»Kann sein, dass ich ihn auch mal woanders kennen gelernt habe. Weißt du auch zufällig seinen Nachnamen?«

Der Gastronom dachte angestrengt nach und schüttelte dann den Kopf. »Keine Ahnung. Ist das wichtig?«

»Möglicherweise war unter all den Gästen, die sich auf Wildmeiers Partys herumtrieben, ja auch sein Mörder.«

Schwackes wurde bleich. »Ein grässlicher Gedanke! Wie kommst du darauf?«

»Ach, ich bin so ein kleiner Hobby-Kriminalist. Und natürlich habe ich den Fall in der Presse genau verfolgt und mir immer wieder die Frage gestellt, wer so einen schrecklichen Mord begangen haben könnte«, wiegelte der Florist ab. Er verspürte im Augenblick kein Bedürfnis, Schwackes von seinen engen Kontakten zu Jürgen Nelles zu erzählen, denn trotz seiner Offenheit kam ihm der Gastronom irgendwie immer noch etwas undurchsichtig vor. Außerdem kroch jetzt langsam die Kälte durch seine Kleidung bis auf die Haut vor, und er brauchte unbedingt ein heißes Getränk.

Schwackes, der ihn forschend angeschaut hatte, nickte. »Sollen wir mal ein Stück weiter laufen? So langsam wird mir kalt.«

»Ja, aber bitte zurück zum Auto!«

»Einverstanden! Ich will dich ja nicht quälen. Wir können uns ja in meinem Wagen weiter unterhalten oder – ein bisschen amüsieren.«

Das Lyon Frères hatte sich inzwischen gefüllt. Viele Touristen unterbrachen jetzt um die Mittagszeit den Strandaufenthalt und stillten ihren Hunger mit leichten Snacks. Dazwischen saßen einige auffallend schöne junge Frauen an den Bistrotischen, die sich mit französischem Mineralwasser oder Wein begnügten. Wahrscheinlich waren sie gerade frisch für eine Foto-Session nach Miami eingeflogen worden. Die Models unterhielten sich lautstark über die kommende Sommermode, die sie hier am Strand von South Beach vor den Kameras präsentieren sollten und schauten sich dabei immer wieder Beifall heischend um. Der junge Mann beobachtete verächtlich das rege Treiben um ihn herum und wandte sich dann wieder seinem Chablis zu, um sein Gehirn zu beflügeln. Er hatte Diego Umberti eindeutig identifiziert, als dieser mit zwei voll gepackten Tragetaschen aus dem Lokal gegangen war. Im ersten Augenblick hatte er erwogen, sein Opfer einfach zu verfolgen. Doch das wäre zu auffällig gewesen. Nach längerem Nachdenken war ein neuer Plan in seinem Kopf gereift, den er nun in die Tat umsetzen würde. Er winkte den Kellner heran, der im Laufe der vergangenen zwei Stunden immer mehr Interesse für ihn gezeigt hatte.

Als Bert kurz nach sechs in seine Wohnung kam, fühlte er sich wie gerädert. Er ging in die Küche, um Tee zu kochen. Dann entledigte er sich im Badezimmer seines feuchten, durchgeschwitzten Jogging-Anzugs und versuchte, seine Gedanken zu ordnen. Er war froh, Schwackes' dreisten Anmachen einigermaßen elegant entkommen zu sein. Wie erwartet hatte der Gastronom natürlich nichts unversucht gelassen, Bert zu einem kleinen sexuellen Abenteuer zu überreden, am liebsten direkt in seiner Nobelkarosse auf dem Parkplatz. Als Bert sich weder von den elektrisch verstellbaren Liegesitzen aus Leder noch von der hochwirksamen Standheizung beeindruckt gezeigt hatte, war Schwackes unwirsch geworden. Auch sein Vorschlag, ein paar Stunden zusammen im Zimmer eines Luxushotels zu verbringen, hatte Bert nicht umstimmen können. Da er es sich jedoch auf keinen Fall jetzt schon mit dem Gastronomen verderben wollte, hatte er sich schließlich breitschlagen lassen, mit Schwackes noch zusammen einen Kaffee zu trinken. Das Gespräch in einem kleinen Café am Sülzgürtel war eher belanglos gewesen, doch zumindest hatte er Schwackes so weit besänftigen können, dass sie anschließend freundlich auseinander gegangen waren.

Das Pfeifen des Wasserkessels in der Küche riss ihn aus seinen Gedanken. Nachdem er sich eine kräftige Earl Grey-Jasmin-Mischung aufgebrüht hatte, ging er zum Telefon und wählte Jürgen Nelles' Nummer. Doch der Hauptkommissar war nicht mehr in seinem Büro. Er hatte den Hörer gerade wieder aufgelegt, als es an der Wohnungstür läutete. Er öffnete, und Nelles stand unvermittelt vor ihm.

»Grüß dich, Bert! Richtig sexy siehst du aus – in diesen langen Unterhosen. So kalt ist es doch gar nicht.«

»Danke für das Kompliment! Immerhin hat mich meine Reizwäsche heute nicht vor sexuellen Belästigungen bewahrt.«

»Wer war denn der geschmacklose Sittenstrolch?«

Bert erzählte ihm in knappen Worten von seinem Treffen mit Schwackes und ein paar Details zu dessen Person. Die wichtigsten Informationen über Wildmeiers Sex-Partys wollte er später richtig zelebrieren. »Trinkst du einen Tee mit?«

»Bist du seit neuestem auf einem Gesundheitstrip? Dieser Schwackes hat dich anscheinend sehr beeindruckt«, flachste der Kommissar. »Ich hätte lieber ein Kölsch, wenn du eins da hast.«

»Kein Problem. Aber ich brauche etwas Warmes. Ich bin immer noch total durchgefroren.«

Nelles grinste ihn an, verkniff sich aber jegliche Bemerkungen.

»Wieso bist du eigentlich vorbeigekommen? Du wolltest mich doch bestimmt nicht nur in langen Unterhosen sehen«, fragte der Florist, als sie sich im Wohnzimmer niedergelassen hatten.

»Nein, ich wollte mit dir mal wieder über Anja reden. Sie hat mir eine Telefonnummer auf dem Anrufbeantworter hinterlassen, nur die Nummer, sonst nichts.«

Bert zuckte hilflos mit den Schultern. »Ich weiß nicht, was ich dazu noch sagen soll. Ich denke, es ist an der Zeit, dass ihr euch aussprecht.«

Nelles senkte den Blick und dachte nach, bevor er leise weitersprach. »Vielleicht hast du Recht.«

Er wollte sich aus dem Sessel erheben, doch Bert war schneller aufgestanden und drückte ihn sanft in die Polster zurück.

»Halt! Das hat noch etwas Zeit. Ich habe sehr interessante Neuigkeiten in deinem Mordfall. Und die will ich unbedingt vorher loswerden!«

»Dann schieß mal los!« Der Kommissar schaute ihn skeptisch an. Berts Stunde war endlich gekommen. Nelles hörte seinem Nachbarn ohne Unterbrechung zu. Als der Florist geendet hatte, herrschte für einen Moment Stille. »Ich bin mir sicher, dass uns diese Informationen einen gehörigen Schritt weiter bringen. Rühle versucht schon seit Tagen, Wildmeiers engere Freunde ausfindig zu machen und beißt sich daran die Zähne aus. Tja, man muss nur mit den richtigen Leuten joggen ... Wenn unser Tatverdächtiger wirklich Franzose ist, hat er sich vielleicht irgendwo in seinem Heimatland versteckt. Darauf lässt auch die Tatsache schließen, dass er vor kurzem noch in Paris war und dort dieses ekelhafte Parfum gekauft hat. Aber als Erstes muss ich mich mit Wildmeiers Freunden unterhalten. Wir vermuten nämlich, dass sie ebenfalls in Gefahr sind. Sie wohnen alle in Köln, sagtest du?«

»Das hat Schwackes mir zumindest erzählt.«

»Na ja, es dürfte nicht schwer rauszukriegen sein. Aber das machen wir morgen früh. Jetzt hast du dir auf jeden Fall eine Belohnung verdient!«

»Und was hast du dir ausgedacht?«

»Mir ist da gerade so eine Idee gekommen. Frierst du denn immer noch?«

»Es geht. Nach dem heißen Tee fühle ich mich zwar etwas besser, aber es wird bestimmt noch Stunden dauern, bis ich meine normale Körpertemperatur wiederhabe.«

»Dem sollten wir abhelfen! Was hältst du von einem gemütlichen Saunaabend?«

»Nein, ist das dein Ernst? Willst du mit mir in eine Schwulensauna?«

»Warum nicht? Aber vergiss die Kondome nicht!«

»Wozu? Du bist doch bei mir! Aber willst du vorher nicht lieber noch bei Anja anrufen?«

Nelles Gesicht wurde ernst, und er dachte kurze Zeit nach. Dann schaute er Bert nachdenklich an. »Weißt du, wenn ich ehrlich bin, habe ich im Augenblick gar kein Verlangen nach ihr, und ich frage mich, ob ich diese Beziehung überhaupt weiterführen möchte.«

Miami Beach, 7.1.
Heute Nacht muss ich fit sein, um den ersten Teil meines Planes auszuführen. Ich bin ziemlich guten Mutes, dass es klappt. Was für ein glücklicher Umstand, dass sich Umberti hier in Florida aufhält. Woher sollen die Bullen wissen, wo ich zurzeit bin? Da ich aber nicht weiß, ob sie mein Phantombild inzwischen über Interpol verbreitet haben, ist es auf jeden Fall sicherer, mein Outfit noch mal etwas zu verwandeln. Es dürfte nicht schwer fallen, in den vielen Geschäften hier die geeigneten Accessoires zu finden, und es wird mir eine besondere Freude sein, Signore Umberti damit zu begrüßen.

8. Januar

Nelles war hellwach, als er am Morgen ins Büro kam, obwohl er die vergangene Nacht mit Bert durchgemacht hatte. Als sie in der Sauna gewesen waren, hatte er seinem Nachbarn und Freund sehr viel weitergehende Zugeständnisse gemacht als beim ersten Besuch im Dampfbad vor drei Jahren. In den frühen Morgenstunden waren sie noch durch diverse Kneipen in der Altstadt gezogen. Nach dem Genuss einer deftigen Bratwurst im Hauptbahnhof hatten sie sich dann mit einer herzlichen Umarmung und einem intensiven Kuss auf den Mund getrennt, unbeeindruckt von den zahlreichen Pendlern, die in die Stadt strömten. Der Kommissar lächelte, als er an die Szene zurückdachte und war verwundert, dass ihm das überhaupt nicht peinlich gewesen war. Da es bereits sieben war, hätte es sich nicht mehr gelohnt, nach Hause zu fahren. Glücklicherweise hatte sich Nelles mit dem Alkohol sehr zurückgehalten, so dass er jetzt zumindest keinen Brummschädel hatte.

Er griff in die unterste Schublade seines Schreibtisches, wo er sein »Notfall-Pack« aufbewahrte und kramte einen Deostift, Rasierwasser sowie einen Akku-Rasierer hervor. Als er gerade angefangen hatte, seine Bartstoppeln zu stutzen, erschien Rühle in der Tür.

»Du liebe Zeit! Du hast hier übernachtet?«

»Ich war heute Nacht unterwegs, allerdings mehr aus privaten Gründen. Doch es gibt auch Neuigkeiten. Wir wissen nämlich endlich, wer Wildmeiers engste Freunde waren.«

Rühle starrte ihn mit offenem Mund an. »Wie hast du das so plötzlich herausbekommen?«

»Man muss die richtigen Leute kennen lernen.«

»Wen zum Beispiel?«

»Erzähle ich dir später. Auf meinem Schreibtisch liegt eine Liste mit Namen. Besorge doch bitte schon mal ihre Adressen, damit wir sie gleich besuchen können. Ach, und vielleicht kannst du vorher noch netterweise einen Kaffee aufsetzen!« Nelles ging wieder zum Waschbecken und schaltete den Rasierer ein.

Zwei Minuten später klopfte es an der Tür. Kriminaloberrätin Bolling und Staatsanwältin Zimmermann sahen ihn erstaunt an. »Meine Güte! Haben Sie nicht mal mehr Zeit, ihre Morgentoilette daheim zu machen?«, meinte die Oberrätin tadelnd, während die Staatsanwältin ihn geringschätzig musterte, aber ihren Mund hielt.

»Die Hauptsache ist doch, dass ich pünktlich zur Arbeit erscheine und meinen Job anständig mache. Außerdem möchte ich Ihnen natürlich nicht unrasiert unter die Augen treten. Leider sind Sie zehn Minuten zu früh erschienen. Nehmen Sie doch Platz. Der Kaffee ist sofort fertig, und dann können wir uns in Ruhe unterhalten!«

»Glauben Sie, dass sowohl dieser Steinburg, dieser Möbius und auch dieser Schlagersänger ...«

»Umberti.«

»Ja. Glauben Sie, dass die alle drei gefährdet sind?«, wollte die Staatsanwältin wissen, als Nelles sie auf den neuesten Stand gebracht hatte.

»Das müssen wir jetzt herausfinden. Jedenfalls werden wir sie nach Möglichkeit heute noch alle vernehmen.«

»Was ist, wenn sich dieser Umberti tatsächlich in Florida aufhält? Wenn ich Sie recht verstanden habe, hatte er doch den Knatsch mit unserem Tatverdächtigen und könnte an erster Stelle auf seiner Todesliste stehen!« Die Kriminaloberrätin blickte mit Genugtuung in die Runde.

Nelles korrigierte sie grinsend. »Nein, unser Mann hatte Krach mit Lucca!«

»Gott, alle diese italienischen Namen.«

»Tja, trotzdem sollten wir uns schnellstens mit den amerikanischen Kollegen in Verbindung setzen.«

»Einspruch! So einfach per Telefon geht das nicht, lieber Herr Nelles!« Helga Zimmermann war aufgestanden und wanderte vor dem Fenster auf und ab. »Leider ist das eine komplizierte Angelegenheit, denn die Amerikaner wachen sehr eifersüchtig darüber, dass keine fremden Polizisten in ihrem Terrain wildern. Also, ich muss ein Rechtshilfeersuchen über die Generalstaatsanwaltschaft und das Auswärtige Amt beim State Departement stellen, damit Sie auch in Florida ermitteln können.«

»Im Moment geht's doch nur darum, dass wir Umberti befragen. Das könnte man sogar telefonisch machen.«

»Nein, wir werden den Dienstweg einhalten.«

»Und wie lang ist der?«, erkundigte sich Rühle, der bisher schweigend zugehört hatte.

Die Staatsanwältin zuckte mit den Schultern. »Was weiß ich? Ein paar Wochen wird es erfahrungsgemäß schon dauern.«

»Und bis dahin hat unser Mann diesen Umberti womöglich schon ins Jenseits befördert«, bemerkte Nelles sarkastisch.

»Tut mir Leid. Ich würde Ihnen ja gerne helfen. Aber ich muss mich nun mal an die Vorschriften halten. Und Sie übrigens auch!«

Karin Bolling meldete sich zu Wort: »Sie beide vernehmen Steinburg und Möbius und finden heraus, wo sich Umberti aufhält.« Sie zeigte mit dem Finger auf Nelles und Rühle. »Sollte er in Florida sein, wird Frau Zimmermann einen Ermittlungsantrag bei der Generalstaatsanwaltschaft stellen. Und dann sehen wir weiter.« Sie verließ mit der Staatsanwältin eilig das Büro.

»So schnell gebe ich nicht auf!« Nelles grinste Rühle verschmitzt an. »Mir ist gerade eingefallen, dass ich noch Resturlaub habe, den ich sowieso bis zum 31.3. nehmen muss.«

»Und den willst du jetzt bestimmt in Florida verbringen.«

»Warum nicht? Schöne Strände, warme Sonne, preiswerte Pauschalreisen …«

»Brad, wir haben uns jetzt ein gutes Frühstück verdient. Soll ich den Zimmer-Service rufen?«

Der schlanke Mitdreißiger drehte sich auf den Rücken und öffnete langsam die Augen. Auf seiner Brust kräuselten sich ein paar dunkelblonde Härchen. Sein seegrüner Blick lag müde aber liebevoll auf dem jungen Mann neben ihm. »Ich kann gar nicht glauben, dass du schon wieder so munter bist. Wo nimmst du bloß deine Energie her?«

»Oh, ich bin sehr sportlich. Das hält fit. Außerdem habe ich letzte Nacht nicht so viel getrunken wie du. Alkohol ist weder gut für den Kopf noch für die Figur!«

»Und ich dachte, ihr Europäer könntet euch noch richtig amüsieren ohne immer gleich reumütig an eure Gesundheit zu denken. Bitte halte mir jetzt keine Moralpredigt!«

»Nein, nein, das ist nicht mein Stil. ›Chacun à son goût‹, wie man in meiner Heimat sagt.«

»Was heißt das?«

»Jeder nach seinem Geschmack, oder jeder muss wissen, was er tut.«

»Eine gute Einstellung. Gefällt mir! Ach, Pierre, ich hätte so große Lust, Europa kennen zu lernen. Meine weiteste Reise bisher war nach New York City.«

»Siehst du, diese Stadt kenne ich zum Beispiel nicht.«

»Okay, dann lass uns unbedingt mal hinfahren. Die Szene dort ist so geil!«

»Immer mit der Ruhe! Soll ich das Frühstück bestellen?« Die Stimme des Jüngeren war kühl und bestimmend.

»Na gut! So langsam kriege ich auch Hunger.«

Der Jüngere ging zum Telefon und bestellte zwei kleine Steaks mit Rührei und Bacon sowie Bratkartoffeln und eine große Kanne Kaffee. Als er sich wieder ins Bett gelegt hatte, wurde Brad neugierig.

»Was sind das eigentlich für geschäftliche Dinge, die du mit diesem Umberti regeln musst?«

»Er hat einen Song von mir. Er hat sich einfach nach Florida abgesetzt, ohne mir eine Nachricht zu hinterlassen. Inzwischen interessiert sich aber ein anderer Musikproduzent in Deutschland für meinen Song. Und deswegen muss ich so schnell wie möglich mit Diego reden und meine Unterlagen zurückholen.«

»Wäre das nicht billiger per Post gegangen?«

»Zweifellos. Aber ich hatte sowieso die Absicht, hier einen kleinen Urlaub zu machen. Außerdem ist Diego zwar ein herzensguter Mensch, doch leider auch ein wenig schlampig. Wahrscheinlich hätte ich meine Unterlagen und das Tape in einem halben Jahr noch nicht zurück.«

»Und er hat dir keine Adresse hier gegeben?« Brad schüttelte ungläubig den Kopf. »Nicht mal seine Telefonnummer?«

»Das ist es ja! Wie ich schon sagte: Diego vergisst häufig einfach solche Sachen.«

»Nun, leider kenne ich seine genaue Adresse auch nicht. Einmal, als er bei uns im Lyon Frères eingekauft hat, erzählte er, dass er ein schönes Haus in der Altstadt von Key West gekauft hat. Er sagte aber nicht wo.«

Die Suche nach Peter Steinburg war schwieriger als erwartet. Hauptkommissar Nelles hatte den Metallwaren-Fabrikant weder in seinem Büro beim Unternehmerverband noch in dessen Firma in der Nähe von Burscheid angetroffen. Die Chefsekretärin in der kleinen Fabrik hatte ihm lediglich mitgeteilt, dass Steinburg heute dringende private Termine wahrnehmen müsse und vielleicht am Nachmittag in seinem Privathaus in Hahnwald zu erreichen sei. Gegen halb vier war Nelles aufgebrochen und wühlte sich nun durch den dichten Feierabendverkehr auf der Bonner Straße. Gegen zwanzig nach vier hatte er endlich das noble Wohnviertel im Kölner Süden erreicht, das vor allem als eine Hochburg der Neureichen bekannt war. Im Meisengrund hieß die kleine Seitenstraße, in der sich das Heim Peter Steinburgs befinden sollte. Unwillkürlich füllte sich Nelles an Wildmeiers Nachbarschaft in Junkersdorf erinnert. Auch hier in Hahnwald herrschte eine Grabesruhe, die durch die einsetzende Dämmerung noch unheimlicher wirkte. Steinburgs Bungalow im französischen Landhausstil stammte aus den Achtzigerjahren und hatte einen frischen, hellbeigen Anstrich. Obwohl noch um einiges größer als die Villa des ermordeten Fußballspielers, wirkte er doch dezenter und geschmackvoller.

Der Hauptkommissar parkte seinen Wagen am Straßenrand und ging bedächtig zu dem großen schmiedeeisernen Portal. Als er auf den Klingelknopf drückte, hatte er die Überwachungskamera an einem der Mauerpfeiler neben dem Eingang längst entdeckt und lächelte in die Linse. Eine Frauenstimme meldete sich im Lautsprecher, der ebenfalls unauffällig in dem Pfeiler untergebracht war. Nelles stellte sich kurz vor, und das Tor öffnete sich wie von Geisterhand. Schwungvoll nahm der Kommissar die vier Stufen bis zur überdimensionierten zweiflügeligen Haustür. Eine ältere Frau mit weißer Schürze und frischgelockter Dauerwelle öffnete und bat ihn in die Eingangshalle. Die naturfarbene Holztäfelung sowie das zeitlose Mobiliar waren sorgfältig auf die Architektur der Villa abgestimmt. Nelles fühlte sich in eine andere Zeit versetzt.

»Guten Tag, mein Name ist Steinburg«, sagte ein gepflegter Herr mit kurz geschnittenem grau meliertem Haar und modischem anthrazitfarbenem Anzug, der aus einer der Seitentüren kam. »Meine Haushälterin hat mir bereits mitgeteilt, wer Sie sind«, schnitt er dem Kommissar das Wort ab, als dieser sich vorstellen wollte. »Bitte folgen Sie mir in mein Büro!« Der Mittsechziger sprach ein überdeutliches, gestelztes Hochdeutsch wie Nelles es sonst nur von einigen Schauspielern kannte. »In welcher Angelegenheit möchten Sie mich sprechen?«, fragte Steinburg, nachdem er die Doppeltür des Arbeitszimmers hinter ihnen geschlossen hatte. Sie ließen sich in einer mit altrosa Velours bezogenen Polstergruppe nieder.

»Es geht um die Mordfälle Wildmeier, Lucca und Herrenrieder.«

»Ich wüsste nicht, was die mit meiner Person zu tun haben.« Der Fabrikant verzog keine Miene.

»Herr Steinburg, wir sollten offen miteinander reden. Es könnte nämlich sein, dass Sie auch in Gefahr sind. Daher wäre ich Ihnen dankbar, wenn Sie mit uns kooperieren würden.«

»Für mich sind das böhmische Dörfer. Ich hoffe, Sie haben wirklich einen Grund, hier bei mir aufzutauchen.«

»Gut, dann rede ich jetzt Tacheles mit Ihnen. Sie waren einer von Wildmeiers engeren Freunden, und Sie haben mehrmals als Gast an seinen Partys teilgenommen. Reicht das, um Ihr Gedächtnis aufzufrischen?«

Steinburgs Gesichtsfarbe wurde um Nuancen grauer, doch er bewahrte die Fassung. Seine Stimme klang noch kälter. »Wer behauptet so etwas?«

»Ein glaubwürdiger Zeuge, der Sie dort mehrfach gesehen hat und Wildmeier ebenfalls gut kannte.«

»Wer ist dieser Zeuge?«

»Sie erwarten doch nicht, dass ich Ihnen das jetzt sage. Vielleicht kommen Sie ja von selber drauf, denn so groß kann Wildmeiers Bekanntenkreis wohl nicht gewesen sein.«

Der Fabrikant schaltete wieder auf stur. »Entweder hat mich ihr Zeuge mit jemandem verwechselt, oder er hat Ihnen irgendwelchen

Quatsch erzählt. Ich hatte jedenfalls nie etwas mit Wildmeier zu tun und interessiere mich keinen Deut für Fußball.«

»Das mag ja sein, aber im Privatleben des Stürmers ging es ja wohl nicht nur um Fußball!«

»Hören Sie, ich habe noch ein paar wichtige Termine heute Abend und ich glaube kaum, dass ich Ihnen weiterhelfen kann.« Steinburg ging zur Tür, um den Kommissar hinaus zu komplementieren.

»Herr Steinburg, ich an Ihrer Stelle würde mir mein Verhalten genau überlegen. Es ist nämlich sehr wahrscheinlich, dass Sie dem Mörder auf Wildmeiers Partys begegnet sind und jetzt unter Umständen ebenfalls auf seiner Todesliste stehen. Lucca und Herrenrieder waren auch enge Freunde des Fußballers, und wenn uns die Zusammenhänge früher bekannt gewesen wären, würden sie möglicherweise noch leben!« Nelles schaute dem Fabrikanten intensiv in die Augen und bemerkte jetzt ein unsicheres Flackern. Steinburg schwieg einige Zeit und bat Nelles dann, wieder Platz zu nehmen.

»Haben Sie eine bestimmte Person als Mörder im Verdacht?«

»Ja, einen gewissen Manuel. Leider wissen wir immer noch nicht seinen richtigen Nachnamen.«

Der Fabrikant lächelte versonnen. »Ausgerechnet Manuel!«

»Was wollen Sie damit sagen? Kennen Sie ihn näher?«

»Nun, er war für einige Zeit Wildmeiers Liebhaber.«

»Wissen Sie, wann?«

»So von Februar bis – ja, bis zu seiner Ermordung, glaube ich.«

»Hatten Sie näheren Kontakt zu Manuel?«

»Hm, kann man eigentlich nicht sagen.« Steinburg wählte seine Worte vorsichtig. »Ich meine, Manuel ist ein Traum von einem jungen Mann.«

»Ich weiß, er hat Ähnlichkeit mit Marcus Schenkenberg.«

»Ja, genau! Natürlich waren alle irgendwie scharf auf ihn. Aber ich habe mich sehr zurückgehalten und respektiert, dass er Wildmeiers Freund war.«

»Und Sie haben zwischendurch auch nicht mal einen kleinen Seitensprung mit ihm gewagt?«

»Nein! Ich habe ihm auch keine Avancen gemacht.«

»Welcher Art war denn Ihr Kontakt zu Manuel?«

»Nun, wir haben uns nur auf diesen Partys getroffen und ein wenig miteinander geredet.«

»Worüber?«

»Ach, es war mehr oder weniger Smalltalk. Das lag auch daran, dass Manuel ein sehr verschlossener, introvertierter Mensch ist, an den man nicht so leicht herankommt. Darüber habe ich auch mit Dieter Wildmeier gesprochen.«

»Gab es mal Differenzen zwischen Ihnen, die vielleicht aus den Gesprächen resultierten?«

»Nein, niemals. Dafür hatten sie wirklich nicht genug Tiefgang.«

»Wie sah das bei den anderen Freunden von Wildmeier aus? Soweit wir wissen, zählen Veith Möbius und Diego Umberti zu dem noch lebenden engeren Kreis.«

»Na ja, bei diesen Partys waren auch noch viele andere interessante Leute, und ich habe nicht immer den ganzen Abend in diesem intimen Zirkel verbracht.«

»Verstehe. Ist Ihnen denn etwas über Unstimmigkeiten zwischen Lucca und diesem Manuel bekannt, die es angeblich auf einer Party im August gegeben haben soll?«

»Unstimmigkeiten? Eigentlich sah es genau umgekehrt aus! Bei dieser Party im August war ich nicht anwesend. Aber am darauf folgenden Wochenende habe ich Wildmeier besucht. Manuel und Lucca waren auch dort. Und zu späterer Stunde habe ich die beiden in ziemlich eindeutiger Pose im Gebüsch des Gartens beobachtet. Wildmeier hat es wohl auch mitbekommen und sich zunächst fürchterlich aufgeregt. Ein paar Tage später haben sich Wildmeier und Manuel aber wohl wieder versöhnt.«

»Woher wissen Sie das?«

»Wildmeier hat es mir selbst erzählt.«

Nelles machte sich ein paar Notizen. »War denn dieses Techtelmechtel zwischen Lucca und Manuel damit vorbei?«

»Schwer zu sagen! Ich vermute, Manuel hat mit etlichen Freunden von Wildmeier sogenannte One-Night-Stands gehabt, obwohl er mit ihm zusammen war.«

»Kennen Sie eigentlich seinen Nachnamen?«

Der Fabrikant schüttelte den Kopf. »Herr Nelles, kann ich mich darauf verlassen, dass meine Aussage mit strengster Vertraulichkeit behandelt wird? Ich führe nämlich ein glückliches Familienleben, habe eine Frau und zwei erwachsene Kinder. Sie dürfen auf keinen Fall etwas über diese Dinge erfahren!«

»Sicher! Sie müssen nicht befürchten, dass morgen etwas darüber in den Zeitungen steht. Aber ich kann Ihnen nicht versprechen, dass Sie nicht vor Gericht als Zeuge vernommen werden, wenn wir den Täter gefasst haben.«

Miami Beach, 8.1.
Die vergangenen Nächte hier in Miami Beach haben mich an meine wilden Kölner Zeiten erinnert. Damals hatte ich etliche Affären, die teilweise nebeneinander her liefen. Klar, es war ja auch kein Problem, weil alle älteren Männer auf mich scharf waren. Lustig, dass dieser Trottel Wildmeier so gut wie nichts davon mitbekommen hat und immer glaubte, ich sei ihm bis in alle Ewigkeit treu. Er hätte sich gewundert, mit wie vielen seiner Freunde ich Sex hatte. Ich kann mich noch gut an den Abend erinnern, als er mich mit Lucca im Garten erwischt hatte. Unbegreiflich, dass er mir mein Versprechen so einfach abgenommen hat, ihn nie wieder zu betrügen. Wenn ich heute über dieses Erlebnis nachdenke komme ich zu dem Schluss, dass ich sogar von Wildmeier erwischt werden wollte, um ihn zu provozieren. Mein nächstes Ziel ist Key West. Morgen werde ich mir einen Wagen leihen. Brad hat mir einen Stadtplan gegeben. Ich musste ihm versprechen, wiederzukommen, wenn ich meine »geschäftlichen Angelegenheiten« erledigt habe – da kann er lange warten. Ich habe alles von ihm bekommen, was ich wollte.

9. Januar

Nelles war sich nicht sicher, ob der Termin mit Veith Möbius um halb zehn morgens so glücklich gewählt war. Zumindest spukte durch seinen Kopf noch das alte Klischee, dass Künstler mehr oder minder alle Bohemiens waren, die eher am Abend oder nachts aktiv waren und den Tag lieber in ihren schlampigen Ateliers verpennten. Er fürchtete, einen griesgrämigen Menschen anzutreffen, dem er wieder jedes Wort aus der Nase ziehen musste. Seine langjährige Erfahrung bei der Kripo sagte ihm, dass es gerade beim ersten Treffen mit einem Zeugen entscheidend auf die Atmosphäre ankam, in der die Vernehmung verlief. Da fast alle Menschen der Polizei gegenüber misstrauisch waren, war es äußerst wichtig, das Eis gleich am Anfang zu brechen. Danach hatte man bei allen weiteren Gesprächen leichtes Spiel und die meisten Zeugen wurden mit der Zeit immer redseliger.

Neugierig bog der Kommissar auf das alte Fabrikgelände an der Eupener Straße in Braunsfeld ein. Nachdem er im Zick-Zack-Kurs über das Gelände gekurvt war, erblickte er im hinteren Bereich eine dubios aussehende Auto-Werkstatt. Daneben, in einem schlichten Zweckbau mit großen Fenstern im ersten Stock, sollte sich Möbius' Atelier befinden. Nelles parkte den Dienst-Mondeo vor einer leeren ehemaligen Lagerhalle, durch deren zerborstene Scheiben ein kalter Wind pfiff. Als er den Wagen gerade verschließen wollte, sprang mit lautem Bellen ein großer Dobermann zwischen den Schrottautos hervor und kam zielsicher auf ihn zu. Der Kommissar blieb still stehen und schaute dem wütenden Tier nicht in die Augen. Ein leises Kommando genügte, den Hund zur Ruhe zu bringen. Er bellte noch zweimal verhalten, drehte sich dann um und trottete mit verächtlichem Schnaufen in eine andere Richtung. Nelles war froh, dass er sich einige Male das Training der Polizeihunde genau angeschaut hatte und ging vorsichtig an den verbeulten oder ausgeschlachteten Autos vorbei in die ehemalige Produktionshalle.

Im Atelier des Malers und Bildhauers Veith Möbius musste der

Kommissar zunächst viele seiner Vorurteile revidieren. Es sah sauber und aufgeräumt aus. Vor dem Fenster arbeitete der Künstler an einem überdimensionalen Ölgemälde. Offensichtlich war das Werk noch im Anfangsstadium, denn außer ein paar Farbkonturen war nichts zu erkennen. Wenn es einmal fertig war, würde es auf dem internationalen Kunstmarkt locker ein paar hunderttausend Mark einbringen. Möbius trug eine verschmierte blaue Latzhose, die seinen kleinen, drallen Körper noch betonte, die wenigen Haare, die ihm geblieben waren, hingen in langen grauen Strähnen bis auf die Schulter, und er schaute den Kommissar herablassend durch seine runde Nickelbrille an. Nelles schätzte sein Alter auf Mitte fünfzig und stufte ihn automatisch in die Kategorie »Achtundsechziger« ein.

»Sie erinnern sich bestimmt noch an die Partys bei Dieter Wildmeier. Wir haben den begründeten Verdacht, dass sich dort auch einige Male sein Mörder aufgehalten hat. Daher vernehmen wir zurzeit alle Zeugen, die ebenfalls anwesend waren. Nach unseren Informationen zählten auch Sie dazu.«

Möbius fuhr mit der linken Hand durch die Reste seiner Haare. »Stimmt, ich war Gast bei einigen dieser Partys.«

»Können Sie sich noch an einen gewissen Manuel erinnern? Wildmeier war eine Zeit lang mit ihm zusammen.«

Der Künstler schien nachzudenken. »Wildmeier hatte ein sehr reges Privatleben. Ich bin da gar nicht mehr durchgestiegen, wer nun sein Freund war, und wer nicht. Wissen Sie, er hat sich immer mit sehr vielen jungen Männern umgeben ... Mich hat das nicht so interessiert.«

»Eigenartig, wo Sie doch zu Wildmeiers engsten Freunden zählten.«

»Och, unsere Freundschaft ist mehr aus gegenseitigem beruflichen Interesse gewachsen. Ich bin seit langem alter FC-Fan und Dieter interessierte sich sehr für meine Kunst. Und so gab es immer genug Gesprächsstoff, wenn wir uns trafen.«

»Tatsächlich? Sie haben sich über Bilder und Fußball unterhalten, während um Sie herum im Gebüsch und in den Betten die Post abging?«

»Was meinen Sie damit?«

»Soll ich noch deutlicher werden? Herr Möbius, bei diesen Partys ging es doch vor allem darum, wer es mit wem treibt. Soviel wissen wir inzwischen auch.«

Der Maler schaute den Kommissar böse an. »Ich finde Ihre Fragen widerwärtig. Was soll dieses Herumschnüffeln im Privatleben anderer Leute? Ich dachte, der Paragraph 175 ist endlich abgeschafft. Aber man könnte den Eindruck haben, Sie sind von der Sitte und nicht von der Mordkommission.«

»Ich habe den Eindruck, Sie sind sich des Ernstes der Lage nicht so ganz bewusst. Wir wollen einen Serienmörder dingfest machen, der reihenweise prominente Homosexuelle umgebracht hat! Und wir gehen davon aus, dass seine Mordserie noch nicht zu Ende ist. Wer sagt uns, ob Sie nicht auch auf seiner Liste stehen? Mir ist wirklich scheißegal, mit wem Sie ins Bett steigen. Nur wünsche ich Ihnen nicht, dass es der Mörder ist.«

In Key West war es noch dämmerig. Der junge Mann hatte mit seinem roten Mietwagen gerade die Brücke zwischen Big Coppitt Key und Stock Island passiert, als die ersten zarten rosa Strahlen den Horizont beleuchteten. Der legendäre Highway One, der wie eine Perlenschnur die einzelnen Inselchen mit dem Festland verband, ging unvermittelt in eine vierspurige Schnellstraße über, die jedoch um diese Zeit fast völlig leer war. Nur ein uralter Pickup mit defekten Rücklichtern knatterte langsam auf der rechten Spur vorwärts. Der junge Mann lenkte seinen Wagen zügig vorbei und hatte bald die Stadtgrenze von Key West erreicht. Hinter der letzten Brücke bog er nach links in Richtung Strand ab. Es war völlig windstill und trotz der frühen Stunde angenehme 20 Grad warm. Die Sonne hatte soeben begonnen, das Wasser in allen denkbaren Rot- und Blau-Schattierungen zu bemalen. Mit glänzenden Augen verfolgte der junge Mann das Farbenspiel und schaute in den Himmel. Dann sagte er halblaut zu sich selber: »Diesmal wird es klappen.«

Eine Stunde später fuhr er auf den Parkplatz eines kleinen Einkaufszentrums an der Ecke Duval Street/Truman Avenue. Der wichtigste Verkehrsknotenpunkt von Key West war um diese Zeit fast ausgestorben. Ein Kleinlaster der Straßenreinigung sprühte mit einem kräftigen Wasserstrahl den Müll der vergangenen Nacht zur Seite, wo er anschließend von zwei Arbeitern aufgekehrt wurde. Zwei schrill aufgetakelte Transvestiten, die noch von der Nacht übriggeblieben waren, torkelten kreischend um die Straßenecke. Der junge Mann wandte seinen Blick von der trostlosen Szenerie ab und ging in ein Fastfood-Restaurant, um seinen Hunger mit einem Submarine zu stillen. Seit gestern Abend hatte er keinen Bissen mehr gegessen. Er überlegte, wie er weiter vorgehen konnte. Auf jeden Fall musste er äußerst vorsichtig sein, um nicht irgendwelche Spuren zu hinterlassen. Als Erstes würde er sich nun eine erschwingliche Unterkunft in einem anonymen Motel suchen. Abends würde er dann eine Runde durch die verschiedenen Szenelokale machen. Zumindest wusste er, dass der Italiener kein Kind von Traurigkeit war und seine Abende selten zu Hause verbrachte. Auch in Köln hatten sie sich in größeren Abständen immer wieder in bestimmten Schwulenbars getroffen. Umberti bevorzugte vor allem solche, wo sich schicke junge Männer aufhielten.

Es war bestimmt die zehnte Tasse Kaffee, die Nelles an diesem Nachmittag in sich hineinschüttete. Inzwischen war es halb fünf und seine beiden Vorgesetzten waren soeben zu einer kleinen Lagebesprechung erschienen.

»Ich plädiere dafür, uns ganz auf Umberti zu konzentrieren«, meinte Nelles.

»Wissen Sie inzwischen, wo er sich aufhält?«, fragte Karin Bolling.

»Ja, Rühle hat endlich seinen Manager erreicht, und der hat ihm definitiv bestätigt, dass sich Umberti in seinem Ferienhaus in Florida aufhält.«

»Wie lange?«

»Manchmal verbringt er den ganzen Winter dort.«

»Schlagersänger müsste man sein«, seufzte Bolling und warf einen Blick aus dem Fenster, hinter dem sich heftiger Schneeregen vor dem dunklen Himmel abzeichnete.

»Wer weiß, wie lange Umberti noch Gelegenheit hat, seinen

Reichtum zu genießen«, unterbrach die Staatsanwältin die entstandene Nachdenklichkeit. »Ich habe jedenfalls alle Schritte für die Ermittlungen in den USA eingeleitet, und nun können wir nur hoffen, dass es möglichst schnell geht.« Sie drehte sich zu Nelles um. »Haben Sie die Telefonnummer von Umberti in Key West?«

Der Kommissar nickte zögernd.

»Gut, dann versuchen Sie ihn zu erreichen, und warnen Sie ihn vor. Aber darüber hinaus unternehmen Sie bitte keine weiteren Schritte, die nicht mit uns abgesprochen sind!«

»Wie war dein Tag?« Doris hatte blendende Laune, als sie gegen halb sechs nach Hause kam.

Anja stand am Herd und brutzelte Langustenschwänze in Knoblauch und Öl. »Ach, geht so. Ich war an der Uni und habe dort so verschiedene Dinge geregelt.«

»Oh, jetzt machst du mir auch noch ein schlechtes Gewissen. Eigentlich müsste ich mich da auch mal wieder blicken lassen. Wie weit bist du überhaupt mit deiner Magisterarbeit?«

»So bis Weihnachten bin ich ganz gut voran gekommen. Etwa zwei Drittel habe ich fertig. Aber dann kam die ganze Feierei dazwischen, und den Rest kennst du ja.«

»Mmh, aber du könntest jetzt doch so langsam mal weiterschreiben. Ich verstehe ja, dass du nicht gerade besonders motiviert bist. Manchmal habe ich aber auch das Gefühl, dass du dich in der Rolle der leidenden Diva ganz wohl fühlst.«

Anja hatte Tränen in den Augen. »Ich möchte wieder zu Jürgen zurück!«

Doris schüttelte traurig den Kopf. »Ich will dich natürlich nicht davon abhalten. Aber du solltest es dir sehr genau überlegen. Dann geht doch die ganze Sache wieder von vorne los. Oder glaubst du, dass sich Jürgen über Nacht in einen neuen Mann verwandelt? Der bleibt doch auf ewig mit der Polizei verheiratet!«

Anja riss ein Blatt von der Küchenpapier-Rolle und trocknete ihre Augen. Dann lächelte sie plötzlich. »Heiraten! Genau, das ist es. Ich werde Jürgen fragen, ob er mich endlich heiraten will!«

»Hallo Bert! Was macht dein Großversuch mit den längeren Öffnungszeiten?«

»Mensch, ich hab gar nicht auf die Uhr geschaut, Jürgen. Halb acht! Nein, es lohnt nicht. Ich werde den Versuch ab morgen beenden. Zumindest zu dieser Jahreszeit bringt das wirklich nichts. Du bist also heute mein letzter Kunde. Kannst du bitte die Türe abschließen?« Bert nahm ihn in die Arme und drückte ihn zärtlich an sich. Dann küsste er den Kommissar auf die Nasenspitze.

Der ließ alles willenlos mit sich geschehen. Er streichelte Bert sanft über den Kopf. »Sollen wir ein Bier trinken gehen?«

»Ehrlich gesagt muss ich erst mal was essen. Darf ich dich einladen?«

Eine halbe Stunde später saßen sie in Berts Küche, obwohl dem Kommissar heute eigentlich nicht so nach trauter Zweisamkeit zu Mute war.

»Ich glaube, ich werde mir Urlaub nehmen und nach Florida fliegen«, sagte Nelles, nachdem er seinem Freund über die Arbeit des heutigen Tages berichtet hatte.

»Hast du denn überhaupt schon versucht, diesen Umberti telefonisch zu erreichen? Schicke ihn doch einfach mit seinem Boot nach Kuba oder sonst wo hin. Dann ist er in Sicherheit, bis ihr Manuel geschnappt habt!« Bert panierte zwei mit Eigelb bestrichene frische Schollen und legte sie dann in das knisternde Fett in der Pfanne.

Nelles sah ihn amüsiert an. »Ja, wenn alles so einfach wäre. Natürlich habe ich schon versucht, Umberti anzurufen. Aber es war nur der Anrufbeantworter dran.«

»Hast du ihm eine Nachricht hinterlassen?«

»Klar! Und ich bin mal gespannt, ob er sich meldet. Allerdings ist er laut Ansage auf dem AB ein paar Tage nicht erreichbar.«

»Schön dumm, denn damit öffnet er Einbrechern ja Tür und Tor.«

»Du bist ein kluges Kerlchen. Aber Umbertis Ansage ist auf Deutsch. Wahrscheinlich hat er gar keinen großen Kontakte zu Einheimischen und erwartet nur Anrufe von seinem Manager.«

Bert deckte den Tisch und nahm die Schollen aus der Pfanne. Nelles holte zwei Flaschen Bier aus dem Kühlschrank, doch Bert stellte sie zurück und zauberte stattdessen eine Flasche erstklassigen Pinot Noir hervor. »Wenn schon, denn schon! Wir haben es uns verdient, Jürgen!« Er entkorkte die Flasche, schenkte zwei Gläser ein, und dann prosteten sie sich zu. »Ist es nicht etwas voreilig, so spontan nach Florida zu fliegen? Ich würde wenigstens abwarten, ob er sich die nächsten Tage meldet, oder noch mal bei ihm anrufen. Wer weiß, wann er seine Ansage gemacht hat?«, fragte Bert, als sie am Tisch saßen.

»Umberti mag zwar ein flippiger Kerl sein, doch ich bin ziemlich sicher, dass er für seinen Manager erreichbar sein muss.«

»Hat denn der Manager keine Ahnung, wo er sich zurzeit befindet?«

Nelles schüttelte den Kopf.

»Siehste! Außerdem denke an den ganzen Ärger, den du dir durch so eine unüberlegte Aktion in Florida einhandelst!«

»Ja, du hast ja irgendwo Recht. Ich werde mir die Angelegenheit noch mal durch den Kopf gehen lassen. Prost!«

Die Gläser klirrten, und Bert fragte: »Hast du Anja inzwischen mal angerufen?«

Der Kommissar stöhnte leicht. »Nein. Aber du scheinst dich auch nicht mehr viel um Jay zu kümmern.«

»Da er eh in zwei Monaten zurück nach Amerika geht, wollte ich die Beziehung nicht zu sehr vertiefen. Wir hatten eine schöne Zeit miteinander, aber das war's dann auch. Also mit deiner Beziehung zu Anja ist es auf keinen Fall vergleichbar.«

»Weißt du, was das Merkwürdige ist? Ich fühle mich im Moment so wohl wie schon lange nicht mehr. Ich kann in Ruhe meiner Arbeit nachgehen, es gibt keinen Zank und Streit, du kochst hier lecker für mich.«

»Das soll aber kein Dauerzustand werden, oder?«

Nelles stand auf und umarmte Bert liebevoll von hinten. Dann flüsterte er ihm ins Ohr: »Vielleicht könnte ich mich ja daran gewöhnen.«

Der Florist streichelte zärtlich Jürgens lange, schmale Finger, die jetzt vorsichtig seine Brust massierten. Dann fragte er leise: »Sollen wir nicht ins Bettchen gehen? Ich bin so furchtbar müde.«

Key West, 9.1.
Das Motel ist zwar eine ziemlich miese Absteige, aber es erfüllt seinen Zweck und ist für Key-West-Verhältnisse noch relativ preisgünstig. Dieser Punkt ist nicht unwichtig, denn bei einem Kassensturz habe ich eben bemerkt, dass Tante Josiannes Geld so langsam knapp wird. Es wird höchste Zeit, dass ich endlich meinen Job erledige und mir eine neue Finanzquelle erschließe.

Wenn ich ehrlich bin, habe ich inzwischen die Hoffnung aufgegeben, einen gut situierten Mann zu finden, in den ich mich so richtig verliebe. Irgendwie ein erschreckender Gedanke: Bin ich inzwischen unfähig, einen anderen Menschen wirklich zu lieben? Zumindest zurzeit kann ich es mir nicht vorstellen. Eigentlich hatte ich erwartet, dass durch meine Strafaktionen wieder Ruhe in meiner Seele einkehrt, und dass ich wieder so fühle und empfinde wie früher, bevor ich von irgendwelchen Schweinen ausgenutzt wurde. Doch es hat sich noch nichts geändert! Vermutlich hängt das damit zusammen, dass ich mein Werk noch nicht vollbracht habe.

10. Januar

Die *801 Bar* in der Mitte der Duval Street war die Anlaufstelle für schwule Touristen, die neu in Key West waren und Anschluss suchten. Das weiß gestrichene alte Holzgebäude entsprach dem karibischen Flair der Insel. Alle Türen und Fenster standen weit offen und riesengroße Ventilatoren unter der Decke verteilten gleichmäßig die verqualmte, stickige Luft. Es war weit nach Mitternacht. »Horny« dröhnte aus den Boxen in der unteren Bar. Im schummrigen Licht an der Theke wippte ein junger Mann, der Marcus Schenkenberg ähnelte, im Takt der Musik. Dank der neuen Perücke hatte sich sein Aussehen wieder etwas dem natürlichen Zustand angeglichen. Obwohl er scheinbar teilnahmslos durch einen Stadtführer blätterte, beobachtete er doch genau alle Personen um ihn herum. Dann orderte er eine neue Cola-Light und sondierte die Lage. Das Publikum bestand zur Hälfte aus jüngeren Leuten so zwischen zwanzig und Mitte dreißig. Etliche ältere Männer, die schon ergraut waren, saßen allein an der Bar herum und beobachteten ebenfalls das Geschehen. Keiner von ihnen war jedoch Diego Umberti.

Der junge Mann fixierte den Barkeeper, der unermüdlich neue Drinks mixte, Bier ausschenkte und kassierte. Die Gelegenheit, mit ihm ein Gespräch anzufangen, war denkbar ungünstig. Etwas frustriert wandte er sich wieder dem Stadtführer zu. Soeben erklang der Remix der alten Weather Girls-Hymne »It's Raining Men« mit Ru Paul, eines seiner absoluten Lieblingsstücke. Die angenehme Erinnerung an lange Kölner Nächte durchzuckte ihn für einen Augenblick, und er legte die Broschüre zur Seite. Aus den Augenwinkeln nahm er wahr, wie ihn ein gut aussehender Dreißiger mit schulterlangen blonden Locken an der Theke gegenüber bewundernd anblickte. Blitzschnell überlegte sich der junge Mann eine Strategie für das Gespräch, das sicher gleich folgen würde und begann, mit seinem Gegenüber zu flirten.

»Möchtest du noch was trinken?«, fragte der blond gelockte Mann eine Viertelstunde später, als er sich auf einen freien Hocker neben den jungen Mann gesetzt hatte. »Mein Name ist John«, stellte er sich vor, als sie mit einem Light-Bier anstießen.

Der junge Mann nannte sich Pierre und erzählte, dass er französischer Tourist sei und auf den Keys ein paar schöne Urlaubstage verbringen wolle. »Und was machst du?«, fragte er seinen neuen Bekannten.

»Ich habe vor einem halben Jahr hier in der Altstadt mit meinem Freund ein Gästehaus gekauft. Ursprünglich stamme ich aus Chicago. Aber die Winter dort wurden mir zu kalt.« Er lächelte Pierre breit an.

»Und wie läuft das Geschäft?«

»Sehr gut! Eigentlich kommen zu jeder Jahreszeit genug schwule Touristen nach Key West, und wir sind die meiste Zeit ausgebucht. Allerdings mussten wir eine Menge Geld investieren, und es wird noch einige Jahre dauern, bis wir schwarze Zahlen schreiben. Wo bist du untergebracht?«

»Ich wohne bei amerikanischen Freunden. Sie haben ein kleines Haus in der Southard.«

»Schade, sonst hättest du bei uns wohnen können.«

»Ist es eigentlich schwierig, sich hier als Europäer ein Haus zu kaufen?«

»Wenn du genug Geld hast, ist es kein Problem. Die Immobilienpreise sind horrend. Aber einer unserer Nachbarn zum Beispiel kommt aus Europa und hat ein sehr hübsches kleines Haus erworben, das er gerade renoviert.«

Der junge Mann lächelte hintergründig. »Er ist aber nicht zufällig Franzose?«

»Nein, ich glaube er kommt aus Italien. Oder Spanien. Zumindest klingt sein Name so. Er kapselt sich ziemlich ab. Ich weiß nicht sehr viel über ihn.«

»Weißt du, der würde mich wirklich interessieren. Vielleicht kann er mir ein paar Tipps geben.«

»Dahinten, dieser Typ schräg gegenüber ist mit ihm befreundet, glaube ich. Zumindest habe ich die beiden ein paar Mal zusammen auf der Straße gesehen.«

John zeigte unauffällig auf einen Mann, der einige Jahre jünger war und durch einen muskulösen, gut gebauten Körper auffiel. Seine hellblonden Haare waren modisch kurz geschnitten, und Pierre registrierte auch sofort seinen lauernden Blick, der den brutalen Ausdruck seines grob geschnittenen Gesichts noch verstärkte.

Der junge Mann spürte, wie sich seine Laune mit einem Schlag besserte. Nun durfte er bloß nichts überstürzen.

»Was hältst du davon, wenn ich mitkomme? Im Moment läuft das Geschäft so schlecht, dass ich sowieso schon darüber nachgedacht habe, Betriebsferien zu machen und ein paar Tage in die Sonne zu düsen.« Bert saß mit Jürgen Nelles in dessen Wohnung am Frühstückstisch. Gerade hatte ihm der Kommissar eröffnet, dass er nun doch nach Florida fliegen wolle.

Nelles dachte einen Moment über Berts Vorschlag nach. Dann schüttelte er sachte den Kopf. »Einerseits finde ich deine Idee zwar sehr reizvoll und könnte mir durchaus vorstellen, dort mit dir zusammen Urlaub zu machen. Doch genau das habe ich eben nicht vor. Und bei meinen Ermittlungen möchte ich lieber unabhängig sein, damit ich spontan handeln kann. Wenn du mitkämest, hätten wir eh kaum Zeit für gemeinsame Unternehmungen und du wärest am Ende nur noch frustriert.«

»Ich hatte ja auch nicht vor, mich mit dir an den Strand zu legen, sondern würde dich gerne bei deinen Ermittlungen etwas unterstützen. Das hat hier in Köln doch auch immer ganz gut geklappt.«

»Ja, schon. Doch drüben in Florida ist es was anderes. Du weißt, dass ich keine Legitimation habe und die ganze Sache undercover durchziehen muss – auf eigenes Risiko. Und wenn etwas schief geht, werde ich allein schon genug Stress bekommen. Da will ich dich nicht auch noch mit hineinziehen.«

Bert war bemüht sich seine Enttäuschung nicht anmerken zu lassen, doch Nelles hatte sie längst bemerkt.

»Dafür verspreche ich dir auch, dass wir zusammen einen richtigen Urlaub machen, sobald dieser Fall endlich gelöst ist!« Er nahm den Floristen in die Arme und küsste ihn zärtlich auf die Stirn. In diesem Moment klingelte es an der Wohnungstür.

Der Kommissar unterbrach seine Liebkosungen abrupt und verschwand im Flur.

»Prima, dass du gerade frühstückst. Ich habe nämlich einen Bärenhunger!« Es war Anja.

Gegen zwei Uhr in der Frühe war es in der *801 Bar* etwas leerer geworden, weil die meisten Männer inzwischen weitergezogen waren, um im *Diva's* abzutanzen. Die verbliebenen Gäste hatten sich mit kräftigen Cocktails derart abgefüllt, dass der Lärmpegel merklich gestiegen war. Pierre hatte keinen Alkohol getrunken, weil er für seine Recherche unbedingt einen klaren Kopf behalten wollte. Er hatte sich inzwischen von John verabschiedet und machte sich auf die Suche nach Umbertis vermeintlichem Freund. Langsam schlenderte er in die obere Etage der Bar, wo ein Klavierspieler dezent vor sich hin klimperte und kaum gegen die laute Musik und das Gejohle ankam. Die Temperatur war hier noch schweißtreibender und der junge Mann atmete tief durch, bevor er seinen Blick über das kleine Grüppchen an der Theke schweifen ließ. Dann hatte er den muskulösen Blonden entdeckt, der gerade einen kräftigen Zug aus seiner Bierflasche nahm.

»Hi, trinkst du ein Bier mit mir?«

»Ich weiß zwar nicht, was du von mir willst, aber ein Bier darfst du mir ausgeben«, antwortete der Mann, der wohl Mitte zwanzig war. Seine Stimme klang etwas unwirsch.

Pierre gab dem Kellner einen kleinen Wink, und Sekunden später standen die zwei Flaschen auf der weißlackierten Theke. Pierre hatte sich inzwischen so mit seiner Rolle als reicher Erbe, der in Key West nach einer Immobilie sucht, identifiziert, dass er Jerry die gleiche Geschichte auftischte, mit der er eben schon John überzeugt hatte. Nachdem er fast zehn Minuten ununterbrochen geredet hatte, legte er eine Pause ein und schaute seinem Nebenmann forschend in die Augen.

Jerry schien ziemlich beeindruckt. »Hab ich mir gleich gedacht, dass du nicht arm bist. Warum hast du gerade mich angequatscht?«

»Wer weiß? Vielleicht suche ich nach etwas Besonderem. Diese ganzen Disco-Boys mit ihrem affektiertem Gehabe sind eben nicht so mein Ding. Du siehst dagegen wie jemand aus, der seinen eigenen Charakter hat und weiß, was er will«, schmeichelte Pierre seinem neuen Bekannten und die Worte verfehlten nicht ihre Wirkung.

Jerry dehnte kurz seinen strammen Oberkörper, und dann wurden seine Muskelpakete zusehends lockerer. Selbst der lauernde Blick war einem sanften, fast melancholischen Ausdruck in seinen Augen gewichen.

Pierre schaute ihn verführerisch an. »Hast du eigentlich eine Wohnung hier in Key West oder schläfst du im Hotel?«

»Im Moment mal hier und mal da. Leider hat mein Gatte gerade vor einigen Tagen mit mir Schluss gemacht, und jetzt muss ich mir was Neues suchen.«

»So eine Scheiße! Hat er dich einfach ohne jede Warnung vor die Tür gesetzt?«

»Innerhalb einer Stunde musste ich meine Klamotten packen.«

»Dein Ex muss ja ein ganz schönes Arschloch sein.«

»So lange ich ihm einen blasen durfte, war alles gut und schön. Doch dann hat er vor zwei Wochen so 'n Jüngelchen kennen gelernt, das angeblich viel besser ist als ich. Und schon war ich abgemeldet.«

»Was für ein Typ ist denn dein Ex?«

»Italiener, also nicht amerikanischer Italiener, sondern richtig aus Europa. Er muss drüben ein bekannter Popsänger sein, denn er hat ziemlich viel Kohle.«

»Und – wie alt ist er?«

»Einundfünfzig«, antwortete Jerry etwas verlegen. »Normalerweise lasse ich mich nicht mit solchen Greisen ein, aber Diego sieht noch ziemlich knackig aus. Und vor allem ist er sehr großzügig.«

»Man könnte glauben, du wärst immer noch in ihn verliebt.«

»Nee, das ist vorbei, nach allem, was er mir zum Schluss angetan hat. Ich überlege schon die ganze Zeit, wie ich ihm das heimzahlen kann.«

Pierre triumphierte innerlich und versuchte, seine Euphorie im Zaum zu halten. »Du solltest nicht mehr an ihn denken! Es gibt doch genug andere nette Männer auf Key West!«

Bert hatte sich nach der kurzen und frostigen Begrüßung mit Anja unauffällig in seine Wohnung verzogen. Seine Gefühle schwankten zwischen Selbstmitleid und Resignation, er fühlte sich von der ganzen Welt ungerecht behandelt. Doch dann sagte er sich, dass es wohl unrealistisch gewesen war, an ein Wunder der Liebe zu glauben. Natürlich musste er damit rechnen, dass Anja zurückkommen würde. Nur hatte er diesen Gedanken verdrängt und sich sein Luftschloss gebaut, zusammen mit Jürgen. Musste er aus dessen Verhalten in den letzten Tagen aber nicht bestimmte Schlüsse ziehen? Dass Jürgen gar nicht mehr so sehr an einer Fortsetzung der Beziehung mit Anja interessiert war? Oder hatte er Jürgens erwachende Zärtlichkeit falsch interpretiert? Aus seinen langjährigen Erfahrungen mit Männern wusste er, dass man sich auf nichts, aber auch gar nichts bei ihnen verlassen konnte. Er lauschte in die Stille hinein, ob irgendwelche Geräusche aus der Wohnung unter ihm zu hören waren, doch es blieb völlig ruhig. Wahrscheinlich hatten Jürgen und Anja ihre Aussprache noch nicht beendet. Was würde Jürgen ihr sagen?

»Ich bin froh, dass du wieder da bist. Es war doch ein wenig einsam hier in der letzten Zeit.« Nelles umarmte seine Freundin und küsste sie auf die Wange, doch er spürte in diesem Moment, dass es routinierter war als eine halbe Stunde zuvor mit Bert. Er musste an die beiden Nächte denken, die er mit ihm verbracht hatte.

»Ich habe dich auch sehr vermisst! Sehr, sehr! Das ist mir in den letzten Tagen richtig klar geworden«, sagte Anja.

»Wo warst du eigentlich? Bei deinen Eltern?«

»Nein, Doris hat mich netterweise aufgenommen.«

»Ach, diese Kommilitonin von dir? Eine tolle Frau.«

Anja errötete leicht. »Ja, sie ist wirklich in Ordnung. Aber jetzt bin ich froh, dass ich wieder hier bin!« Sie schlang ihre Arme um Nelles' Hals und schaute ihm tief in die Augen – mit aller Verführungskunst, derer sie fähig war. Dann folgte ein langer, intensiver Zungenkuss.

»Du siehst nicht besonders glücklich aus. Hat es dir keinen Spaß gemacht?«, fragte Anja, als Jürgen Nelles völlig außer Atem abgeschlafft neben ihr im Bett lag.

»Doch, doch«, beeilte sich der Kommissar zu sagen. »Vielleicht bin ich etwas aus der Übung.« In Wirklichkeit kämpfte er mit sehr gemischten Gefühlen. Selbst eben, beim Höhepunkt ihres Liebesspiels, hatte er plötzlich Bert vor Augen gehabt. Andererseits hatte er die vertraute Wärme, die Anja ausstrahlte, ihre zarten Rundungen und ihren Geruch genossen. Er musste schnell eine Entscheidung fällen – mit dem Kopf. Vor allem die Konsequenzen einer homosexuellen Beziehung machten ihm Angst. Wie würden seine Familie und seine Kollegen reagieren? Doch das war nicht der wichtigste Aspekt. Eigentlich wollte er auch irgendwann in der Zukunft eigene Kinder. War das mit Bert möglich? Und dann hatte er eben wieder festgestellt, dass ihm Sex mit Frauen doch den stärkeren Kick verschaffte. Er traf eine Entscheidung. Es war eigentlich mehr die Wahl des kleineren Übels, und ihm war klar, dass er seinen Preis dafür zahlen würde.

»Was grübelst du denn die ganze Zeit?«, wollte Anja schließlich wissen.

»Ach, ich musste gerade über verschiedene Dinge nachdenken. Wie es nun wohl mit uns weitergehen wird, und so …«

»Ich hoffe doch sehr, dass wir uns jetzt endlich versöhnen werden und an die guten alten Zeiten anknüpfen. Ich für meinen Teil bin dazu bereit, und ich hoffe, du auch.«

Jürgen Nelles nickte. »Ja, lass uns neu anfangen.«

»Allerdings geht das nur, wenn wir Lehren aus unserem Krach ziehen. Es kann nur funktionieren, wenn wir in Zukunft mehr Zeit füreinander haben. Deshalb solltest du dich versetzen lassen. Es gibt doch bei der Kripo auch Abteilungen, in denen du nicht Tag und Nacht im Dienst sein musst sondern geregelte Arbeitszeiten hast. Und dann bist du auch nicht mehr auf die Mithilfe irgendwelcher Blumenhändler angewiesen. Überhaupt finde ich, dass zu einem Neubeginn auch ein Wohnungswechsel gehören sollte. Lass uns woanders hinziehen! Es gibt so viele schöne Stadtteile in Köln! Vielleicht finden wir eine größere und schönere Wohnung. Und dann wäre mein größter Traum, dich endlich zu heiraten!«

Nelles war heilfroh, dass das Telefon in diesem Moment summte. Er stürzte aus dem Bett. Es war Rühle.

»Mensch Jürgen! Ich dachte, du kämst heute ins Büro.«

»Eigentlich hatte ich das ja auch vor. Aber mir ist etwas dazwischen gekommen.«

»Vorhin ist ein Fax von den Kollegen in Paris gekommen. Darin teilen sie uns mit, dass einer der Zollbeamten das Phantombild unseres Verdächtigen identifiziert hat.«

»Was?«

»Ja, offensichtlich ist er vom *Charles de Gaulle* gestartet. Leider wissen wir noch nicht wohin.«

»Das ist ein Ding! Ich glaube, dann sollte ich jetzt doch lieber kommen.«

»Wäre nicht schlecht. Die Bolling hat sich nämlich schon gewundert, dass du nicht da bist.«

Jerry und Pierre waren die letzten Gäste, die gegen fünf Uhr morgens aus der *801 Bar* stolperten. Auch das Light-Bier hatte seine Wirkung nicht verfehlt, und Pierre ärgerte sich ein wenig, dass er seine Vorsätze doch wieder über den Haufen geworfen hatte. Auf jeden Fall musste er nun ganz besonders vorsichtig sein und durfte auf keinen Fall zu viel von sich preisgeben. Als sie jetzt gemächlich die Truman Avenue in Richtung seines Motels hinunter spazierten, bereute er schon, dass er Jerry eingeladen hatte, bei ihm zu übernachten. Andererseits reizte ihn der straffe, muskulöse Körper des blonden Amerikaners, und er war auch etwas neugierig, mehr über dessen Leben zu erfahren. Das *Pelican-Motel* lag völlig im Dunkeln, als sie auf Pierres Zimmer gingen.

»Ehrlich gesagt hatte ich erwartet, dass du in einem dieser luxuriösen schwulen Gästehäuser übernachtest, wo du doch so viel Geld geerbt hast«, sagte Jerry enttäuscht, als sie das Licht einschalteten.

»Soviel ist es nun auch wieder nicht, und ich muss nicht unbedingt irgendwelchen reichen Tunten auch noch mein Geld in den Rachen schmeißen«, meinte Pierre.

»Ist schon okay! Hauptsache das Bett ist breit genug«, beruhigte ihn Jerry, der gerade sein Polohemd abstreifte.

Pierre beobachtete ihn interessiert. »Sollen wir noch ein Gute-Nacht-Bier trinken? Im Kühlschrank sind noch ein paar Dosen.«

»Ich hab da was Besseres! Davon musst du nicht so viel pinkeln.« Jerry wühlte in seiner Jeans und zog ein kleines Plastik-Beutelchen hervor. »Feinstes Gras ... Ist das nicht das passende Dessert nach diesem Abend?« Dann ließ er die Hose zu Boden fallen und stand splitternackt vor Pierre.

Eine halbe Stunde später lagen sie verschwitzt nebeneinander im Bett.

»Das war das erste Mal, dass ich es mit einem Franzosen getrieben habe«, gestand Jerry, nachdem er kurz verschnauft hatte. »Hier geltet ihr ja als die besten Liebhaber. Davon habe ich mich eben überzeugt.«

»Ihr seid aber auch nicht schlecht, wenn ihr euch genug Mut angetrunken habt.«

Jerry verzog seine wulstigen Lippen zu einem breiten Grinsen. »Ja, unsere puritanische Herkunft können wir nicht so einfach abschütteln.«

»Woher kommen deine Vorfahren?«, wollte Pierre wissen.

»Keine Ahnung. Schätze mal, dass englisches und irisches Blut in meinen Adern fließt. Vielleicht auch skandinavisches. Ach, meine Mutter ist mit so vielen Männern ins Bett gestiegen, dass sie wahrscheinlich selber nicht mehr durchblickt.«

»Und dein Vater?«

»Habe ich nie kennen gelernt.«

»Hast du noch Kontakt zu deiner Mutter?«

»Sporadisch. Sie lebt oben im Norden, wo ich auch herkomme. Mir ist es zu umständlich und zu teuer, sie dort zu besuchen. Aber an den Festtagen wie Weihnachten telefonieren wir oder schreiben uns.«

»Vermisst du sie manchmal?«

»Komische Frage! Habe ich noch nie drüber nachgedacht.« Jerry versuchte, seine Verlegenheit zu überspielen, indem er einen neuen Joint baute.

»Du bist nicht gerade ein Kind von Traurigkeit, was?«, meinte Pierre mit tadelndem Unterton. »Du trinkst, du kiffst ...«

»... und vögeln tue ich auch gern. Ja, was soll's? Man ist nur einmal jung.«

»Machst du dir nie Gedanken über deine Zukunft?«

»Weißt du, das ist das schöne hier unten in Florida. Eigentlich gibt es keine Probleme, selbst wenn du keine Wohnung hast. Hättest du mich nicht ins Motel mitgenommen, würde ich jetzt einfach am Strand schlafen. Ist auch nicht schlecht! Du kannst hier einfach in den Tag hinein leben und musst nicht immer an die Zukunft denken.«

»Aha, der Herr Hauptkommissar gibt uns doch noch die Ehre! Guten Morgen kann man um diese Uhrzeit ja eigentlich nicht mehr sagen.« Kriminaloberrätin Bolling stand neben Rühles Schreibtisch und zwinkerte Nelles kumpelhaft zu, als er zur Tür hereinkam. Rühle versuchte gerade, eine Telefonverbindung nach Frankreich herzustellen. »Na ja, dann brauchen Sie meine Hilfe jetzt wohl nicht mehr.«

»Bleiben Sie doch noch etwas! Sie haben sich ja schon hervorragend als Dolmetscher bewährt«, forderte sie der Hauptkommissar auf und warf seine schwere Lederjacke auf einen Stuhl.

»Dolmetscherin, wenn schon!«, korrigierte Bolling und lächelte gequält. »Ich denke, Sie kommen auch ohne mich zurecht. Aber wenn Sie Hilfe brauchen – ich werde bis drei in meinem Büro sein.« Sie verschwand auf dem Flur.

»Mann, Mann, Mann, ich komme mir vor wie ein kleiner Junge, der gerade von seiner Mutti auf den Spielplatz geschickt worden ist«, stöhnte der Hauptkommissar, als er wieder mit Rühle allein war.

»Mach's so wie ich.« Rühle zeigte auf sein linkes, dann auf sein rechtes Ohr. »Da rein und da raus!«

Nelles setzte sich in seinem Büro an den Schreibtisch, stützte den Kopf auf beide Arme und grübelte einige Minuten. Dann ging er wieder in Rühles Zimmer. Der beendete gerade das Telefonat mit Paris.

»Das Übliche. Sie haben zu wenig Leute, heute ist auch noch Wochenende und so weiter. Wenn wir Glück haben, wird sich Montag jemand um unseren Fall kümmern.« Er warf seinen Kuli auf die Schreibtischplatte.

»Ach Scheiße, das dauert mir alles viel zu lange«, stöhnte Nelles. »Wir müssen endlich Kontakt mit den Kollegen in Miami und Key West aufnehmen.«

»Du willst also nicht den Dienstweg einhalten?«

»Dienstweg, Dienstweg!«, polterte Nelles los. »Ich kann dieses Wort nicht mehr hören!«

»Wie wär's denn, wenn wir noch mal versuchen, Umberti in seinem Ferienhaus zu erreichen?«, schlug Rühle vor.

»Okay, okay, ich probiere es«, sagte der Hauptkommissar jetzt merklich ruhiger und ging an sein Telefon. Er wählte Umbertis Nummer auf Key West.

»Leider bin ich zurzeit auf den sieben Weltmeeren unterwegs«, quäkte der Anrufbeantworter. »Bitte wenden Sie sich in dringenden Fällen an meinen Manager in Köln unter der Nummer …«

»Das ist ein Ding!« Nelles wurde wieder lauter.

»Was ist denn los?«, rief Rühle aus dem Nachbarbüro.

»Umberti muss zwischenzeitlich zu Hause gewesen sein. Die Ansage auf seinem Anrufbeantworter ist neu. Und er hat uns nicht zurück gerufen, obwohl ich ihn ausdrücklich vor diesem Manuel gewarnt habe.«

Schwere nasse Schneeflocken fielen auf das Pflaster der Neusser Straße und verschwanden sofort im Nichts, als sie den Boden berührten. Bert war gerade eingefallen, dass sein Kühlschrank leer war, und jetzt hastete er kurz vor Ladenschluss in Richtung Supermarkt.

»Hallo Bert! Kann ich dich mal kurz sprechen?« Anjas Frage traf ihn wie ein Faustschlag mitten auf sein Kinn.

»Oh, hallo. Ist es wichtig? Ich hab's nämlich eilig.«

»Sehr wichtig! Und es dauert nur ein paar Minuten.« Sie ging um die Ecke in eine kleine, ruhige Nebenstraße, Bert folgte ihr unschlüssig.

»Also, ich höre!« Obwohl er bis zum Äußersten angespannt war, hatte er seine Stimme unter Kontrolle.

»Ich wollte dir nur sagen, dass ich wieder mit Jürgen zusammen bin. Was immer zwischen euch gelaufen ist oder noch läuft – es ist vorbei ... Jürgen wird sich demnächst in eine andere Abteilung versetzen lassen, und dann ist er sowieso nicht mehr auf deine Mithilfe angewiesen.«

Bert starrte sie mit großen Augen an. »Ich kapiere überhaupt nichts. Was meinst du eigentlich?«

»Du musst dich nicht dumm stellen! Deine dreiste Anmache ist so offensichtlich, dass es wirklich jeder merkt. Außerdem hat mir Jürgen euer Abenteuer in der Sauna längst gebeichtet. Aber ein für alle mal: er ist nicht schwul!«

»Bin ich hier im falschen Film, oder was?« Bert hatte den ersten Schock überwunden und setzte sich wütend zur Wehr. »Ich weiß nicht, was du dir in deinem kranken Hirn zusammen fantasierst, aber deine Behauptungen sind einfach lächerlich! Und ich habe es gar nicht nötig, mit dir über so einen Schwachsinn zu diskutieren. Willst du Jürgen demnächst einsperren, damit er mir nicht mehr über den Weg läuft?«

Anja grinste bösartig. »Gar nicht nötig, denn wir ziehen um. Und außerdem wollen wir heiraten. Das sind keine Hirngespinste von mir, sondern das ist Realität!«

Bert rang nach Worten, aber in seinem Kopf war plötzlich eine entsetzliche Leere.

Als der Hauptkommissar gegen sieben nach Hause kam, war es in den *Blütenträumen* stockfinster. Nicht einmal die Energiespar-Lampe, die sonst immer außerhalb der Geschäftszeiten brannte, war eingeschaltet. Nelles lugte durch das Schaufenster, doch auch im Hinterzimmer entdeckte er kein Lebenszeichen von Bert. Er schloss die Eingangstür des Mietshauses auf und stieg gleich in den vierten Stock hoch zu Berts Wohnung. Nelles drückte den Klingelknopf dreimal mit ganzer Kraft, doch nichts rührte sich hinter der Tür. Eigentlich war der Florist um diese Zeit immer zu Hause. Irritiert ging der Kommissar ein Stockwerk tiefer in seine Wohnung. Er rief nach Anja, doch niemand antwortete. Dann setzte er sich im Wohnzimmer auf das Sofa und überlegte. Er griff zum schnurlosen Telefon und wählte Berts Nummer. Der Anrufbeantworter sprang an. Nelles konnte vor Ungeduld den Piepton kaum abwarten.

»Hallo Bert! Hier ist Jürgen. Ich muss dich dringend sprechen! Bitte melde dich so schnell wie möglich –«

Er brach ab, denn er registrierte, dass der Hörer abgenommen wurde. »Was willst du?«

»Bert, ist alles in Ordnung?« Nelles war ehrlich besorgt.

»Überhaupt nichts ist in Ordnung! Bitte lass mich in Ruhe!« Es klickte in der Leitung, und das Gespräch war zu Ende. Nelles drückte die Wahlwiederholung und hörte nur noch den Signalton, dann das Geräusch eines Schlüssels im Schloss der Wohnungstür.

»Hallo Schatz!« Anja stürmte mit zwei großen Tragetaschen ins Wohnzimmer. »Ich hoffe, du hast ordentlich Hunger.«

Der Kommissar legte das Telefon zur Seite.

Jerry und Pierre hatten ihre Handtücher unter einer Palme ausgebreitet. Obwohl die Sonne heute gegen einen Dunstschleier ankämpfen musste, war es angenehm warm.

»Wie ist das Wetter in Frankreich um diese Jahreszeit?«, wollte der Amerikaner wissen.

»Ziemlich unangenehm. Viel Regen, manchmal auch etwas Schnee.«

»Das ist immer noch besser als da, wo ich herkomme.« Jerry streckte genüsslich seine Arme und Beine aus.

»Und wo genau ist das?« Pierre richtete seinen Oberkörper auf und sah auf Jerry hinunter.

»Ein kleines Dorf in Ohio. Der Name wird dir nichts sagen.«

»Wann warst du das letzte Mal dort?«

»Ach, so vor fünf, sechs Jahren …«

»So lange bist du schon fort von Zuhause?«

»Eigentlich schon viel länger! Mit sechzehn bin ich abgehauen … meine Mutter hat mir damals die Hölle heiß gemacht, als sie herausfand, dass ich schwul bin. Sie wollte mich zum Psychologen schicken … die ganze übliche Prozedur. Und da habe ich eines Tages meine Sachen gepackt und bin nach Cleveland gegangen.«

»Hattest du überhaupt schon einen Schulabschluss?«

»Natürlich nicht. Aber das war mir egal. Jedenfalls habe ich auch so Jobs bekommen.«

»Was hast du gemacht?«

»Was man so ohne Abschluss macht: Gelegenheitsjobs in Fast-Food-Restaurants, bei Tankstellen.«

»Aber das bringt finanziell nicht viel ein.«

»Eben. Deswegen hatte ich bald eine bessere Idee: Ich habe mich selbst vermarktet.«

»Du meinst, du bist auf den Strich gegangen?«

Jerry grinste. »Klar, in Chicago gab es jede Menge wohlhabende Kunden.«

»Warum hast du dann aufgehört?«

»Irgendwann lernte ich einen Rechtsanwalt kennen. Er verliebte sich in mich und ich zog zu ihm. Er hat mir alle Wünsche von den Augen abgelesen …«

»Warum bist du nicht bei ihm geblieben?«

»Gute Frage. Immerhin habe ich es ein Jahr mit ihm ausgehalten. Doch dann merkte ich plötzlich, dass ich in einem goldenen Käfig saß. George verplante mein ganzes Leben. Ich musste immer an seiner Seite sein – ob im Bett, auf Reisen oder bei Partys. Wenn er tagsüber in seiner Kanzlei war, musste ich das Haus hüten. Natürlich habe ich mit George darüber gesprochen, aber er drohte mir, mich rauszuschmeißen. Es gäbe schließlich genug attraktive Zwanzigjährige, und er könne sich jederzeit einen neuen besorgen.«

»War das deine einzige Beziehung mit einem reichen Mann?«

»Zumindest die einzige, die so lange gedauert hat. Natürlich war ich durch George auch ein bisschen auf den Geschmack gekommen. Und warum soll so etwas nicht mit anderen wohlhabenden Männern funktionieren, die mir meine persönlichen Freiheiten lassen und mich so lieben, wie ich bin?«

Nach dem Versöhnungsessen wurde Nelles plötzlich unruhig. Als er nun aufstand und zur Garderobe ging, machte sich Enttäuschung auf Anjas Gesicht breit.

»Was hast du vor?«

»Ich muss noch mal aufs Kommissariat«, log Nelles, auf keinen Fall wollte er den Namen Bert erwähnen. »Ich will unbedingt diesen Umberti in Florida erreichen und mache mir gewisse Hoffnungen, dass er jetzt zu Hause ist. Ich habe dir ja vorhin erzählt, dass sein Leben in höchster Gefahr ist. Vermutlich wird das Telefonat etwas länger. Deshalb will ich lieber meinen Dienstapparat benutzen.«

»Aber du kannst doch die Rechnung später einreichen, wenn du von hier aus telefonierst!«

Nelles winkte ab. »Bloß nicht. Der nachträgliche Papierkrieg beschäftigt mich mehrere Tage. Ich bin ja in spätestens einer Stunde zurück, und dann machen wir es uns gemütlich.«

Anja machte einen Schmollmund, aber sagte nichts mehr.

Als Nelles die Wohnungstür hinter sich zugezogen hatte, verharrte er eine Weile regungslos im Treppenhaus. Dann stieg er auf Zehenspitzen hinauf in die vierte Etage und klopfte vorsichtig an Berts Tür.

»Hey, mach bitte auf! Ich weiß, dass du da bist. Bert, wir müssen unbedingt miteinander reden«, flehte der Kommissar mit leiser Stimme, doch in der Wohnung rührte sich nichts. Er pochte erneut, zwei-, dreimal. Dann endlich vernahm er schlurfende Schritte im Flur, und die Tür wurde geöffnet.

»Und?« Bert schaute ihn geistesabwesend an. Sein Gesicht war grau und eingefallen, die Augen waren dick und rot gerändert.

»Bert, was ist passiert?«

»Bist du gekommen, um mir solch eine dämliche Frage zu stellen?«

»Nein, nein … Kann ich reinkommen?«

Bert machte widerwillig den Eingang frei und ging vor ins Wohnzimmer.

»Ich konnte doch auch nicht damit rechnen, dass Anja plötzlich wieder zurückkommt. Ich fand die Situation heute Morgen auch nicht gerade angenehm«, begann Nelles die Aussprache.

»Ich hatte nicht den Eindruck, dass es dir unangenehm war. Du bist doch froh, dass sie wieder da ist.«

»Ja und nein. Ach Bert, warum muss das Leben immer so kompliziert sein? Klar, du bist mir sehr ans Herz gewachsen in den vergangenen Wochen. Aber ich habe auch nie einen Hehl daraus gemacht, dass ich Anja liebe und nicht so einfach mit ihr Schluss machen kann. Das ändert doch nichts an unserem Verhältnis. Wir werden immer gute Freunde bleiben.«

Bert stieß einen lauten, böse klingenden Lacher aus. »Großartig! Glaubst du etwa an deine Märchen? Deine bessere Hälfte wird schon dafür sorgen, dass deine Wünsche nicht in Erfüllung gehen.« Dann erzählte er Jürgen von der Begegnung mit Anja am Mittag.

Nelles war einen Moment schockiert. »Ich kann es nicht fassen! Das hat sie dir alles gesagt?«

Der Florist nickte schweigend.

»Bitte, Bert, nimm es einfach nicht so ernst! Anja sagt viel, wenn sie wütend ist. Und du bist nun mal ein rotes Tuch für sie. Aber nichts wird so heiß gegessen wie es gekocht wird.«

»Ich habe den Eindruck, sie meint es todernst.«

»Ich habe ihr bisher keinerlei Versprechungen gemacht.«

»Dann wirst du wohl schon bald solo sein.«

»Kannst du dir vorstellen, dass ich im Dezernat für Wirtschaftskriminalität arbeite? Oder Diebstähle und Einbrüche aufkläre? Ich jedenfalls nicht.«

»Eigentlich sollte man dich zur Strafe bei der Sitte verklappen«, witzelte Bert, der seinen Tiefpunkt allmählich überwunden hatte. »Du sitzt ganz schön in der Zwickmühle, Jürgen. Jedenfalls klang Anja heute Mittag nicht so, als ob sie zu irgendwelchen Kompromissen bereit wäre.«

»Wir werden sehen, wenn sie sich wieder beruhigt hat. In den nächsten Tagen ist sicher ein längeres Gespräch fällig.«

»Und der Serienmörder? Hat der einstweilen Schonzeit?«

»Nee, auf keinen Fall. Ich werde morgen eine Woche Urlaub nehmen und nach Florida fliegen. Doch ich brauche unbedingt noch ein paar Infos über Umberti. Kann dieser Schwackes mir eventuell helfen?«

»Möglich. Ich kann ihn ja morgen anrufen.«

»Willst du das nicht lieber mir überlassen?«

»Jürgen, ich kann diesem Mann nicht einfach die Bullen auf den Hals hetzen. Wie stehe ich dann da?«

»Gibt es einen bestimmten Grund, warum ich Schwackes nicht kennen lernen darf? Ich werde auf jeden Fall verschweigen, woher ich seine Adresse habe. Wir erzählen ihm, dass wir im Laufe unserer Ermittlungen auf ihn gestoßen sind.«

»Na schön, wenn's denn unbedingt sein muss.« Der Florist holte sein Adressenverzeichnis und machte eine Notiz für Nelles. »Wie wird denn wohl Anja reagieren, wenn sie von deinem Trip nach Amerika hört?«

»Sie wird es wohl schlucken müssen, wenn sie ernsthaft daran interessiert ist, mich zu heiraten.«

Wie an allen Tagen füllte sich die *801 Bar* so gegen acht Uhr abends. Die Scharen von heterosexuellen Touristen traten langsam den Rückzug in Richtung ihrer Kreuzfahrtschiffe an, und die Schwulen gewannen wieder die Oberhand über die Duval Street. Jerry hatte vorgeschlagen, die Happy Hour auszunutzen, und so saß er jetzt mit Pierre an der langen Theke im Untergeschoss.

»Manchmal denke ich darüber nach, ob es nicht viel einfacher wäre, eine Tankstelle zu überfallen oder eine Bank auszurauben. Ein sauberes Ding drehen – und du hast keine Probleme mehr ...« Jerry nahm durch seinen Strohhalm einen kräftigen Schluck vom Planter's Punch und wartete dann gespannt auf Pierres Reaktion.

Der zündete sich in aller Ruhe eine Zigarette an, bevor er sich umdrehte. »Solche Sachen sind nicht mein Stil. Außerdem ist das Risiko viel zu groß. Hast du schon mal so was gemacht?«

Jerry errötete und nippte verlegen an seinem Cocktail. »Na ja, einmal, als ich völlig pleite war, habe ich mich in einer Tankstelle bedient. Ist aber schon etwas her.«

»Hat es sich gelohnt?«

»Ehrlich gesagt, nein. Ich meine, die dreihundert Dollar haben mir schon geholfen. Aber eigentlich hatte ich mir mehr versprochen. Und dann hätte mich dieser Typ an der Kasse noch um ein Haar erwischt –«

Pierre griff nach Jerrys Arm. Seine Stimme wurde leise. »Schau mal, wer dahinten am anderen Ende der Theke sitzt.«

Diego Umberti hatte bereits fünf Daiquiris getrunken, und langsam versanken die Bar und die vielen Männer um ihn herum im Nebel. Die vergangenen beiden Tage draußen im Golf von Mexiko waren ihm viel zu ruhig gewesen. Da sein neuer Lover keine Zeit hatte, war er allein aufs Meer hinaus gesegelt – allerdings immer in Sichtweite der Florida Keys. Er ärgerte sich, dass er immer noch nicht kundig genug war, allein längere Strecken zu segeln, und dass ihm außerdem noch die Flaute auf See den Törn vermiest hatte. Nur eine größere Menge Alkohol konnte jetzt noch seine schlechte Laune vertreiben. So war er nach dem Sonnenuntergang direkt hierher gekommen. Das Lokal war noch ziemlich leer gewesen, zumindest hatte er keine attraktiven jungen Männer gesehen, mit denen es sich gelohnt hätte, ins Gespräch zu kommen. Inzwischen hatte er sowieso den Durchblick verloren, und es war ihm völlig egal, ob er heute Nacht allein in seinem Bett liegen würde oder nicht. Er bestellte einen neuen Cocktail und stierte mit glasigen Augen in die Runde an der Bar. Am anderen Ende der Theke nahm er plötzlich ein bekanntes Gesicht wahr. Kein Zweifel, es war Jerry. Und auch den anderen jungen Mann, der jetzt auf einmal eilig mit Jerry die Bar verließ, hatte er schon irgendwo gesehen.

Key West, 10.1.
Dieser Tag war ein voller Erfolg. Es war einfacher, als ich dachte, Umberti aufzuspüren. Doch bei meinem weiteren Vorgehen gibt es einen Unsicherheitsfaktor: Was mache ich mit Jerry? Soll ich ihn in meine Pläne einweihen und zum Mitmachen anstiften? Sein Hass auf Umberti ist bestimmt auch ziemlich groß. Doch im Gegensatz zu mir hätte Jerry bestimmt nicht den Mut, einen Menschen zu exekutieren. Wahrscheinlich wäre er allenfalls bereit, Umberti zu überfallen und auszurauben. Aber könnte dabei nicht versehentlich ein Unfall passieren? So eine Nummer müsste man nur sehr sorgfältig vorbereiten, und darin besteht das große Risiko.

Die Alternative wäre, dass ich mich von Jerry trenne. Aber geht das so Knall auf Fall? Ich könnte ihm zwar unter einem Vorwand eine theatralische Szene machen und ihm sagen, dass ich ihn nicht mehr wieder sehen möchte. Doch dann? In diesem Kaff würden wir uns bei nächster Gelegenheit über den Weg laufen. Auf so einer kleinen Insel kann man sich nicht ausweichen. Es bleibt mir also gar nichts anderes übrig, als mit Jerry gemeinsame Sache zu machen.

11. Januar

Rühle schüttelte den Kopf und setzte ein verschwörerisches Grinsen auf. »So einen urlaubsreifen Eindruck machst du doch gar nicht. Wo geht denn die Reise hin, wenn ich fragen darf?«

Nelles bekam einen roten Kopf. »Es ist eine private Sache.«

»Lass mich raten: Fliegst du nach Florida?«

»Jochen, bitte!« Der Hauptkommissar wurde ungeduldig.

»Ich dachte immer, wir sind ein Team«, maulte Rühle gekränkt.

»Ich gehe jetzt zu Bolling und werde ihr verklickern, dass ich wegen einer dringenden Familienangelegenheit Urlaub nehmen muss. Du weißt ja auch, dass ich ziemlich viel Theater mit Anja habe. Das muss sie schlucken. Du hältst hier ein paar Tage die Stellung und nimmst Schwackes in die Zange. Hier ist seine Adresse.« Er reichte seinem Kollegen einen Zettel.

Als Nelles das Büro seiner Vorgesetzten betrat, saß Karin Bolling hinter ihrem Schreibtisch und zog sich gerade vor einem aufklappbaren Make-Up-Spiegel ihre Lippen nach. »Guten Morgen, Herr Nelles!« Ihre Stimme klang gut gelaunt.

Der Hauptkommissar kam sofort zur Sache und schilderte in wenigen eindringlichen Sätzen die augenblicklichen Beziehungsprobleme mit seiner Lebensgefährtin. »Verstehen Sie, dass ich mal ein paar Tage Zeit für Anja und mich brauche?«

Die Oberrätin schaute ihn überrascht an. »Interessant! Bisher habe ich Sie immer für so einen knallharten Macho-Bullen gehalten, der nur seinen Job kennt. Es beruhigt mich richtig, dass Sie auch noch ein Privatleben haben. Aber ich muss Ihnen ja nicht sagen, dass der Zeitpunkt für Ihren Urlaub denkbar ungünstig ist! Haben Sie denn neue Erkenntnisse aus den USA?«

»Wir haben erfolglos versucht, Umberti telefonisch zu erreichen – zu allen Tages- und Nachtzeiten.«

Die Kriminaloberrätin dachte einen Augenblick nach. »Gut, dann kann man zurzeit nicht mehr tun. Sorgen Sie dafür, dass Rühle am

Ball bleibt und mich auf dem Laufenden hält. Und Ihnen wünsche ich ein paar schöne Tage.«

Pierre hatte Jerry am frühen Abend den Vorschlag gemacht, an Umberti Rache zu nehmen und ihn gemeinsam in seinem Haus zu überfallen. Dann wären ihre Geldnöte fürs Erste beseitigt. Jerry hatte sofort zugestimmt und war wie Pierre auf Tonicwater und Cola umgestiegen, weil sie den Plan noch in der selben Nacht mit klarem Kopf in die Tat umsetzen wollten. Jerry war dann allein zu Umbertis Haus in einer ruhigen Seitenstraße der Elizabeth Street spaziert und hatte ausgekundschaftet, dass der Schlagersänger mit einem jungen Mann vor dem Fernseher im Wohnzimmer saß.

»Wir sollten warten, ob er noch aus dem Haus geht«, beharrte Jerry.

»Aber dann müssen wir ihn rund um die Uhr beobachten. Das kann Tage dauern, und bis dahin sitzen wir auf dem Trockenen«, widersprach Pierre. »Wir könnten ihn mit einer Waffe in Schach halten und uns maskieren. Das vermindert das Risiko auf Null. Oder wir brechen nachts ein und betäuben ihn. Vermutlich ist das nicht einmal nötig, weil er sowieso besoffen ins Bett geht. Da du sein Haus ja schon gut kennst, können wir in ein paar Minuten alles ausräumen und verschwinden.«

»Umberti ist nicht der Typ, der einfach die Klappe hält oder um Gnade winselt. Der setzt sich zur Wehr. Und außerdem sind die Bullen innerhalb von Minuten am Tatort. Key West ist ein Dorf. Es gibt nur eine Straße, die von dieser Insel aufs Festland führt.«

»Keiner wird uns erkennen, sollte es unterwegs Polizeikontrollen geben. Wir sind einfach zwei harmlose schwule Touristen, die wieder nach Hause fahren.«

»Okay, okay, vielleicht bin ich übertrieben ängstlich. Lass mich einfach noch mal eine Nacht über unsere Pläne schlafen – mit dir …«

Pierre bemühte sich, seinen Partner liebevoll anzublicken, obwohl er enttäuscht war. »Einverstanden. Für unser letztes Geld können wir uns ja noch einen Drink im *801* genehmigen!«

Doch kaum waren sie kurz vor Mitternacht dort ankommen, blieb Pierre plötzlich stehen und zog Jerry zurück.

»Hey, was ist plötzlich los mit dir?«

Pierre legte seinen rechten Zeigefinger auf die Lippen. »Umberti ist da drin. Ich hoffe, er hat uns nicht bemerkt. Er sitzt mit 'nem jungen Typen an der Theke.«

Eine halbe Stunde später schwankte Diego Umberti aus der Bar. Sein linker Arm umklammerte die Schultern eines blonden Teenagers, der ihm half, einigermaßen geradeaus zu gehen. Sie nahmen den jungen Mann, der gegenüber auf dem Bürgersteig hockte, genauso wenig wahr wie seinen Freund, der scheinbar gelangweilt an einem Laternenpfahl lehnte. Und als sie in die Petronia Street eingebogen waren, merkten sie auch nicht, dass ihnen die beiden Männer in geringem Abstand folgten. Plötzlich tauchte eine Gestalt aus der Dunkelheit auf und kam direkt auf sie zu.

»Mist. Was will der?«, raunte Pierre.

Bevor Jerry antworten konnte, stand ein etwa Zwanzigjähriger in einem durchsichtigen Netzhemd vor ihnen. »Habt ihr eine Ahnung, wo man um diese Zeit noch ein paar nette Jungs trifft?«

»Probier es auf der Duval Street«, antwortete Pierre knapp und wollte weitergehen. Umberti und sein Begleiter waren eben um die Ecke gebogen und außer Sicht.

Doch der Fremde ließ nicht locker. »Habt ihr nicht einen Tipp für mich? Ich bin ganz neu in der Stadt. Wo ist denn was los?«

»Wenn du eine Disco suchst, dann geh ins *Diva's*, da triffst du jede Menge netter Leute.« Jerry hatte plötzlich jede Menge Zeit. »Auf der Suche nach einem One-Night-Stand, stimmt's?«

»Wir haben's eilig. Komm jetzt!«, unterbrach Pierre das Gespräch, doch Jerry und der Fremde beachteten ihn gar nicht. Nach einigen Minuten – Jerry hatte dem jungen Mann versprochen, mal mit ihm auszugehen – gingen sie endlich weiter.

»Bist du bescheuert? Laberst stundenlang mit dieser blöden Tucke, während uns Umberti durch die Lappen geht!« Pierre konnte sich gar nicht beruhigen.

»Ich weiß doch, wo Umberti wohnt. Was regst du dich denn so auf?«

»Und woher willst du wissen, ob er nach Hause gegangen ist?«

Es wurde immer dunkler und ruhiger, je weiter sie sich von der

Duval Street entfernten. Die alten Holzhäuser schienen verlassen, nur das Bellen eines Hundes unterbrach die Stille. Pierre, der noch nie in diesem Teil der Stadt gewesen war, musste höllisch aufpassen, dass er nicht über hochstehende Gehwegplatten stolperte.

»Wir sind gleich da. Übrigens, da vorne ist der Friedhof von Key West. Ist sehr sehenswert!«, sagte Jerry.

»Was? Umberti wohnt direkt am Friedhof?«

»Warum nicht? Hier ist es wenigstens schön ruhig. Warte! Hier ist es.«

Pierre nahm erst jetzt das unscheinbare Haus wahr, das wie die meisten in der Nachbarschaft mit einem weißen Anstrich glänzte. Durch die Jalousie eines der vorderen Fenster schimmerte schwaches Licht, das ein wenig von den Blättern eines Magnolienstrauches im winzigen Vorgarten reflektiert wurde.

»Er scheint zu Hause zu sein.«

Jerry schüttelte den Kopf. »Das Licht hat nichts zu bedeuten. Er lässt es immer brennen, wenn er weggeht. Wir müssen ums Haus gehen, um zu sehen, ob er da ist. Soll ich das lieber allein machen? Einer macht weniger Lärm als zwei.« Ohne eine Reaktion Pierres abzuwarten kletterte Jerry elegant über den Gartenzaun und wurde Sekunden später von der Dunkelheit geschluckt.

Key West, 11.1.
Als ich in der Olivia Street auf Jerry wartete, war mir das Ergebnis von vornherein klar. Ich glaube, Jerry hat entweder riesige Angst vor einem Überfall, oder er hofft insgeheim doch auf eine Versöhnung mit Umberti.

Der heutige Tag hat mir bewiesen, dass man sich nie auf andere verlassen darf. Es war ein Fehler, Jerry in meine Rachepläne gegen Umberti einzuweihen. Er verfolgt ganz andere Interessen. Ich bin mir nicht mal sicher, ob er wirklich sauer auf Umberti ist. Wahrscheinlich würde er sich sogar wieder mit Umberti versöhnen, wenn er eine Gelegenheit dazu hätte. Außerdem ist er nicht gerade der hellste Kopf. Ich habe geahnt, dass er keinen Charakter hat und mich dummerweise trotzdem auf ihn eingelassen. Schon den ganzen Abend zermartere ich mir das Hirn, welche Folgen dieser Fehler für mich haben könnte.

Als Jerry vorhin sauer wurde, weil ich heute keinen Sex mit ihm haben wollte, ging mir für einen Moment ein anderer Gedanke durch den Kopf, wie ich mich aus der Sackgasse befreien könnte. Doch erstens hat mich Jerry nicht direkt so enttäuscht, dass eine richtige Bestrafung gerechtfertigt wäre, und zweitens würde mir eine Exekution in der jetzigen Situation zahlreiche neue Probleme bescheren, zumal mir die Zeit davon läuft.

12. Januar

Über Nacht war die Temperatur unter die Null-Grad-Grenze gefallen. Dünner weißer Pulverschnee lag auf Dächern und Straßen und hatte die Fahrspuren an einigen Stellen in gefährliche Rutschbahnen verwandelt. Wie immer, wenn es in Köln mal schneit, waren die meisten Autofahrer mit der Situation heillos überfordert, und so hatten sich auf den wichtigsten Verkehrsadern längst kilometerlange Staus gebildet. Meter für Meter kämpfte sich Bert Heinrichs mit seinem alten Kadett über die Severinsbrücke vorwärts. Jürgen Nelles auf dem Beifahrersitz wurde immer unruhiger.

»Verflucht! Ausgerechnet heute muss das Wetter verrückt spielen. Wenn das so weitergeht, werde ich den Flieger nie kriegen!«

»Bestimmt geht's gleich schneller, wenn wir auf der Autobahn sind«, beruhigte ihn Bert, doch er traute seinen eigenen Worten auch nicht so recht. »Wie hast du denn Anja deinen ›Urlaubstrip‹ beigebracht?«

»Ich hab es ihr als Dienstreise verkauft.«

»Ist es nicht etwas riskant? Was passiert, wenn sie bei der Kripo anruft?«

»Warum sollte sie? Außerdem ist Rühle der einzige von meinen Kollegen, den sie kennt. Und er ist eingeweiht.«

Sie hatten endlich das Ende der Brücke erreicht. Die Autoschlange bewegte sich langsam vorwärts.

»Meint Anja das mit der Heirat eigentlich wirklich ernst?«, fragte der Florist unvermittelt, als sie auf der A 59 zügiger vorankamen.

»Ich glaube ja«, antwortete der Kommissar, dem die Frage sichtlich unangenehm war. »Immerhin habe ich sie überzeugt, das Thema zu vertagen, bis ich aus Amerika zurück bin.«

»Möchtest du denn überhaupt heiraten?«

»Wenn ich das selber wüsste … Am liebsten würde ich so weiterleben wie bisher. Aber so wie es aussieht, gibt es nur noch zwei Möglichkeiten: Anja zu heiraten oder mit ihr Schluss zu machen.«

Mittlerweile hatten sie die Abfertigungshalle des Köln-Bonner Flughafens erreicht. Bert fand einen Parkplatz auf der oberen Plattform. Nelles nahm seine Tasche aus dem Kofferraum und sah in Berts trauriges Gesicht. Er umarmte ihn, eher brüderlich, klopfte ihm auf die Schulter und sagte: »Ich komme ja wieder.«

Die Sonne stand schon hoch am Himmel und hatte das Zimmer 102 des *Pelican Motels* kräftig aufgeheizt. Der junge Mann wälzte sich unruhig auf die andere Seite des Bettes und tastete im Halbschlaf nach dem Körper seines Partners, doch seine Finger berührten nur zerknautschte Bettlaken. Er wurde sofort hellwach und richtete sich auf. Jerry war nicht mehr da.

Verwirrt stieg der junge Mann aus dem Bett und schaute im Badezimmer nach. Er konnte den Amerikaner nirgends entdecken. Auch dessen Rucksack war verschwunden. Er legte sich wieder hin. Es schien, als sei er wieder auf sich allein gestellt. Endlich konnte er wieder Entscheidungen treffen, ohne auf Jerry Rücksicht zu nehmen. Sollten sich alle seine Probleme so schnell erledigt haben? Bester Laune ging er an das Fenster, um nach dem Wetter zu schauen. Sein Blick streifte die Reisetasche.

Plötzlich entdeckte er das offene Seitenfach, in dem er immer die Brieftasche aufbewahrte. Er war sich hundertprozentig sicher, dass der Reißverschluss gestern Abend noch verschlossen gewesen war. Als er die Tasche kontrollierte, stellte er fest, dass die Brieftasche samt seiner restlichen Reiseschecks fehlte. Und sein Pass war auch verschwunden.

Kommissar Rühle hasste den Kölner Winter, obwohl er in dieser Stadt groß geworden war. Der Gedanke an die bevorstehenden tollen Tage in einem Monat war wenig tröstlich. Er stand auf und ging in das Nachbarbüro. Ein Blick auf den aufgeräumten Schreibtisch von Jürgen Nelles machte ihn nur noch depressiver. Rühle blätterte durch die Prospekte, die Nelles hatte liegen lassen und dachte an sonnige Strände und palmenumsäumte Uferpromenaden, als Oberrätin Bolling eintrat. Schnell ließ er die bunten Broschüren verschwinden.

»Ich habe gute Nachrichten! Ein Detective Valdez von der Metro Dade Police aus Miami hat mich gerade angerufen.«

Rühle schaute sie für Sekunden geistesabwesend an, doch dann war er sofort bei der Sache. »Hat das so schnell mit dem Rechtshilfeersuchen geklappt?«

»Nein, nein, der Antrag läuft noch. Aber die amerikanischen Kollegen haben noch mal den Inhaber dieses Sexshops vernommen, der die Gleitcreme vertreibt.«

»Ja klar! Ich hatte ihnen vor ein paar Tagen das neue und das alte Phantombild rübergeschickt.«

»Genau, das haben sie diesem Ladenbesitzer gezeigt und der hat unseren Mann eindeutig identifiziert.«

»So langsam fügen sich die Steinchen zusammen ... Wie sah er aus, als er die Creme kaufte?«

»So wie auf unserem ersten Phantombild.«

»Wann soll unser Mann in dem Sexshop gewesen sein?«

»Der Ladeninhaber konnte sich nicht mehr genau erinnern. Aber er meinte, es sei so Ende November, Anfang Dezember letzten Jahres gewesen.«

»Ist ja schon etwas länger her. Aber er war sich trotzdem sicher, dass es unser Mann war?«

»Vollkommen sicher. Er hat ausgesagt, dass er sich an so gut aussehende Männer immer genau erinnert.«

»Und welche Sprache hat der ›gut aussehende Mann‹ gesprochen?«

Bollings Blick wurde unsicher, so dass Rühle sofort nachhakte. »Ich meine, hatte er zum Beispiel einen Akzent?«

»Ach so! Angeblich sprach er gutes Englisch mit einem leichten französischen Akzent. Und er hat wohl auch erzählt, dass er französischer Tourist aus Paris sei.«

»Planen Sie auch einen Urlaub, Herr Rühle?«

»Wie kommen Sie denn darauf?« Rühle sprang wie elektrisiert von seinem Stuhl hoch und ging ein paar Schritte auf Karin Bolling zu.

»Sie haben doch gerade Reiseprospekte durchstöbert.«

»Ach so, nein, die gehören Nelles.«

»Zeigen Sie doch mal.«

Rühle wusste, er hatte einen Fehler gemacht. Er reichte der Oberrätin wortlos die Unterlagen.

»Florida? Ist Nelles etwa ...«

»Ich weiß von nichts«, versuchte Rühle es kleinlaut.

Aber Bolling sah ihn scharf an. »Ist Nelles auf eigene Faust nach Florida geflogen? Entweder Sie antworten mir jetzt oder Sie sortieren den Rest ihres Lebens Akten.«

»Ich weiß es wirklich nicht! Er meinte, er wolle sich nach einem preiswerten Last-Minute-Flug umschauen.«

»Geben Sie mir die Telefonnummer von Nelles Verlobter.«

Um die Mittagszeit war die Olivia Street genauso ausgestorben wie in der Nacht zuvor. In seinen Bermuda-Shorts und dem schwarzen T-Shirt sah der junge Mann wie ein ganz normaler Tourist aus. Er überquerte die schmale, holprige Fahrbahn und ging langsam auf das weiße Holzgebäude schräg gegenüber des alten Friedhofs zu. Im grellen Sonnenschein wirkte das Haus wesentlich größer als vergangene Nacht. Sämtliche Jalousien vor den Fenstern zur Straße hin waren auch jetzt geschlossen. Der junge Mann blieb vor Umbertis Haus stehen und sah sich um. Nur eine Katze tippelte über die Straße. Blitzschnell schlüpfte er durch die kleine Pforte in der Mitte des halb hohen Lattenzauns, die dieses Mal nicht verschlossen war. Hinter einem Hibiskus-Strauch verharrte er einen Moment. Nichts regte sich, und obwohl er angestrengt lauschte, konnte er im Haus keinerlei Geräusche ausmachen. Er schlich geduckt weiter, bis er an die Rückseite des Gebäudes gelangte. Ein kleiner Garten mit verschiedenen tropischen Gewächsen lag verlassen vor ihm, und auch die Fenster an der Rückfront sowie die Terrassentür waren fest verriegelt. Der junge Mann richtete sich auf und ging langsam weiter, bis er die Garage erreichte, deren hinterer Bereich als Abstellraum diente. Eine unscheinbare kleine Tür führte zum Garten. Nachdem er sich noch mal vergewissert hatte, dass ihn niemand beobachtete, streifte sich der junge Mann hauchdünne Latex-Handschuhe über. Dann drehte er vorsichtig den Türknopf – und hatte Glück: Der Eingang war nicht verschlossen.

Er ließ die Tür einen kleinen Spalt offen, so dass etwas Tageslicht den Abstellraum erhellte. Als sich seine Augen an die Dunkelheit gewöhnt hatten, erkannte er Gartenmöbel, einen elektrischen Rasenmäher, mehrere Schaufeln, Hacken und Besen sowie einen großen Werkzeugschrank an der Stirnseite. Alles war säuberlich geordnet, und nichts deutete darauf hin, dass die Geräte kürzlich benutzt worden waren. Auf der anderen Seite des Raumes befanden sich zwei Türen. Der junge Mann näherte sich lautlos zuerst der rechten. Sie war ebenfalls unverschlossen und führte zur eigentlichen Garage, die leer war. Nun konnte er sich ziemlich sicher sein, dass Umberti nicht zu Hause war.

Der junge Mann stieß einen leisen Fluch aus, als sich die andere Tür nicht öffnen ließ, und ging zurück zum Werkzeugschrank. Schon nach wenigen Minuten hatte er einen dünnen Draht gefunden und bog ihn zu einem Dietrich, den er dann in das Schloss steckte. Wie erwartet, dauerte es nicht mal zwei Minuten, bis er in Umbertis Küche stand. Auch hier war alles blitzsauber und aufgeräumt. Auf Zehenspitzen schlich er weiter ins Wohnzimmer. Die mediterrane Einrichtung, die er sonst sicher sehr bewundert hätte, nahm er nur beiläufig wahr. Eine Holztreppe führte vom Eingangsbereich in das obere Stockwerk. Vorsichtig stieg er Stufe um Stufe hinauf und gelangte in einen kleinen Flur. Die Türen zum Schlafzimmer, den zwei Gästeräumen und dem Bad standen offen. Im Nu hatte sich der junge Mann überzeugt, dass sich auch hier oben niemand aufhielt.

Auf den ersten Blick konnte er nichts Außergewöhnliches feststellen. Das breite Himmelbett in Umbertis Schlafzimmer sah aus, als sei es längere Zeit nicht mehr benutzt worden. Kein einziges Kleidungsstück lag herum. Die lackierten Holzdielen schienen erst vor ein paar Stunden gewischt worden zu sein, denn der Boden glänzte makellos. Umberti hatte bei früheren Begegnungen eigentlich nie den Eindruck eines ordnungsliebenden Reinlichkeitsfanatikers gemacht. Etwas ratlos schaute sich der junge Mann um. Dann entdeckte er plötzlich zwei Koffer, die unauffällig hinter dem Bett standen. Er wuchtete die Gepäckstücke auf das Bett und öffnete die Deckel. Aus beiden quollen jede Menge Kleidungsstücke, die offensichtlich in großer Eile eingepackt worden waren.

Er verließ das Gebäude wie er gekommen war. Als er die Pforte hinter sich geschlossen hatte, überzeugte er sich wieder, dass ihn keiner beobachtete und zog die Kunststoff-Handschuhe aus. Dann überquerte er die Olivia Street und entfernte sich in Richtung Friedhof. Nach einigen Metern hatte er eine schattige Bank gefunden. Vom Atlantik her wehte eine erfrischende Brise. Allmählich konnte er wieder klarer denken. Die gepackten Koffer und das aufgeräumte Haus ließen eigentlich nur den Schluss zu, dass Umberti verreisen wollte. Wahrscheinlich musste er ein paar Besorgungen machen und würde in Kürze zurückkehren. Dem jungen Mann wurde bewusst, dass er schnell handeln musste.

Die Boeing 747 der Lufthansa landete pünktlich gegen 16.30 Uhr auf dem internationalen Flughafen von Miami. Hauptkommissar Nelles warf einen Blick aus dem kleinen Kabinenfenster. Bis zum Horizont erstreckten sich Lagerhäuser und Hangars, und nur vereinzelte Palmen erinnerten ihn daran, dass er soeben Florida erreicht hatte. Am Himmel waren dicke schwarz-graue Wolken aufgezogen, und erste Regentropfen klatschten schwer auf die endlosen Rollbahnen. Nach einer Stunde hatte Nelles die Kontrollen überstanden und stand vor dem Flughafen-Terminal. Schwüle Hitze schlug ihm entgegen.

Irritiert vom Stimmengewirr der vielen Menschen, die sich in allen Sprachen der Welt verständlich machten, suchte er nach der Autovermietung. Eine lange Menschenschlange, die von zwei restlos überforderten Angestellten abgefertigt wurde, stellte seine Geduld auf eine harte Probe. Nach vierzig Minuten war er endlich an der Reihe. Weitere zwanzig Minuten später saß er in einem kleinen weißen Chevrolet Corsica und steuerte dem East-West-Expressway entgegen. Mittlerweile entlud sich ein kräftiges Gewitter über Miami, die Scheibenwischer kämpften mühsam gegen die Wassermassen an. Nelles kam nur noch im Schritttempo voran. Es dauerte eine Ewigkeit, bis er endlich die Autobahnauffahrt erreicht hatte. Auf dem zehnspurigen Highway herrschte dichter Feierabendverkehr.

Er fühlte sich wie ein Raubtier, das die Witterung seiner Beute aufgenommen hatte und nun unwillkürlich vom Jagdinstinkt immer schneller vorwärts getrieben wurde. In seiner Fantasie sah er sich mit Blaulicht an den anderen Autos vorbei preschen, um nur ja noch rechtzeitig am Tatort zu sein. Endlich entdeckte er den Wegweiser zur Florida Turnpike und nach Key West. Auf der gebührenpflichtigen Schnellstraße ließ der Verkehr schlagartig nach. Eine halbe Stunde später hatte er das Ende der Turnpike erreicht, fädelte sich auf den berühmten Highway 1 ein und nahm Kurs auf die Florida Keys. Grellbunte Reklametafeln mit zuckenden Glühbirnchen, die für verschiedene Fast-Food-Ketten warben, erinnerten ihn daran, dass er seit Stunden nichts mehr gegessen hatte. Er hielt vor einem Drive-in und ließ sich drei Cheeseburger einpacken. Homestead war die letzte Stadt auf dem Festland. Fünf Kilometer weiter tauchte Nelles in das Dunkel der Nacht ein. So weit er im Licht der aufgeblendeten Scheinwerfer erkennen konnte, breiteten sich links und rechts der Fahrbahn endlose Mangrovensümpfe aus. Der Kommissar öffnete das Fenster und schnupperte die salzhaltige Meerluft. Zufrieden beobachtete er im Rückspiegel, wie die Lichter der Zivilisation immer kleiner wurden. Endlich stellte sich das Gefühl von Freiheit ein, das er mit Amerika verband.

Nachdem er einige Stunden durch die Stadt gebummelt war, kehrte der junge Mann am frühen Abend ins *Pelican Motel* zurück. Er hatte in allen bekannten Szenekneipen nach Jerry Ausschau gehalten, doch der junge Amerikaner blieb wie vom Erdboden verschluckt. Erschöpft und ausgehungert schloss Pierre die Tür zu seinem Zimmer auf. Er war völlig überrascht, dass das Licht brannte. Im nächsten Moment entdeckte er Jerry, der sich in einem Minislip auf dem Bett räkelte. Im Fernsehen lief *Roseanne*. Pierre bemühte sich, seine Wut so gut es ging zu unterdrücken und machte auf cool.

»Hattest du einen schönen Tag?«

»Ja, es war ganz nett.« Jerry schien nicht im Mindesten ein schlechtes Gewissen zu haben.

Pierre beschloss, ihn vorsichtig in die Mangel zu nehmen. »Prima, dann geht es ja wenigstens einem von uns gut. Aber ich hätte es sehr aufmerksam gefunden, wenn du mir auch etwas Geld da gelassen hättest. Und ich verstehe erst recht nicht, warum du meinen Pass mitgenommen hast.«

»Oh, das tut mir Leid. Ich war davon ausgegangen, dass du noch genug in deinem Portemonnaie hast. Ja, und den Pass brauchte ich, um die Schecks einzulösen.« Jerry setzte auf einmal eine schuldbewusste Miene auf und begann, an seinem Slip zu fummeln.

»Eigentlich geht es dich gar nichts an, was in meinem Portemonnaie ist«, fuhr Pierre unbeeindruckt mit gefährlich ruhiger Stimme fort. »Wenn du Geld brauchst, besorge es dir selber! Ich kann es auf den Tod nicht leiden, beklaut zu werden! Und jetzt möchte ich die Sachen alle sofort wiederhaben.«

Jerry hatte den Ernst der Lage jetzt erkannt. Wortlos stand er auf und holte aus seinem Rucksack die Brieftasche und den Pass. Von den drei Reiseschecks war noch einer übrig. »Es tut mir alles so fürchterlich Leid, Pierre! Ich wollte die Sachen nicht stehlen – nur borgen. Du siehst, es ist noch alles da.« Er setzte einen betretenen Blick auf.

Pierre fühlte sich etwas erleichtert, weil Jerry offensichtlich gar nicht recht bewusst geworden war, dass in seinem Pass ein anderer Name stand, doch er ließ sich nichts anmerken. »Warum hast du mich nicht wenigstens gefragt, ob ich dir Geld leihe?«

»Du hast noch geschlafen, und ich wollte dich nicht wecken. Bitte, Pierre, du kriegst dein Geld zurück.«

»Und wie willst du das machen?«

»Wir hatten doch ohnehin vor, Umberti auszurauben. Da fällt bestimmt genug ab.«

»Vergiss es! Meinst du, ich hätte Lust mit einem Partner zusammenzuarbeiten, der mich beklaut? Wie soll ich dir denn noch vertrauen? Nein, mein Lieber, das Geld besorgst du schön allein! Du hast doch genug Erfahrung.«

»Bitte, Pierre, gib mir eine Chance!«

Es klang ehrlich, und Pierre überlegte einen Moment, ob er wirklich hart bleiben und Jerry vor die Tür setzen sollte. »Okay, ich gebe dir eine Chance. Wenn du mir das Geld bis morgen früh zurückgibst, vergesse ich die ganze Angelegenheit.«

Um zehn Uhr abends hatte Nelles die Olivia Street gefunden. Er stellte den Wagen gegenüber von Umbertis Haus ab. Mit schnellen Schritten ging er durch die Pforte zur Haustür und klingelte. Nichts rührte sich. Der Kommissar betrachtete aufmerksam alle Fenster und bemerkte hinter den heruntergelassenen Jalousien einen Lichtschimmer. Er drückte wieder auf den Klingelknopf und hörte, wie drinnen ein altertümliches Glockenspiel ertönte. Auch nach dem dritten Versuch blieb alles ruhig. Sein Instinkt sagte ihm, dass hier irgendetwas nicht stimmte. Vorsichtig ging er um das Haus herum in den Garten. Durch die aufgerissenen Wolken schien der Mond fast kreisrund. Im Gebüsch zirpten ein paar Grillen, doch sonst herrschte Totenstille. Nelles beobachtete eine Weile aufmerksam die Rückfront des dunklen Hauses und entdeckte dann die Seitentür zur Garage, die offensichtlich nur angelehnt war.

Nelles schob die Seitentür Zentimeter um Zentimeter nach hinten und erkannte im fahlen Mondlicht schemenhaft die Gartengeräte. Dann fiel ihm ein Baseballschläger ins Auge, der an der rückseitigen Wand hing. Ohne zu zögern nahm er ihn vom Haken und schaute sich weiter um. Das blankpolierte Holz fühlte sich gut in den Händen an und gab Nelles ein sichereres Gefühl. Ganz vorsichtig öffnete er die Tür zum Inneren des Hauses. Das Licht, das er schon von außen gesehen hatte, kam offensichtlich aus dem Wohnzimmer. Der Kommissar hielt den Atem an und lauschte eine Minute lang intensiv. Außer dem Ticken einer Uhr konnte er keine anderen Geräusche ausmachen.

In diesem Moment nahm er einen Schatten wahr, der sich blitzschnell von hinten näherte. Ehe er reagieren konnte, fühlte er einen betäubenden Schmerz auf seinem Schädel. Mit einem gurgelnden Schrei sackte der Kommissar zu Boden. Dann schnürte ihm ein dünner, schneidender Draht die Luft ab. Ihm wurde schwarz vor Augen.

Key West, 12.1.

Jerry, was soll ich bloß mit dir machen? Nach unserem Gespräch vor einigen Stunden haben wir uns erst mal getrennt. Als ich eine halbe Stunde vor Mitternacht zurückkam, saß er schon unten am

Pool und wartete auf mich. Natürlich betrunken wie jeden Abend und vermutlich auch noch bekifft. Zumindest ließen seine roten Augen und sein unmotiviertes Gekichere darauf schließen. Ich habe ihn trotzdem mit aufs Zimmer genommen in dem unbegründeten Glauben, dass er mir mein Geld zurückgibt. Jerry erzählte mir, dass er ein paar alte Freunde getroffen und sich bei ihnen Geld geliehen hätte. Dann seien sie einen trinken gegangen, und leider hätte er nicht richtig aufgepasst. Darum seien nur zwanzig Dollar übrig geblieben. Als er mir den zerknüllten Schein zuwarf, wäre ich vor Wut fast ausgerastet. Ich bin mir sowieso ziemlich sicher, dass die ganze Geschichte erstunken und erlogen ist. Denn wer sollte so einem Loser wie Jerry Geld leihen? Nein, wahrscheinlich hat er mit irgendwelchen alten Säcken zwischendurch eine schnelle Nummer geschoben und dafür kassiert. Aus Frust hat er sich dann hinterher voll laufen lassen.

Natürlich hätte ich Jerry am liebsten direkt vor die Tür gesetzt. Doch ich wollte vorher alle Konsequenzen in Ruhe überdenken. Wenn ich ihm jetzt die Drahtschlinge um den Hals zöge, würde er nichts merken und sanft in die Ewigkeit entschlummern. Doch wie könnte ich ihn unauffällig entsorgen? Dieses Risiko darf ich nicht eingehen. Außerdem möchte ich mir nicht an so einem minderwertigen Kretin die Hände schmutzig machen. Und wenn er fällig wäre, sollte er wenigstens zum Schluss richtig leiden. Nein, ich werde ihn morgen zu Umberti mitnehmen und ein perfektes Schauspiel inszenieren, von dem die Bullen in aller Welt noch in Jahren reden werden. Es wird so aussehen, als ob Umberti, Jerry und der Unbekannte bei einem Eifersuchtsdrama ums Leben gekommen wären. Dass mir dieser Mann heute Abend in die Quere gekommen ist, konnte ich ja nicht ahnen. Eigentlich sah er ganz nett aus. Aber wie sollte ich so schnell erkennen, dass er nicht Umberti war?

13. Januar

Die elegant gekleidete Mittfünfzigerin, die vor dem Hörsaal wartete, war Anja bisher nie begegnet. »Hallo, kann ich Sie einen Augenblick sprechen?«

Anja löste sich aus einer Gruppe von Studentinnen und ging neugierig auf die Frau zu. »Ja?«

»Sind Sie Anja Schlömer?«

Die Studentin nickte.

»Gut, ich muss Sie kurz sprechen«, sagte Kriminaloberrätin Bolling, nachdem sie sich vorgestellt hatte. »Es geht um Jürgen Nelles. Wissen Sie, wo er ist?«

»Aber er macht doch eine Dienstreise«, antwortete Anja verwirrt.

»Von einer Dienstreise ist mir nichts bekannt. Ich weiß nur, dass er eine Woche Urlaub hat.«

Die Studentin schaute sie mit großen Augen an. »Ist das wahr? Ich wüsste aber nicht, warum er mich belügen sollte.«

»Weil er vermutlich auf eigene Faust den Serienmörder fassen will.«

Anja schüttelte verärgert den Kopf. »Das glaub ich nicht.«

»Doch, ich bin mir ziemlich sicher. Deshalb müssen Sie uns helfen, damit er sich nicht in noch größere Schwierigkeiten bringt. Bitte sagen Sie mir alles, was Sie über diese Reise wissen!«

»Wir haben nicht viel darüber gesprochen«, blockte Anja ab.

»Ich möchte nur sicher sein, ob er wirklich in Florida ist oder nicht«, bohrte die Oberrätin weiter.

»Wieso soll Ihnen das sagen? Damit Sie ihm nachher Ärger machen?«

»Den wird er leider bekommen, wenn er sich nicht an die Gesetze hält. Aber möglicherweise ist er auch in großer Gefahr. Und ich möchte ihm helfen. Ich werde mich auch dafür einsetzen, dass keine disziplinarischen Maßnahmen gegen ihn eingeleitet werden, wenn Sie kooperativ sind.«

Anja schluckte. »Okay, er hat erzählt, dass er nach Miami fliegt. Das ist alles, was ich weiß.«

»Haben Sie zufällig sein Flugticket gesehen?«

»Glauben Sie, er betrügt mich?«

Die Kriminaloberrätin grinste mitleidig.

Anja wurde wütend. »Ja, ich habe es gesehen! Und nun lassen Sie mich bitte in Ruhe!«

Karin Bolling verabschiedete sich süffisant und fingerte ihr Handy aus der Handtasche. Die Nummer von Detective Valdez in Miami war bereits gespeichert. Sie erzählte ihrem amerikanischen Kollegen in Stichworten von Nelles' Extra-Tour.

»Ich muss Ihnen wohl nicht sagen, dass wir so etwas gar nicht mögen«, sagte Valdez, nachdem er geduldig zugehört hatte. »Soll ich Ihre Mitteilung nicht lieber informell behandeln? Dann können wir alles auf sich beruhen lassen. Ihr Kollege Nelles ist nur ein Tourist, der gerade hier bei uns Urlaub macht und bekommt von uns keinen Ärger!«

»Das geht leider nicht! Wir befürchten, dass unser Kollege große Probleme bekommt, wenn er auf den Verdächtigen stößt und ihn festnehmen will.«

»Verstehe. Sie möchten, dass wir Nelles helfen. Aber das ist nicht möglich, so lange Ihr Rechtshilfeersuchen nicht genehmigt ist. Das wissen Sie doch.«

»Sicher, ich kann Sie nicht zwingen. Ich habe nur die große Bitte, dass Sie etwas unternehmen. Vielleicht geht das ja auch mal unbürokratisch.«

»Ich will sehen, was ich tun kann.«

Hauptkommissar Nelles stöhnte leise. Er schlug die Augen auf und erblickte eine wildfremde Küche. Durch das Fenster schien hell die Sonne. Vorsichtig tastete er mit den Fingerspitzen seinen Kopf ab. Hinten fühlte er eine dicke Beule. An seiner Fingerkuppe klebte Blut. Nelles stützte sich mit der rechten Hand am Boden ab und versuchte aufzustehen. In diesem Moment hörte er leise Schritte, die sich durch den Garten der Garage näherten. Er suchte nach dem Baseballschläger, konnte ihn jedoch nirgends finden. Einen Zweikampf hätte er in diesem Zustand ohnehin nie überstanden. Deshalb ließ er sich zurück auf die Fliesen fallen und stellte sich tot. Als er die Augen geschlossen hatte, kamen langsam die Erinnerungen an den gestrigen Abend zurück – so wie markante Szenen aus einem Film, den man vor langer Zeit gesehen hat. Sekunden später hörte Nelles, wie die Tür von der Garage zur Küche leise aufgestoßen wurde. Er hielt den Atem an. Sein Herz pochte immer schneller. Er hoffte, keine unkontrollierte Bewegung zu machen. Die Stille war unerträglich. Nur weit entfernt lachten Kinder, und von der Straße drang das Blubbern eines Achtzylinders mit kaputtem Auspuff durch das Küchenfenster. Der Kommissar spürte, dass ihn der Täter begutachtete. Endlich, nach einer qualvollen Minute, hörte er, wie sich die Schritte langsam entfernten. Er blinzelte und sah von hinten einen gut gebauten jungen Mann, der durch die Tür zur Garage verschwand. Es war der junge Mann auf dem Phantombild.

Nelles stieß ein kurzes Dankgebet aus, dass der Killer nicht auf die Idee gekommen war, seinen Puls zu fühlen. Dann rappelte er sich auf und verließ schwankend Umbertis Haus. Hinter der Rückfront ging er sofort in Deckung. Meter für Meter schlich er langsam an der Wand entlang, blieb immer wieder stehen. Seine Schmerzen verschlimmerten sich weiter, und so fasste er den Entschluss, die Jagd nach dem Mörder fürs Erste aufzugeben. Er brauchte dringend ein Hotelzimmer, um seine Wunden zu verarzten und sich etwas auszuruhen.

Hinter der angelehnten Eingangspforte ließ er sich zu Boden sinken und öffnete das Tor einen Spalt. Die Olivia Street lag ruhig und friedlich wie immer vor ihm. Vor einem der Nachbargebäude sonnte sich eine Katze, etwas weiter am Ende der Straße spielten Kinder mit einem Ball. Dann kam ein roter Kleinwagen in sein Blickfeld, der etwa fünfzehn Meter weiter am gegenüberliegenden Bürgersteig parkte. Nelles erhob sich vorsichtig, um das Auto näher in Augenschein zu nehmen, blieb aber hinter dem Lattenzaun verborgen. Als er durch die Ritze zwischen den Holzplanken lugte, bestätigte sich seine Vermutung: In dem Fahrzeug saßen zwei Männer, die offensichtlich Umbertis Haus beobachteten. Die Haare des einen, der hinter dem Lenkrad saß, leuchteten hell in der Sonne. Der

Kommissar ließ sich zu Boden sinken und blieb auf dem Rasen sitzen. Er war der Verzweifelung nahe. Der Rückweg zu seinem Wagen war abgeschnitten, und vermutlich würden der Mörder und sein Komplize noch Stunden auf Umberti warten. Nelles überlegte einen Augenblick, ob er zurück ins Haus gehen sollte, um telefonisch Hilfe zu holen. Doch wie sollte er der Polizei erklären, warum er in ein fremdes Gebäude eingedrungen und dort überfallen worden war? Ihm blieb nichts weiter übrig, als auszuharren. Da er damit rechnete, dass die Täter wieder ins Haus zurückkamen, war es in jedem Fall ratsam, ein Versteck zu suchen. Er sondierte die Lage und entdeckte einen großen Magnolienbusch an der Grenze zum Nachbargrundstück. Auf allen Vieren robbte der Kommissar hinter den Strauch und stellte zufrieden fest, dass er ausreichenden Sichtschutz bot, selbst wenn er sich flach auf dem Boden ausstreckte. Als er in Ruhe hinter dem Gebüsch lag, machten sich seine Schmerzen umso heftiger bemerkbar. Außerdem war ihm übel vor Hunger. Er war mit seinen Kräften buchstäblich am Ende. Er schloss die Augen und versuchte, sich abzulenken. Minuten später fiel er in einen tiefen Schlaf.

Eine Stunde später wachte der Hauptkommissar schweißgebadet auf. Als er die Augen öffnete, blendete ihn gleißendes Sonnenlicht. Die Strahlen trafen genau seinen Körper, und er stellte fest, dass er viel zu dick angezogen war. Er entkleidete sich bis auf das T-Shirt und die Boxershorts und hockte sich im Schneidersitz hinter den Magnolienbusch. Glücklicherweise hatten die Schmerzen etwas nachgelassen, doch sein leerer Magen rumorte umso lauter. Plötzlich hörte er Schritte vor der Eingangspforte. So schnell es ging kroch er noch dichter in das Gehölz. Durch die Blätter konnte er so gerade erkennen, wie der mutmaßliche Mörder und sein Komplize zügig um das Haus herum in Richtung Garten gingen. Offensichtlich waren sie sich ihrer Sache so sicher, dass sie sich vor dem Gebäude gar nicht weiter umschauten. Im nächsten Moment waren sie verschwunden. Das war seine Chance. Der Kommissar packte schnell seine Jeans und sein Hemd und schlich geduckt zur Pforte. Er rannte die letzten Schritte bis zu seinem Mietwagen. Dann fasste er in die Hosentasche, um den Autoschlüssel herauszuholen. Er griff in die rechte, dann in die linke Tasche, doch der Schlüssel war nicht da. In panischer Angst lief er ein Stück die Straße hinunter, um sich den Blicken des Killers zu entziehen. In diesem Augenblick näherte sich langsam von vorne eine große graue Limousine. Nelles warf seine Kleidung fort, sprang auf die Fahrbahn und winkte mit beiden Armen, um das Auto anzuhalten. Es war der letzte Strohhalm, an den er sich noch klammern konnte.

»Sir, was ist passiert? Ist mit Ihnen alles in Ordnung?« Ein stattlicher Mann stieg aus dem Crown Victoria. Er kam auf Nelles zu und nahm seine Sonnenbrille ab.

»Ich bin überfallen worden«, stammelte der Hauptkommissar. »Können Sie mich zum Hotel bringen?«

»Kein Problem. Aber zuerst möchte ich wissen, was genau passiert ist. Steigen Sie ein!«

Detective Valdez hielt die Beifahrertür auf und zeigte seinen Dienstausweis, nachdem er hinter dem Lenkrad Platz genommen hatte.

Nelles entschied sich sofort, dem amerikanischen Kollegen die Wahrheit und nichts als die Wahrheit zu erzählen, denn schlimmer konnte es ohnehin nicht mehr kommen.

»Sie können Ihre Kräfte schonen. Ich kenne die Story bereits«, unterbrach ihn der Detective nach wenigen Sätzen kühl. »Sagen Sie mir lieber, wann und wo Sie überfallen wurden.«

»Dort drüben in Umbertis Haus. Und die Täter sind da drin.«

Valdez schaute ihn wie elektrisiert an. »Warum sagen Sie das nicht gleich? Wie viele Verdächtige sind da drin?«

»Zwei!«

»War nicht immer von *einem* Verdächtigen die Rede?«

»Sicher, doch neuerdings scheint er einen Komplizen zu haben.«

»Etwas ungewöhnlich für einen Serienkiller.« Valdez schaute Nelles zweifelnd an.

Der zuckte mit den Schultern und fühlte sich völlig mies – wie ein Anfänger auf der Polizeischule.

»Sind die beiden bewaffnet?«

»Keine Ahnung, ob sie eine Schusswaffe haben.«

»Egal! Ich werde sie jetzt festnehmen, bevor wir noch mehr

Zeit verlieren!« Er nahm eine Pistole aus dem Handschuhfach und steckte sie in sein Schulterhalfter.

»Wollen Sie nicht lieber Verstärkung anfordern? Die zwei sind sehr gewalttätig«, wandte Nelles ein, doch der Cop winkte ab.

»Das schaffe ich schon allein! Aber Sie bleiben hier und rühren sich nicht von der Stelle. Ihr Vorgehen wird sowieso Konsequenzen haben.«

Nelles schaute ihm nach. Eine ohnmächtige Wut stieg in ihm hoch. Er hatte den Killer Tausende von Kilometern bis hierhin verfolgt. Er hatte seit November seine gesamte Zeit geopfert, diesen Mann zu fassen und dabei sogar seine Beziehung zu Anja aufs Spiel gesetzt. Und jetzt kam irgend so ein cooler amerikanischer Cop daher und brachte ihn um die Früchte seiner Arbeit. Die Welt war ungerecht.

Fünf Minuten waren vergangen, seit Detective Valdez hinter Umbertis Haus verschwunden war. Eine junge Frau mit einem Kinderwagen spazierte die Olivia Street hinunter in Richtung Friedhof. Als sie den deutschen Kommissar durch das offene Fenster des zivilen Polizeiwagens sah, wandte sie ihren Kopf betreten zur Seite. Nelles betrachtete sich im Spiegel der Sonnenblende und bemerkte erst jetzt, dass er wie ein Penner aussah: Sein Hals war rot angeschwollen, das Gesicht verdreckt und die Haare vollkommen zerzaust. Außerdem trug er noch immer seine Unterwäsche, auf der das feuchte Gras unappetitliche Flecken hinterlassen hatte. Ihm fiel ein, dass seine Hose und sein Hemd noch auf der Straße lagen, und er stieg aus.

Plötzlich hörte er eilige Schritte hinter seinem Rücken. Nelles drehte sich blitzschnell um und erkannte die beiden Verdächtigen, die gerade ihr Auto erreicht hatten. Bevor er einstieg, schaute sich der kurzhaarige Blonde um und erkannte sein Opfer von gestern Abend. Im Sonnenlicht schimmerte plötzlich eine Pistole in seinen Händen. Geistesgegenwärtig warf sich der Kommissar vor dem Polizeiwagen zu Boden. Fast gleichzeitig schlug eine Kugel krachend in den vorderen rechten Kotflügel des Autos ein. Zwei weitere Schüsse fielen. Dann hörte Nelles nur noch, wie der Motor des roten Toyotas gestartet wurde und das Auto mit quietschenden Reifen davonbrauste.

Schmerzen, Müdigkeit und Hunger – plötzlich war alles nebensächlich. Irgend etwas musste in Umbertis Haus schief gelaufen sein, und wahrscheinlich hatte Valdez dabei den Kürzeren gezogen. Das war seine neue Chance. Nelles bewegte sich vorsichtig auf das Gebäude zu. Der Detective lag im Abstellraum hinter der Garage und stöhnte leise.

»Soll ich einen Krankenwagen rufen?«, fragte Nelles als Erstes, nachdem er seinen Kollegen aufgestöbert hatte.

»Nein, nein, es geht schon ...«, murmelte Valdez und öffnete die Augen. »Ich möchte die örtliche Polizei möglichst aus diesem ganzen Schlamassel hier heraus halten, verstehen Sie?«

»Klar. Wir haben uns beide heute nicht gerade mit Ruhm bekleckert.«

»Das kann man wohl sagen. Je weniger Leute über uns lachen – desto besser.«

»Was wollen Sie jetzt tun? Glauben Sie immer noch, Sie würden mit den beiden Tätern allein fertig?«

»Nein – wir werden gleich in Ruhe einen Schlachtplan schmieden. Helfen Sie mir mal bitte auf die Beine!«

Nelles zog seinen Kollegen hoch, was ihm einige Mühe bereitete. Valdez war wohl in seinem Alter, aber bestimmt doppelt so breit und einen halben Kopf größer. Der Cop betupfte mit einem Taschentuch sein Gesicht. Erst jetzt erkannte der Hauptkommissar, dass die Nase des Detectives dunkelrot und unnatürlich angeschwollen war. Auf der Stirn und am Kinn waren Platzwunden, die immer noch bluteten.

»Was ist denn eigentlich hier passiert?«

»Ich bin richtig in die Falle getappt.« Valdez hatte Mühe zu sprechen, da er nur noch durch den Mund atmen konnte. »Einer der beiden Jungs hatte sich in der Garage versteckt, der andere in der Küche. Gerade in dem Augenblick, als ich die Tür zur Küche öffnete, hat sie mir der eine mit voller Wucht vor den Kopf gehauen. Ich verlor das Gleichgewicht und kippte nach hinten. Als ob das nicht gereicht hätte, hat dann der andere auch noch mit dem Baseballschläger zugeschlagen. Dann wurde ich ohnmächtig.«

»Sie haben ganz schön was abbekommen. Ihre Nase ist wahrscheinlich gebrochen. Und eine Gehirnerschütterung haben Sie bestimmt auch.«

Der Detective grinste säuerlich. »Warum sollte es mir besser gehen als Ihnen? Wir werden gleich als Erstes ins Krankenhaus fahren und uns untersuchen lassen.«

»Bis dahin dürften die Täter über alle Berge sein!«

»Hier auf den Keys werden sie nicht weit kommen. Haben Sie sich das Kennzeichen ihres Wagens gemerkt?«

Nelles schüttelte resigniert den Kopf. »Nein. Es ging leider alles viel zu schnell. Ich habe nur gesehen, dass sie einen roten Toyota fuhren.«

»Besser als gar nichts.« Valdez fasste an sein Schulterhalfter und wurde bleich. »Du lieber Himmel! Das kann wohl nicht wahr sein.«

»Ist Ihnen schlecht? Soll ich doch lieber Hilfe holen?«, fragte Nelles fürsorglich.

»Nein, nein, ich bin okay. Nur meine Pistole ist verschwunden.«

Der Hauptkommissar ahnte, was passiert war. »Dann war es bestimmt die, mit der einer der Täter auf mich geschossen hat!«

Fünf Minuten später saßen die beiden verletzten Polizisten in Valdez' grauem Ford. Der Detective hatte soeben die Kollegen von der Verkehrspolizei informiert und eine Fahndung nach dem roten Toyota veranlasst.

»So, jetzt fahren wir ins Krankenhaus.« Valdez startete den Motor.

»Und wie soll es nun weitergehen?«, fragte der Hauptkommissar, als sie gegen 20.30 Uhr in ein Straßencafé an der Duval Street einkehrten. Sie hatten das Krankenhaus unter dem ausdrücklichen Protest der Ärzte verlassen.

»Die Verkehrspolizei hat ihre Streifen auf der gesamten Strecke bis hinauf nach Homestead verstärkt. Wir können nur hoffen, dass uns die beiden Fische in den nächsten Stunden bei einer Kontrolle ins Netz gehen.« Valdez zuckte die Schultern.

»Ich halte das nicht aus, hier herumzusitzen und Kaffee zu trinken. Wir sollten gleich noch mal bei Umberti vorbei fahren. Vielleicht ist er inzwischen zurückgekehrt.« Nelles rutschte unruhig auf seinem Stuhl hin und her.

»Das können wir gerne machen, obwohl ich glaube, dass es nicht viel bringt.«

»Er könnte ja auch mit dem Boot unterwegs sein. Das sollten wir als Erstes überprüfen. Ich weiß wo es liegt und wie es heißt.«

»Ich sehe schon, wir werden ein gutes Team, auch wenn Sie mir eigentlich nicht einmal bei der Arbeit zugucken dürften. Ich bin Leon.« Er streckte sein Hand aus.

Nelles schaffte es gerade noch, seinen Vornamen zu sagen, als ein roter Toyota von der Fleming in die Duval Street einbog. Der Kommissar konnte auf die Entfernung zwar sehen, dass zwei Personen in dem Wagen saßen, diese jedoch nicht genau erkennen. Er stand ruckartig auf und ging näher zum Straßenrand. Valdez warf eine Fünf-Dollar-Note auf den Tisch und folgte dem Hauptkommissar. Inzwischen rollte der Toyota langsam an ihnen vorbei. Die beiden jungen Männer waren durch die Hamburger abgelenkt, die sie gerade verspeisten.

Nelles stieß dem Detective in die Seite. »Sie sind es, kein Zweifel. Los, hinterher!«

Der große graue Ford parkte einen Block entfernt in einer Seitenstraße, auf der Hauptstraße waren alle Parkplätze besetzt gewesen. Obwohl die beiden Polizisten Trab liefen, dauerte es ein paar Minuten, bis sie das Fahrzeug erreicht hatten. Sie wendeten mit quietschenden Reifen und bogen dann in die Duval Street ein. Der Detective wollte das Blaulicht auf dem Dach befestigen, doch Nelles protestierte.

»Was soll das, Leon? Wir müssen sie doch erst aufspüren und wissen nicht mal, in welche Richtung sie gefahren sind.«

»Lass uns ein Stück stadtauswärts fahren. Vielleicht treffen wir sie noch vor einer Tankstelle oder einem Laden.«

»Na gut. Versuchen wir's!«

Valdez bog in die Truman Avenue ein. Vor ihnen war eine lange Schlange von Fahrzeugen. Die meisten hatten Kennzeichen aus anderen Bundesstaaten. Zwei Kreuzungen weiter kam die Karawane an einer roten Ampel zum Stillstand. Valdez hatte Schweißperlen auf der Stirn.

»Wir suchen die Nadel im Heuhaufen. Ich gebe langsam die

Hoffnung auf, dass wir sie noch finden. Vielleicht haben unsere Kollegen mehr Glück.« Er griff zum Funkgerät und gab eine neue Fahndung für den Bereich Key West heraus.

»Da sind sie!« schrie Nelles auf einmal.

Jetzt sah auch Valdez, wie sich ein roter Toyota von einem Parkplatz vor einem Schnapsladen langsam in die Autoschlange einreihte, die sich im Schritttempo vorwärts bewegte. Er schaltete die Sirene ein und brachte das Blaulicht auf dem Dach an. Die mutmaßlichen Täter waren sechs Autos vor ihnen.

»Gleich haben wir sie!« Der Detective rieb sich die Hände. Doch sie kamen nicht von der Stelle, denn die Straße war so eng, dass die Fahrzeuge vor ihnen nicht ausweichen konnten. Auf der Gegenfahrbahn stauten sich die Wagen ebenfalls Stoßstange an Stoßstange.

Inzwischen hatten die Täter gemerkt, wie dicht die Polizei ihnen auf den Fersen war. Sie nutzten ihre letzte Chance und bretterten über den Parkplatz eines Supermarktes in die nächste Seitenstraße. Valdez versuchte, ihnen über den Bürgersteig zu folgen. Mehrere Passanten, die das Schauspiel neugierig verfolgten, stoben zur Seite. Doch einige Meter weiter war die Durchfahrt zwischen einer Hauswand und einem Verkehrsschild so eng, dass der Crown Victoria nicht hindurchpasste. Valdez bremste genervt ab. Die anderen Fahrer bemühten sich, auszuweichen, aber es vergingen wertvolle Minuten, bis die Polizisten endlich den Parkplatz erreicht hatten und dem Toyota in die Seitenstraße folgen konnten.

»Meinst du, sie halten sich noch hier in der Gegend auf?«, fragte Nelles skeptisch, nachdem sie zehn Minuten alle Seitenstraßen zwischen der White und der Packer Street bis hinunter zum Strand abgesucht hatten. Nelles spürte, dass seine Reserven langsam erschöpft waren. Ein paar Mal war er kurz davor, einzunicken. Er brauchte dringend ein schönes Schaumbad und ein gutes Bett. Valdez lenkte den Wagen jetzt über den Highway 1 durch weit gezogene Kurven und über endlos lange Brücken. Dabei suchte er mit Adleraugen die Straße ab und alles, was sich links und rechts am Rand befand.

»Leon, es hat keinen Zweck. Wir finden sie doch nicht mehr. Entweder ist ihr Vorsprung zu groß, oder sie sind über irgendeine dieser kleinen Seitenstraßen gefahren und haben sich in den Mangroven versteckt«, meinte Nelles.

»Okay, ich bring dich noch ins Hotel.«

Als der Detective eine halbe Stunde später vor dem *Holiday Inn* parkte, schlug Nelles die Augen auf.

»Ich hätte euch Deutschen ein wenig mehr Durchhaltevermögen zugetraut. Na ja, wenn ich ehrlich bin, fühle ich mich auch nicht mehr besonders frisch. Aber ein Bier musst du noch mit mir trinken«, lud Valdez ihn ein.

Key West, 13.1.
Ich habe schon lange nicht mehr in einem Auto übernachtet. Aber zurzeit ist es das Sicherste. Allein hätte ich gar nicht hierher zu diesem einsamen kleinen Strand gefunden. Aber Jerry war schon ein paar Mal mit dem Moped hier gewesen und hat die versteckten Nebenstraßen auch prompt wieder gefunden. Ein idealer Ort für ein Versteck. Jerry hat sich schon mit seinem Schlafsack ans Wasser gelegt und pennt wie üblich. Ich bin so aufgewühlt von den Ereignissen des Tages, dass ich wahrscheinlich kaum Schlaf finden werde, obwohl ich eigentlich todmüde sein müsste. Nach dem Zusammenstoß mit den Bullen ist mir klar geworden, dass ich wohl nicht umhin komme, auch Menschen zu töten, die ich nicht bestrafen muss. Es ist Notwehr.

Ich freue mich, dass Jerry wieder an meiner Seite ist, weil ich es allein gegen diese Übermacht noch schwerer hätte. Als er mir heute Mittag mein Geld zurückgegeben hat, war der Streit für mich erledigt. Ich weiß zwar nicht, woher er es hatte, aber das spielt jetzt auch keine Rolle mehr. Jedenfalls konnte ich Jerry sofort mit meiner Story überzeugen, dass ich nur bei Umberti einbrechen wollte, um ein paar wertvolle Sachen zu klauen und der Bulle mich dabei überrascht hätte. Da er in allen Cops Feinde sieht, war es ein Leichtes, mit ihm die Flucht vorzubereiten. Meine wahre Geschichte wird er aber nie erfahren.

14. Januar

Der alte Buick rollte gemächlich die kleine Landstraße hinunter und blieb dann auf dem Seitenstreifen stehen. Eine junge Frau und ein junger Mann stiegen aus und streckten sich. Das Nummernschild des Wagens verriet, dass sie aus New York kamen. Sie sahen übernächtigt aus – als ob sie die ganzen 2000 Kilometer nonstop hierher gefahren wären.

»Wayne, schau mal, ein richtiger Korallenstrand!« Die junge Frau war entzückt.

Ihr Freund war bereits an das Ufer gegangen. »Ich bin gespannt, ob das Wasser warm genug ist, um zu schwimmen. Hey, Maureen, lass uns ein Bad nehmen!« Innerhalb von Sekunden hatte er sich bis auf seine Unterhose entkleidet und mit einem Bauchklatscher ins Wasser geworfen. Seine Freundin hüpfte unbeschwert hinterher.

Wie aus dem Nichts standen plötzlich zwei junge Männer vor ihnen, als sie sich abtrockneten. »Na ihr zwei Süßen, macht ihr Honeymoon in Florida? Wir haben eine schöne Überraschung für euch«, meinte der Blonde. »Wir machen jetzt alle zusammen einen kleinen Ausflug mit eurem Wagen.«

»Was soll das? Was wollt ihr von uns?«, Waynes Stimme zitterte.

»Das werdet ihr schon sehen. Los, zieht euch an!«, befahl der blonde junge Mann kalt.

»Und wenn wir das nicht tun?«, wollte Maureen wissen. Sie verstummte sofort, als der andere Mann wortlos eine Pistole auf sie richtete. Schweigend streifte das Pärchen Jeans und T-Shirts über und starrte die beiden Männer feindselig an.

»Wundervoll, wie ihr das macht. Wenn ihr tut, was wir euch sagen, passiert auch nichts. So, und jetzt dreht euch um!« Der Blonde holte ein Seil aus seinem Rucksack und fesselte zunächst Maureens und Waynes Hände, während sein Partner unverändert mit der Waffe auf sie zielte. Dann mussten sie sich auf die Ladefläche des Buicks legen. Als auch ihre Füße verknotet waren, knebelte sie der Blonde noch fachmännisch, bedeckte sie mit einer dreckigen

Plane und schloss die Heckklappe. Sein Partner hatte sich inzwischen hinter das Steuer gesetzt und startete den Motor. Drei Kilometer weiter verließen sie die kleine Nebenstraße und bogen nach rechts auf den Highway 1 in Richtung Miami.

Nelles saß mit Valdez auf der Gartenterrasse des *Mango* und verzehrte ein riesiges Kräuteromelette. Der Detective begnügte sich mit einem Schinken-Croissant. Es war kurz nach neun, und sie waren die ersten Gäste. Auf der Duval Street, die am Café vorbei führte, war es noch völlig ruhig.

»So, jetzt werde ich mal hören, was es Neues gibt.« Valdez wischte sich seine Hände an einer Serviette ab und griff zu seinem Handy. Dann führte er ein kurzes Gespräch, redete aber so leise, dass Nelles nichts verstehen konnte. Der Kommissar beobachtete jedoch, wie sich Sorgenfalten auf Valdez' Stirn ausbreiteten. Er klappte das Mobiltelefon zusammen. »Es sieht schlecht aus. Jetzt sind sie uns wohl endgültig entkommen. Vor einer Viertelstunde hat eine Streife den Toyota gefunden – an einer einsamen Landstraße auf Stock Island. Das ist die Nachbarinsel. Von den Verdächtigen jedoch keine Spur. Der Wagen wird zurzeit untersucht. Aber so, wie es auf den ersten Blick scheint, haben sie nichts Brauchbares hinterlassen.«

»Vielleicht wenigstens Fingerabdrücke!«

»Danach wird noch gesucht.«

»Viel wichtiger ist natürlich die Frage, wie sie weitergekommen sind. Vielleicht haben sie ein Auto gestohlen.«

»Davon gehe ich auch aus. Allerdings liegen bisher keine Anzeigen über gestohlene Fahrzeuge vor.« Der Detective leerte seine Kaffeetasse. »Ich habe vorsorglich veranlasst, dass die Streifen auf dem Highway 1 verstärkt patrouillieren. Außerdem werden sie bei Key Largo sofort eine Straßensperre einrichten. Eigentlich können sie uns dann nicht entkommen.«

»Wenn sie tatsächlich nach Miami unterwegs sind. Hast du daran gedacht, einen Hubschrauber einzusetzen? Vielleicht verstecken sie sich ja wieder auf irgendwelchen Nebenstraßen.«

»Das können wir natürlich machen. Ich verspreche mir aber nicht sehr viel davon, so lange wir nicht wissen, mit welchem Fahrzeug sie unterwegs sind. Okay, ich kümmere mich darum. Du könntest dich in der Zwischenzeit noch mal nach Umberti umschauen. Vielleicht ist er ja mittlerweile wieder in der Stadt. Wir treffen uns hier in zwei Stunden wieder.«

»Mir gefällt das überhaupt nicht. Ist dir aufgefallen, wie viele Cops hier herumfahren? Viel mehr als sonst.«

»Soll'n sie doch! Bisher haben sie uns jedenfalls in Ruhe gelassen.«

Die beiden jungen Männer sahen mit ihren Langhaar-Perücken aus wie Hippies und fielen in dem klapprigen Buick gar nicht weiter auf. Soeben hatten sie Marathon hinter sich gelassen, und jetzt fuhren sie gemütlich weiter, immer darauf bedacht, alle Verkehrsregeln genau einzuhalten. Plötzlich dröhnte der Rotor eines Hubschraubers aus der Luft.

»Jetzt sind wir geliefert.« Jerrys Miene war wie versteinert.

»Mann, uns kann nichts passieren. Die Cops kennen doch gar nicht unser Auto!«

»Verdammte Scheiße! Warum musstest du eigentlich unbedingt dieses Pärchen mitnehmen? Sie könnten uns in größte Schwierigkeiten bringen, wenn wir in eine Kontrolle geraten!« Jerry wurde nervös.

Pierre, der am Steuer saß, lächelte ihn von der Seite an. »Erstens wollte ich nicht, dass sie uns an den nächsten Bullen verpfeifen, und zweitens können sie uns bei einer Kontrolle wertvolle Dienste leisten, als Geiseln nämlich. Wenn du ihnen die Knarre an den Kopf hältst, wird es kein Cop wagen, sich uns in den Weg zu stellen.«

»Bist du vollkommen verrückt? Das Ding ist mir eine Nummer zu groß! Weißt du eigentlich, wie viele Jahre Knast auf Kidnapping stehen?«

»Da wir sowieso schon wegen Mordversuchs gesucht werden, macht das die Sache auch nicht schlimmer. Und außerdem hoffe ich, dass es nicht so weit kommt. Übrigens wollte ich dir schon die ganze Zeit sagen, dass dir lange Haare sehr gut stehen.«

Gegen Mittag klopfte es an die Tür von Nelles' Hotelzimmer. Der Hauptkommissar ruhte sich gerade auf seinem Bett aus. Immer noch plagten ihn dumpfe Kopfschmerzen, und außerdem schmerzte sein Hals. Er stand auf und öffnete. Es war Valdez.

»Oh, habe ich dich gerade bei deiner kleinen Siesta gestört?«

»Ich würde lügen, wenn ich behauptete, dass ich mich völlig fit fühle.«

»Macht ja nichts! Jedenfalls wissen wir jetzt ein wenig mehr. Der Toyota wurde bei Budget gemietet. In Miami am 8. Januar gegen siebzehn Uhr. Von einem Mann namens René Villard, der sich mit einem französischen Pass auswies. Merkwürdig, nicht? Denn nach meinen bisherigen Informationen sucht ihr doch einen Deutschen!« Der Detective klang ungehalten.

»Wir wissen inzwischen, dass der Verdächtige so fließend Deutsch wie Französisch spricht. Das haben einige Zeugen bestätigt«, erklärte Nelles. »Vielleicht wurde er in Frankreich geboren und ist später nach Deutschland gekommen. Jedenfalls haben alle Zeugen bestätigt, dass der verdächtige Manuel heißt.«

»Da könntest du richtig liegen. Zumindest gibt es in keiner Polizeikartei einen René Villard.«

»Wahrscheinlich hat er einen falschen Pass.«

»Das macht die Sache nicht gerade einfacher. Doch dafür wissen wir ein bisschen mehr über den anderen Täter. Er heißt Jerry Fuller und ist schon ein paar Mal mit dem Gesetz in Konflikt gekommen. Prostitution, Diebstahl –nichts Weltbewegendes.« Er zeigte Nelles ein Polizeifoto.

»Sieht nicht sehr sympathisch aus, der Junge. Hat er gesessen?«

»Bisher nicht. Aber seine Bewährungsstrafe läuft noch.«

»Wegen Prostitution?«

»Unter anderem. Was ist mit Umberti?«

»Umbertis Boot liegt friedlich im Yachthafen vor Anker. Der Hafenmeister konnte sich noch erinnern, dass Umberti in den vergangenen Wochen öfter mit einem jüngeren Mann unterwegs war, auf den die Beschreibung von diesem Fuller passt. Anschließend war ich wieder in der Olivia Street, doch dort ist alles unverändert. Ich meine, du solltest das Haus und den Garten so schnell wie möglich kriminaltechnisch untersuchen lassen. Vielleicht finden sich ja noch ein paar verwertbare Spuren.«

»Die Jungs aus Miami sind bereits unterwegs. Aber ich habe keine großen Hoffnungen, dass wir etwas finden. Denn auch an dem Mietwagen gab es keine verwertbaren Spuren. Die Verdächtigen hatten innen und außen alle Stellen gesäubert, an denen sich mögliche Fingerabdrücke befanden. Nicht einen Papierfetzen haben meine Leute gefunden. Dein Serienmörder ist wirklich mit allen Wassern gewaschen. Meine letzte Hoffnung bleibt vorläufig die Straßensperre in Key Largo. Wenn sie uns dort nicht ins Netz gehen, sehe ich schwarz!«

Die beiden jungen Männer hatten inzwischen mit ihren Geiseln einige Kilometer vor Key Largo die Stelle erreicht, wo der Highway 1 in eine vierspurige Schnellstraße überging. Die endlose Karawane von Urlauber-Autos kam plötzlich zum Stehen. In der Ferne zuckten blaue Lichter auf mehreren Streifenwagen wie kleine Blitze. »Scheiße, ich habe es gewusst! Jetzt sind wir geliefert!« Jerry riss sich völlig hysterisch das Haarteil vom Kopf.

»Bist du verrückt? Lass um Gottes Willen die Perücke auf und dreh jetzt nicht durch!« Pierre fuhr langsam weiter und bog dann unvermittelt rechts in eine unbefestigte Seitenstraße ein.

»Was hast du eigentlich vor?«

»Uns in Sicherheit bringen!« Pierre schaute immer wieder in den Rückspiegel. »Siehst du, sie haben nichts bemerkt. Keiner folgt uns.«

»Hier wimmelt es bestimmt überall von Cops! Das bringt doch nichts!«

»Halt endlich die Schnauze, Jerry. Wenn du dafür keine Nerven hast, kannst du gerne aussteigen.«

»Ich habe eine Scheiß-Angst. Mann, wir werden beide im Knast landen.«

»Also: was ist? Soll ich anhalten?«

Jerry verstummte.

Pierre lenkte den Kombi auf einen Feldweg, der in Richtung Meer führte. Nach etwa drei Kilometern versperrte dichtes Gebüsch die Fahrbahn. Durch das offene Fenster wehte eine salzige Brise.

»Und jetzt? Sollen wir zu Fuß weiter oder etwa schwimmen?« Der junge Amerikaner zitterte vor Angst.

»Reiß dich zusammen.« Pierre gab wieder Gas und bugsierte den Wagen in eine Lücke im Gehölz, die gerade die Ausmaße einer Garage hatte. »So, sollten sie wieder mit Hubschraubern kommen, werden sie uns hier nicht auf Anhieb finden!«

Detective Valdez' Mobiltelefon piepte. Gerade war er mit Nelles unterwegs zum Polizeirevier von Key West. »Oh, Lady, Sie sind es! Ja, Sie haben Glück. Er sitzt hier gerade neben mir im Auto.« Der Detective reichte das Handy weiter. Nelles sah ihn fragend an. »Nehmen Sie schon! Ihre Chefin.«

Der Hauptkommissar sah auf die Uhr. »Frau Bolling, Sie sind immer noch im Büro? Bei Ihnen müsste es doch schon acht sein.«

»Was sollen Ihre dummen Scherze? Sagen Sie mir lieber, was Sie eigentlich da drüben in Florida treiben!«

Der Kommissar schluckte. »Gut, ich gebe zu, dass ich mich hier ein wenig nach Umberti umgeschaut habe«, sagte er kleinlaut.

»Ihre privaten Ermittlungen werden ein Nachspiel haben. Das ist Ihnen doch wohl klar? Aber darüber sprechen wir, wenn Sie wieder in Köln sind. Hat es sich wenigstens gelohnt, dass Sie Kopf und Kragen riskiert haben?«

»Wir sind dem Täter auf der Spur.« Nelles berichtete ihr knapp den neuesten Stand.

»Na gut, dann hatten Sie offensichtlich doch den richtigen Riecher«, fuhr die Oberrätin in moderatem Ton fort. »Übrigens haben Sie unwahrscheinliches Glück. Vor einer Stunde wurde unserem Rechtshilfeersuchen stattgegeben. Ich wünsche Ihnen viel Erfolg! Und fassen Sie endlich den Täter!«

Bevor der Kommissar antworten konnte, hatte sie aufgelegt.

Die beiden jungen Männer hatten ihre beiden Opfer gefesselt und geknebelt in dem alten Kombi zurückgelassen. Vorher hatten sie alle Fenster geschlossen und die Türen verriegelt. Inzwischen waren sie durch das dichte Unterholz weiter in Richtung Küste gegangen. Die Sonne brannte vom wolkenlosen Himmel. Schwärme von

Moskitos summten um ihre Köpfe. Immer wieder mussten sie ihren Marsch unterbrechen, weil der Morast unter ihren Füßen plötzlich nachgab, oder der Weg vor einem Wasserloch endete. Jerry war völlig aus der Puste.

»Ich muss mal eine kleine Pause machen. Ich kann nicht mehr.«

»Los, wir haben keine Zeit! Oder willst du doch noch von den Cops geschnappt werden?« Pierre zerquetschte eine Mücke, die sich gerade auf sein Knie gesetzt hatte.

»Vielleicht ist das besser als diese Hölle hier«, antwortete Jerry resigniert.

»Wir haben's gleich geschafft«, munterte ihn sein Partner auf.

Eine gute Stunde später saßen sie in einem kleinen Motorboot. Sie hatten es in einer kleinen Bucht hinter einem verlassenen Ferienhaus gefunden. Jerry steuerte einen nordöstlichen Kurs. Pierre saß auf seiner Reisetasche und sah ihm zu. Als sie zwanzig Minuten schweigend über das Meer dahin getuckert waren, besserte sich Jerrys Stimmung. »Einfach genial, die Cops so auszutricksen! Aber irgendwie frage ich mich doch, warum es überhaupt so weit gekommen ist.«

»Was meinst du?«

»Warum die Bullen so einen Rummel um uns veranstalten. Gut, wir sind in Umbertis Haus eingebrochen und haben zwei Polizisten zusammengeschlagen. Aber deshalb so ein Theater? Ich vermute ja, dass es mit dir zu tun hat.«

»Wie kommst du darauf?«

»Deine Weste ist mit Sicherheit nicht so weiß, wie du behauptest. Und du solltest endlich aufhören, mir etwas vorzumachen, Manuel!«

Der andere junge Mann zuckte unmerklich zusammen. »Okay, rede weiter!«

»Ich habe mir deinen Pass genauer angesehen und dabei herausgefunden, dass du nicht Franzose, sondern Deutscher bist. Und deine Perücken benutzt du wohl kaum aus Spaß. Also, warum sind sie hinter dir her?«

Manuel sah durch ihn hindurch, bevor er nach längerer Pause antwortete. »Ach Jerry, es ist so eine lange Geschichte. Ich bin etwas müde. Später, okay?«

Als Key Biscayne am Horizont auftauchte, wurde Manuel wieder gesprächiger. »Ich glaube, wir kommen dem Festland langsam näher. Das Schlimmste wäre wohl überstanden. Ich bin sicher, die Bullen vermuten uns niemals hier auf dem Wasser. Wahrscheinlich stehen sie sich an ihrer blöden Straßensperre die Füße in den Bauch.« Sie hatten sich die ganze Zeit in der Nähe des Ufers gehalten und dabei kleine Umwege um Halbinseln und Landzungen in Kauf genommen. Während Jerry am Ruder saß, hatte Manuel die ganze Zeit die Umgebung genau im Auge behalten. Jetzt fiel ihm auf einmal ein größeres Boot auf, das etwa einen Kilometer hinter ihnen ungewöhnlich langsam vor der Küste kreuzte. »Oh, ich glaube, meine Entwarnung kam etwas zu früh. Schau dir mal diesen Kahn dahinten an! Soweit ich das auf die Entfernung erkennen kann, ist es keine Privatyacht und auch kein Fischerboot.«

Jerry drehte sich um. »Verdammt! Das ist bestimmt die Polizei oder die Coast Guard. Scheiße, dass wir kein Fernglas haben.«

»Los, gib mal Gas!«

»Du glaubst doch nicht, dass wir ihnen entkommen?«

»Doch, wenn du dahinten nach links in die kleine Bucht abbiegst.«

Die Sonne war mittlerweile hinter den Mangroven verschwunden. In spätestens dreißig Minuten würde die Dunkelheit über Südflorida hereinbrechen. Manuel und Jerry hielten sich hinter einem Busch versteckt. Die wuchernden Pflanzen boten eine perfekte Tarnung vor polizeilichen Suchtrupps, egal ob zu Wasser, zu Land oder aus der Luft. Die beiden jungen Männer hatten die ganze Zeit kaum gesprochen. Sie waren hungrig und müde, doch keiner von beiden mochte in dieser gefährlichen Situation ausruhen. Zudem machten ihnen die Moskitos zu schaffen, die immer wieder zu Millionen über sie herfielen. Inzwischen erschienen im Osten die ersten Sterne am Firmament. Ein Pelikan, der sie lange von einem der abgestorbenen Äste gegenüber beobachtet hatte, flog hoch in den Himmel und stürzte sich dann wie ein Torpedo ins Wasser, um sich sein Abendessen zu fangen.

»Weißt du, worauf ich jetzt Lust hätte?« Manuel brach plötzlich das Schweigen.

»Keine Ahnung. Vielleicht willst du mir deine Geschichte erzählen?«

»Das hat Zeit.« Manuel nahm Jerrys Hand und streichelte sie zärtlich. Nach einer kleinen Weile zog er Jerrys und sein T-Shirt aus und begann, sich am Oberkörper seines Partners sanft zu reiben.

Jerry, der zunächst keine Reaktionen auf die Annäherungsversuche zeigte, gab nach. »Vielleicht macht es hier wirklich Spaß. Ich leide auch schon unter Entzugserscheinungen.« Er streifte seine Jeans und seinen Slip ab.

Manuel schaute ihm bewundernd zu. »Mann, du bist wirklich der harte Junge, nach dem ich immer gesucht habe. Das ist mir gerade wieder klar geworden!«

Jerry schlang seine Arme um Manuels Hals und presste sich mit seinem ganzen Körper an ihn. Dann küssten sie sich lange und leidenschaftlich. »Na, mein schöner Franzose, worauf hast du denn heute Lust? Es soll doch wohl nicht bei einem Kuss bleiben?«

»Ich möchte dich gerne überraschen. Deshalb werde ich dir jetzt die Augen verbinden ...« Manuel verknotete sein T-Shirt über Jerrys Augen. »Mach's dir bequem. Am Besten lehnst du dich mit dem Rücken an die Bootswand und stützt den Kopf auf dem Rand auf!«

Der junge Amerikaner gehorchte.

»Ah, ist das nicht wundervoll?« schwärmte Manuel, während er blitzschnell die Pistole aus der Tasche zog und ein Kondom darüber streifte. »Du musst nämlich wissen, dass ich etwas mit eurem Präsidenten gemeinsam habe: Auch ich liebe oralen Sex über alles! Allerdings bin ich der Meinung, dass nur Männer wissen, wie perfekt geblasen wird.«

»Aber der Präsident verbindet seinen Praktikantinnen nicht die Augen.«

»Das ist doch viel geiler ...«

»Na gut, probieren wir es aus.« Jerry öffnete zaghaft seinen Mund einen Spalt breit.

»Ein bisschen weiter, wenn es geht!« Manuel kicherte. »So klein ist mein Ding nun auch wieder nicht!«

Jerry klappte Ober- und Unterkiefer weiter auseinander. Sein

Partner schob vorsichtig den Lauf der Waffe über das Untergebiss. Jerrys Zunge und seine Lippen ertasteten das Kondom, und er griff nach Manuels Lenden, die er unmittelbar vor sich vermutete. Doch seine Hände ruderten hilflos in der Luft. In der nächsten Sekunde bewegte Manuel seinen Zeigefinger am Abzug ein Stückchen nach hinten. Der Schuss zerriss die Stille ringsherum. Ein Möwenschwarm flatterte kreischend in den purpurnen Abendhimmel.

Hauptkommissar Nelles ging nervös in seinem Hotelzimmer auf und ab. Entgegen seinen sonstigen Gewohnheiten hatte er bereits drei Dosen Bier konsumiert. Seine Ungeduld hatte sich aber nur weiter gesteigert.

Als der Detective endlich an der Tür klopfte, war sein Gesicht düster. »Nada! Die beiden Typen müssen sich in Luft aufgelöst haben. Meine Leute haben von hier bis Miami alles abgesucht – ohne Ergebnis. Ich kann das überhaupt nicht verstehen!«

In diesem Moment summte Valdez' Handy. Selbst Nelles konnte die aufgeregte Stimme am anderen Ende der Leitung hören. Der Detective hörte zwei Minuten konzentriert zu und erhob sich. »In Key Largo ist gerade ein Fahrzeug gefunden worden, einige Kilometer von der Küste entfernt. Innendrin lagen ein junger Mann und eine junge Frau, gefesselt und geknebelt. Beide sind gerade mit dem Hubschrauber unterwegs in die Klinik nach Miami. Wir hoffen, dass sie durchkommen. Offensichtlich haben sie den ganzen Tag in dem Auto zugebracht, bei praller Sonne und geschlossenen Fenstern.«

»Und wären beinahe erstickt. Sind sie bei Bewusstsein?«

»Keine Ahnung. Jedenfalls sind sie vorläufig nicht vernehmungsfähig. Könnte Manuel dahinter stecken?«

Der Hauptkommissar stand auf und wanderte im Zimmer umher. »Zuzutrauen ist es ihm auf jeden Fall. Nur bisher hat er sich darauf beschränkt, Schwule umzubringen. Aber vielleicht gibt es da irgendwelche anderen Zusammenhänge. Vielleicht haben unsere beiden Täter dieses Pärchen samt Auto gekidnappt. Man könnte die Stelle, wo der Toyota gefunden wurde, noch mal nach Reifenspuren des anderen Autos untersuchen.«

Valdez griff nach seinem Handy, um die Spurensicherung erneut in Marsch zu setzen.

»Und, was noch ganz dringend ist: alle Flughäfen müssen unbedingt sofort überwacht werden«, fügte Nelles hinzu, als der Detective nicht mehr telefonierte.

Miami, 14.1.
Es ist so wundervoll, diese sternenklare, warme Nacht am Meer zu verbringen, dass ich gar nicht daran denken mag, morgen schon wieder im kalten Europa zu sein – wenn alles gut geht. Obwohl in den letzten Tagen so viel schief gegangen ist, fühle ich mich unheimlich erleichtert. Endlich bin ich Jerry los, der mir doch immer nur ein Klotz am Bein war, und kann mich wieder ganz auf mich selbst verlassen. Vielleicht hätte ich nicht so lange damit warten sollen, Jerry für sein absolut widerwärtiges, asoziales Verhalten zu bestrafen. Das Beste wird sein, wenn ich erst mal einige Zeit untertauche. Dort werde ich warten, bis etwas Gras über die ganze Sache gewachsen ist. Umberti wird mir schon nicht entkommen. Schließlich bin ich noch jung und habe genug Zeit. Es gäbe da allerdings noch das finanzielle Problem zu lösen. Einen Job werde ich mit falschen Papieren wohl nicht bekommen. Das wäre außerdem viel zu gefährlich. Es wird mir also nichts anderes übrig bleiben, als meine Mutter ein wenig auszunehmen. Mittlerweile fällt mir das nicht mehr schwer, denn sie ist schließlich nicht ganz unschuldig an meiner Lage. Wenn ich es auch vielleicht nicht schaffe, im bürgerlichen Leben groß rauszukommen, so möchte ich doch zumindest die Chance nutzen, ein perfekter Henker zu werden.

15. Januar

Der Wind hatte auf Nord gedreht und über Nacht war es auf den Florida Keys spürbar kühler geworden. Nelles fröstelte, als er jetzt im T-Shirt am Atlantik stand. Er trat aus dem Schatten einer Palme und war froh, dass ihn die Sonnenstrahlen etwas aufwärmten. Um kurz vor sieben hatte Valdez ihn aus dem Bett geworfen. Dann waren sie im Eiltempo hierher nach Key Largo gebraust. Zwei Arbeiter einer kleinen Werft hatten in den frühen Morgenstunden die sterblichen Überreste eines jungen, weißen Mannes im seichten Wasser gefunden. Der Hauptkommissar war zwar daran gewöhnt, oft auch auf nüchternen Magen Leichen zu untersuchen, doch diese hier war so scheußlich zugerichtet, dass selbst ihm fast übel wurde. Er kniete sich neben den Detective und betrachtete intensiv den toten Körper.

»Soweit man das noch erkennen kann, sieht er diesem Jerry Fuller sehr ähnlich. Was meinst du?«

Nelles verglich das Fahndungsfoto mit der Leiche. »Vor allem die Art und Weise, wie er umgebracht wurde, erinnert mich stark an das erste Opfer in Köln. Es würde mich nicht wundern, wenn dem Mord noch irgendein perverses Sexspielchen vorausgegangen wäre. Ja, es ist eindeutig Manuels Handschrift.«

»Aber warum hat er Fuller umgebracht? Ich sehe überhaupt kein Motiv.« Sie erhoben sich vom Boden und gingen langsam zum Auto zurück.

»Ich denke, dass es ein ganz simplen Grund gab«, meinte Nelles. »Die beiden haben sich gestritten – vielleicht aus nichtigem Anlass. Und dann hat Manuel zugeschlagen.«

»Aber man sollte doch meinen, dass zwei Täter, die vor der Polizei auf der Flucht sind, zusammenhalten wie Pech und Schwefel.«

»Normalerweise ja. Aber die beiden sind keine gewöhnlichen Kriminellen, die ein Ehrenkodex miteinander verbindet, sondern sie waren vermutlich ein Liebespaar – zumindest für kurze Zeit.«

Der Flughafen-Bus drehte am frühen Nachmittag vor den Abflug-Terminals des Miami International Airports seine Runde. Vor dem der europäischen Linien stiegen zwölf Personen aus, die durch ihre legere Kleidung und überdimensionalen Koffer schon von weitem als Touristen auszumachen waren. Ein junger Mann mit kahl rasiertem Schädel und buschigem dunklen Schnauzer unterschied sich von ihnen nur dadurch, dass er lediglich eine kleine Reisetasche bei sich trug. Er hatte den Morgen damit verbracht, sich in einem schäbigen Friseurladen im kubanischen Viertel ein neues Outfit verpassen zu lassen und die Traveller-Schecks seiner Geiseln einzulösen. Er ergatterte schließlich einen der letzten freien Plätze in der Maschine nach Amsterdam. Vorher hatte er die Pistole für 100 Dollar an einen dunkelhäutigen Teenager verscherbelt.

Als sich die Glastüren des Abflug-Terminals hinter ihm geschlossen hatten, steuerte er auf einen kleinen Laden zu, um sich mit Zeitungen und Reiseproviant zu versorgen. Er entschied sich für den *Miami Herald*, *France Soir* und *Bild* sowie verschiedene Schoko-Riegel. Er suchte sich ein ruhiges Plätzchen in einer Bar, wo er bei einer Cola-Light die Blätter nacheinander ohne Eile durchsah. Wie erwartet, war sein Fahndungsbild auf der ersten Seite des *Miami Herald*. Es hatte nur entfernte Ähnlichkeit mit seinem jetzigen Aussehen. Die Polizei kannte immer noch nicht seinen Nachnamen und war sich im Unklaren, ob er nun französischer oder deutscher Nationalität war. So stand es zumindest in dem Artikel unter seinem Bild. Trotzdem hatte er den Flug auf den Namen Pierre Durand gebucht – wie es in dem zweiten gefälschten Pass stand, den er sich noch in Paris besorgt hatte.

Nachdem er herausgefunden hatte, dass der »Männermörder« für die deutsche und französische Presse kein Thema mehr war, leerte er beruhigt seine Cola und checkte ohne Probleme ein. An der Zollkontrolle bemerkte Manuel die zusätzlichen Sicherheitskräfte in ihren unauffälligen Anzügen, aber auch hier verlief alles reibungslos. Bevor er in die Wartelounge schlenderte, machte er noch einen Abstecher in den Duty-Free-Shop, um Zigaretten und Parfum zu kaufen. Nach zwanzig Minuten erreichte er das Gate, von dem die Maschine gleich starten würde. Sein Blick wanderte über die einzelnen

Sitzgruppen, wo inzwischen an die 200 Menschen darauf warteten, das Flugzeug zu stürmen. Plötzlich entdeckte er ein Gesicht, das ihm bekannt vorkam, sehr bekannt sogar. Verdutzt rieb er sich die Augen. Kein Zweifel: Da vorn, ein paar Meter von ihm entfernt, saß Umberti. Neben ihm ein adrett gekleideter Jüngling, der sicher noch keine zwanzig war. Was zum Teufel wollte Umberti mit seinem Lover in Amsterdam?

»Es ist wirklich beruhigend, dass amerikanische Polizisten auch nicht im Luxus schwelgen«, meinte Hauptkommissar Nelles, als er zum ersten Mal Gast in Valdez' Büro war. Die junge Frau, die inzwischen wieder bei Bewusstsein war, hatte ihnen zuvor berichtet, dass die beiden Kidnapper lange Haare – möglicherweise Perücken – getragen hätten. Die Gesichter hätten jedoch Ähnlichkeit mit den Fahndungsbildern.

»Ja, unser Killer ist wohl ein richtiger Verwandlungskünstler.« Valdez hatte an seinem Schreibtisch Platz genommen.

»Bei der Vielzahl von Perücken würde ich überhaupt keine Prognose wagen, wie er im Augenblick aussieht.« meinte Nelles gefasst. »Wir können nur hoffen, dass aufmerksame Zeugen mehr auf sein Gesicht als auf seine Haare schauen.«

Eine junge Sergeantin in Uniform betrat das Büro. Valdez machte sie miteinander bekannt und wandte sich dann seiner Kollegin zu, die einen Stapel eng mit Tabellen bedrucktes Papier auf seinen Schreibtisch legte.

»Das sind die Passagierlisten, die wir bisher bekommen haben. Wonach sollen wir eigentlich genau suchen?«

»Auf jeden Fall nach einem Passagier mit dem Vornamen Manuel. Und René Villard.«

Valdez schaute ihn kritisch an. »Glaubst du? Ein Typ, der so professionell arbeitet, begeht nicht einen solchen läppischen Fehler. Aber vielleicht täusche ich mich ja. So, wenn ihr beide mithelft, haben wir den Stapel schnell durchgesehen. Unglaublich, wie viele Leute an einem Tag von Miami nach Europa fliegen.«

Nelles und die Sergeantin griffen sich einen Teil der Computerbögen und begannen zu lesen. Nach zehn Minuten stieß der Kommissar plötzlich einen Schrei aus. »Hier! Ich glaube es nicht! Umberti, Diego, gebucht für die Maschine nach Amsterdam. Kennen wir die Abflugzeit?«

Valdez schlug in einer dicken Broschüre nach. »Halb fünf.« Er schaute auf seine protzige goldene Armbanduhr. »Sie müssten gerade in der Luft sein.«

»Mist! Sonst hätten wir das Flugzeug durchsuchen können.«

Der Detective war erstaunt über den Diensteifer seines deutschen Kollegen. »Was hätte das gebracht?«

»Erstens hätten wir Gelegenheit gehabt, endlich mit Umberti zu sprechen und ihn vor seinem Mörder zu warnen, und zweitens hätten wir die anderen Passagiere unter die Lupe nehmen können.«

Valdez winkte ab. »Bei allem Respekt vor dem Killer – ein so perfektes Timing, dass er in der gleichen Maschine sitzt, dürfte ihm kaum gelungen sein. Woher sollte er wissen, dass Umberti ausgerechnet heute nach Amsterdam fliegt? Davon abgesehen: Sollte er tatsächlich im selben Flugzeug sitzen, wird er sicher nichts unternehmen, so lange sie in der Luft sind.« Valdez empfand zum ersten Mal Mitleid mit seinem deutschen Kollegen. »Ich glaube, wir können im Moment nichts mehr von hier aus tun, Jürgen. Aber ich werde sofort veranlassen, dass die Fluglinien sich melden, wenn ein René Villard auftaucht, oder jüngere Männer mit dem Vornamen Manuel nach Europa einchecken. Außerdem werde ich die niederländischen Kollegen bitten, Umberti morgen früh bei seiner Ankunft zu informieren, dass ihn ein Killer bedroht. Dann kann er sich zumindest in Sicherheit bringen.«

Nelles schien etwas erleichtert. »Das Beste wird wohl sein, wenn ich gleich für morgen einen Flug nach Deutschland buche. Meine Mission hier hat sich sowieso erledigt, wenn sich Umberti wieder in Europa aufhält.«

Der Detective stand auf und kam um den Schreibtisch herum auf Nelles zu. Er klopfte ihm jovial auf die Schulter. »Aber vorher gehen wir gut essen und danach zeige ich dir die besten Bars der Stadt. Du musst meine Heimat kennen lernen: Little Havanna.«

Über dem Atlantik, 15.1.
Mit gewisser Sorge beobachte ich, dass ich in der letzten Zeit ziemlich in die Defensive gedrängt worden bin, weil mir die Bullen so oft in die Quere gekommen sind. Es ist zwar ein glücklicher Zufall, dass sie mich Umberti quasi in die Arme getrieben haben, doch unter den gegebenen Umständen ist es völlig ausgeschlossen, wieder in die Offensive zu gehen. Ich habe überlegt, ob ich ihn nicht einfach hier im Flugzeug dreist anquatschen soll, dann aber doch diesen Gedanken verworfen. Das Problem ist, dass ich seine Reaktion nicht vorausberechnen kann und jetzt in der Luft keine Möglichkeit habe, ihm notfalls auszuweichen. Auf jeden Fall dürfte es sicherer sein, ihm unauffällig zu folgen, wenn wir gelandet sind. Sollte er in Holland bleiben, ergibt sich dort vielleicht eine Möglichkeit, wieder das Heft in die Hand zu nehmen.

Ich schwöre, dass er seiner gerechten Strafe nicht entgehen wird.

Immer wieder musste ich in den vergangenen Tagen an die Feten bei Wildmeier zurückdenken. Natürlich waren die älteren Typen da fast alle scharf auf mich, und ich habe immer versucht, das Beste aus der Situation zu machen. Umberti war mir von Anfang an suspekt, weil er wie die meisten Italiener ein großer Schwätzer ist. Einen großen Popstar wollte er aus mir machen, eine Boygroup mit mir zusammenstellen und so weiter. Schließlich hatte er mich so zugesülzt, dass ich mich breitschlagen ließ, mit ihm hinter die Büsche in Wildmeiers Garten zu gehen. Das gleiche Spielchen wiederholte sich noch zweimal, ohne dass er mir in irgendeiner Hinsicht mit meiner Karriere weiter geholfen hätte und es hat mir – außer Ärger mit Wildmeier – nichts weiter eingebracht.

Wenn ich so durch das Fenster in den schwarzen Nachthimmel schaue, bekomme ich doch etwas Angst, womöglich im Dunkel des Universums zu verschwinden, ohne dass etwas von mir auf der Erde zurück bleibt.

16. Januar

Das Flugzeug landete pünktlich kurz nach acht in Schipol. Der Schlagersänger hatte Manuel nicht bemerkt. Auch jetzt, als die Passagiere zum Ausgang drängten, blieb der junge Mann in der hintersten Reihe. Langsam trottete er mit den anderen in Richtung Pass- und Zollkontrolle, ohne Umberti und seinen Begleiter aus den Augen zu lassen. Sie hatten soeben einem uniformierten Grenzschützer ihre Ausweise vorgelegt. Manuel beobachtete, dass sie länger als üblich miteinander sprachen. Dann wurde Umberti hinter die Absperrung gebeten und von zwei unauffälligen Männern in Zivil empfangen. Sie redeten eindringlich einige Minuten auf ihn ein. Die anderen Passagiere wurden inzwischen weiter kontrolliert. Als Manuel dem Beamten seinen gefälschten Pass vorlegte, spürte er, wie seine Knie plötzlich weich wurden. Der Mann hinter dem Schalter blickte ihm streng in die Augen, dann auf den Ausweis. Auf einmal huschte ein Lächeln über sein Gesicht.

»Ihre Glatze steht Ihnen nicht besonders gut. Auf dem Passfoto sehen Sie wesentlich attraktiver aus«, sagte er in perfektem Französisch.

Manuel wäre ihm vor Erleichterung am liebsten um den Hals gefallen, doch er bewahrte die Fassung. »Danke für den netten Ratschlag! Ich werde ihn sicher befolgen!« Er steckte den Pass in seine Jackentasche und ging langsam weiter. Umberti und sein junger Begleiter waren verschwunden, ebenso die beiden älteren Männer in Zivil.

Nachdem er auch die Zollkontrolle überstanden hatte, setzte sich der junge Mann in der Nähe des Ausgangs auf eine Bank und zündete sich eine Zigarette an. Da er nur seine kleine Reisetasche bei sich hatte, war ihm die Warterei am Gepäckband erspart geblieben. Manuel überlegte, was die merkwürdige Begegnung zwischen Umberti und den beiden älteren Männern zu bedeuten hatte. Tief in Gedanken versunken und etwas müde hatte er gar nicht mitbekommen, dass sich plötzlich ein aufgekratzter Umberti samt Begleiter von vorne näherte. Anscheinend waren sie durch ein lustiges Gesprächsthema so abgelenkt, dass sie ihre Umgebung gar nicht weiter beachteten. Manuel drehte sich ruckartig um, als er die beiden endlich bemerkt hatte. Dann setzte er sich eine Baseball-Kappe auf und folgte den beiden in sicherem Abstand zum Ausgang.

Die Fahrt mit dem Taxi in die Innenstadt verlief ohne Zwischenfälle. Manuel hatte dem Fahrer erzählt, dass in dem Wagen vor ihnen Freunde säßen, die er am Flughafen verpasst habe. Manuel blickte aus dem Fenster und fand, dass die Tristesse des winterlichen Wetters gut zu seinem Gemütszustand passte. Der Himmel war grau in grau, und ab und zu benetzten ein paar Regentropfen die Windschutzscheibe. Er war froh, dass die Temperatur wenigstens einige Grade über Null war und im Auto wohlige Wärme herrschte. Das Taxi vor ihnen war jetzt in die Heroengracht eingebogen. Manuels Blick wurde gerade von den schönen alten Backstein-Häusern abgelenkt, als ihn der Fahrer darauf aufmerksam machte, dass der Wagen vor ihnen angehalten hatte.

»Hotel *New York* – genau, dort wollten wir uns treffen! Warten Sie, bis meine Freunde ins Haus gegangen sind. Ich möchte sie nämlich überraschen.«

Als Umberti und sein Begleiter im Hotel verschwunden waren, zahlte Manuel und stieg aus. Das Hotel sah eher unscheinbar aus, doch der Schlagersänger würde seinem neuen Lover sicher keine billige Absteige zumuten. Manuel wusste, dass sein Bargeld bei sparsamer Haushaltsführung noch ein paar Tage reichen konnte, doch die Übernachtung in einer Luxus-Herberge war darin nicht eingeplant. Trotzdem musste er sich hier einquartieren, wollte er Umbertis Spur nicht verlieren. Während er noch zögerte, das Hotel zu betreten, kam ihm eine Idee. Dann schritt er zügig die Stufen zum Eingang hinauf und stand an der menschenleeren Rezeption. Ein gepflegter älterer Herr erschien hinter dem Tresen und musterte ihn kritisch. Da Manuel schon seit einigen Tagen unter freiem Himmel geschlafen hatte, sah er etwas verwahrlost aus.

»Möchten Sie ein Zimmer?«, fragte der Portier in perfektem Englisch. Seine weiche Stimme und die eindeutige Gestik ließen keinen Zweifel zu, dass er homosexuell war.

Manuel nickte. »Für eine Nacht. Vielleicht bleibe ich aber auch länger, wenn das Wetter besser wird.«

»Kein Problem. Ich nehme an, Sie möchten ein Einzelzimmer? Das kostet 180 Gulden, Frühstück eingeschlossen.«

Der junge Mann überlegte, ob er um den Preis feilschen sollte, doch dann entschied er sich, so wenig Aufsehen wie möglich zu erregen. Ohne mit der Wimper zu zucken füllte er das Anmeldeformular aus und folgte dann dem älteren Herrn die Treppe hinauf in sein Zimmer. Eigentlich hatte er sich schon die ganze Zeit seit der Ankunft in Holland nach einem heißen Bad gesehnt, doch er legte sich zunächst auf das Bett, um ein paar Minuten auszuruhen. Als er vor sich hin döste und dabei verschiedene Gedanken in seinem Kopf bewegte, hörte er plötzlich Stimmen auf dem Flur.

»Ich kann ja gut verstehen, dass du dir sofort die Stadt anschauen möchtest. Doch ich muss mich vorher frisch machen und ein Stündchen schlafen«, sagte ein Mann auf Englisch mit südeuropäischem Akzent.

»Dann gehe ich eben allein los und hole dich in zwei Stunden ab«, erwiderte eine junge Stimme im gedehnten Amerikanisch der Südstaaten.

»Brian, du willst mich doch nicht einfach hier allein lassen ...«, bettelte der Ältere, doch sein Partner ließ sich nicht umstimmen.

»Mach kein Drama draus, Diego. Ich pass schon auf mich auf. Bye-bye!«

Manuel schnellte von seinem Bett hoch. Das war seine Chance! Als die Schritte auf der Treppe verklungen waren, schlüpfte er lautlos aus seinem Zimmer und heftete sich an Brians Fersen. Der Teenager orientierte sich vor dem Hotel kurz anhand eines Stadtplans und schlug den Kragen seines Anoraks hoch. Dann marschierte er die Heroengracht hinunter. Manuel folgte ihm unauffällig in größerem Abstand, um auf der ruhigen kleinen Straße nicht aufzufallen. Er hatte Mühe, mit Brian Schritt zu halten. So, wie es aussah, hatte Umbertis Lover wohl weniger die Absicht, einen Stadtbummel zu machen, sondern steuerte ein bestimmtes Ziel an. Erst nach etwa zwei Kilometern verließ der junge Amerikaner die Heroengracht und wandte sich in Richtung Zentrum. Manuel hatte inzwischen den Abstand auf etwa 20 Meter verkürzt und beobachtete, wie Brian in die Reguliersdwarsstraat einbog. Hier reihten sich schwule Sexshops, Buchläden, Saunen und Kneipen aneinander. Der Amerikaner schlenderte jetzt gemütlich weiter, warf hin und wieder einen Blick in die Auslagen der Schaufenster und verschwand schließlich in einer Bar namens *April*.

Manuel wartete ungefähr fünf Minuten vor einem Pornoladen, bevor er ebenfalls die Kneipe betrat. Er nahm auf einem Hocker an der Theke Platz und schaute sich um. Die Einrichtung des Lokals entsprach dem Zeitgeist, und moderne Gemälde, die zum Kauf angeboten wurden, gaben ihm einen künstlerischen Touch. Brian hatte sich an einem Mini-Tisch in der Ecke niedergelassen und las in einer Zeitschrift. Dazu schlürfte er einen Milchkaffee. Manuel nahm sein Glas Orangensaft und ging an den Tisch.

»Hallo! Bist du zum ersten Mal in Amsterdam?«

Der junge Amerikaner war etwas verunsichert. Sein rundliches Gesicht, die kurzen, hellblonden Haare und leuchtend blauen Augen strahlten kindliche Naivität aus. »Ja, warum?«

»Vielleicht kann ich dir ein paar gute Tipps geben, wo man hier etwas erleben kann.«

»Das ist sehr nett, danke! Willst du dich setzen?«

Manuel holte sich einen Stuhl vom Nachbartisch. »Ach, ich heiße übrigens Pierre und komme aus Paris.« Er schüttelte Brians Hand. »Freut mich, dich kennen zu lernen.«

Der Junge stellte sich ebenfalls vor und erzählte, dass er auf den Florida Keys noch bei seinen Eltern wohne. »Dann bist du also das erste Mal in Europa, nehme ich an. Hoffentlich hast du genug Zeit, denn hier gibt es wahnsinnig viel zu sehen. Bist du allein oder in Begleitung?«

Brian druckste etwas herum und errötete. »Na ja, mein Freund ist mitgekommen. Er ruht sich gerade aus. Wir sind erst heute Morgen gelandet.«

»Das sollte dir nicht peinlich sein. Wenn es eine Stadt gibt, in der man seine Homosexualität nicht verbergen muss, ist es Amsterdam!« Manuel klopfte seinem Gegenüber auf die Schulter. »Seid ihr schon lange zusammen?«

»Nein, wir haben uns vor drei Wochen kennen gelernt – in Key West.«

Manuel schüttelte den Kopf und seufzte. »Muss wunderschön sein ...«

»Es geht. Wenn man auf den Keys aufwächst, werden Sonne, Strand und Palmen auch mal irgendwann langweilig. Deswegen bin ich auch sehr froh, dass mich Diego zu dieser Reise eingeladen hat.«

»Dann scheinst du das große Los mit deinem Freund gezogen zu haben. Hat er so viel Geld?«

»Ja, er ist hier in Europa ein bekannter Popstar. Er hat ein Ferienhaus in Florida.«

»Dann müsste ich ihn eigentlich kennen.«

»Er heißt Diego Umberti.«

»Was? Der berühmte Diego Umberti ist dein Freund? Du Glückspilz!« Manuels Überraschung war gekonnt inszeniert. »Aber Umberti ist doch ziemlich alt. Macht dir das nichts aus?«

»Also ich bin immerhin schon neunzehn«, protestierte Brian mit stolz geschwellter Brust. »Nein, die paar Jahre sind gar nicht so schlimm, wenn man sich liebt. Außerdem ist Sex für mich überhaupt nicht wichtig.«

»Und wie sehen jetzt eure Pläne hier in Europa aus? Bleibt ihr länger?«

Brian gab bereitwillig Auskunft. »Zunächst werden wir noch ein paar Tage hier in Amsterdam bleiben. Dann begleite ich Diego auf einer kurzen Geschäftsreise. Vom 22. bis 24., glaube ich, sind wir in Hamburg und Berlin. Danach geht es weiter nach Köln. Dort wohnt Diego nämlich. Er hat mir von einem kleinen Hotel in Köln erzählt, wo jede Nacht völlig ausgeflippte Travestieshows stattfinden. Darauf bin ich sehr gespannt.« Brian sprach leiser weiter und kicherte verschämt. »Du musst nämlich wissen, dass ich ab und zu gerne als Drag-Queen auftrete.«

»Toll! Dann werdet ihr zwei während den kommenden Wochen bestimmt noch viel Spaß zusammen haben. Doch leider wird wohl nichts aus einem Wiedersehen. Ich muss morgen nämlich zurück nach Paris und dort wieder arbeiten.« Manuel machte ein bekümmertes Gesicht.

Brian schaute ihn aufmunternd an. »Was ist mit heute Abend? Wir könnten zu dritt etwas unternehmen. Diego hat bestimmt nichts dagegen.«

Manuel schüttelte traurig den Kopf. »Ich würde gerne mitkommen. Leider bin aber schon mit ein paar alten Freunden verabredet. Aber wer weiß – irgendwann laufen wir uns bestimmt mal wieder über den Weg ... vielleicht in Key West?«

Amsterdam, 16. 1.
Ich hätte Umberti im Schlaf überraschen können, und alles wäre erledigt gewesen. Warum habe ich es nicht getan? War es meine Angst, dass sie mir im Hotel zu schnell auf die Schliche gekommen wären? Ich denke, es war mehr Vorsicht. Nachdem in Florida so viel schief gelaufen ist, will ich dieses Mal hundertprozentig sicher sein. Jedes Risiko muss ausgeschaltet werden, damit meine letzte Strafexpedition ein richtiges Exempel für die Lehrbücher der Polizei und aller Juristen dieser Welt wird.

Es wäre nicht mein Stil gewesen, Umberti einfach im Schlaf die Luft abzudrehen. Nein, er soll seine Strafe bei vollem Bewusstsein erleiden, so wie die anderen. Vielleicht denke ich mir auch noch einen wunderschönen sexuellen Höhepunkt für ihn aus, einen allerletzten. Ich werde seine letzte Stunde so richtig auskosten. Dafür investiere ich gerne noch etwas Zeit und Geld. Deshalb werde ich morgen nach Deutschland zurückfahren und dort alles in Ruhe vorbereiten.

17. Januar

Nelles warf einen Blick aus dem Fenster, als das Flugzeug über der Wahner Heide niederging. Einerseits freute er sich über die vertraute Umgebung, andererseits packte ihn Wehmut, als er den kahlen, grauen Wald unter sich sah. Er schwor sich, das nächste Mal wirklich Urlaub in Florida zu machen, egal ob mit Anja oder Bert. Der Kommissar stand schließlich zwischen vielen hektischen Menschen etwas hilflos in der Ankunftshalle. Instinktiv hielt er nach einem bekannten Gesicht Ausschau, doch natürlich war niemand gekommen, um ihn abzuholen. Er ging zu einem Telefon und versuchte, Anja zu erreichen. Aber nur der Anrufbeantworter sprang an. Er legte auf und wählte Berts Nummer. Der Florist war sofort am Apparat.

»Hey, das ist ja eine Überraschung! Jürgen, bist du wieder in Köln?«

»Ja, gerade gelandet. Hast du Zeit, mich abzuholen? Wenn es nicht geht, kann ich mir auch ein Taxi nehmen.«

»Bist du jeck? Mit dem Geld machen wir uns lieber einen netten Abend! Ich bin in einer halben Stunde bei dir!«

Nelles hatte gerade die schmutzige Wäsche aus seiner Reisetasche in die Waschmaschine geworfen, als er Geräusche an der Wohnungstür hörte. Ein paar Sekunden später stand Anja hinter ihm.

»Hallo Jürgen, ich wusste gar nicht, dass du heute zurückkommen wolltest.« Ihre Begrüßung klang nicht übermäßig erfreut.

»Ja, das hat sich so ergeben.« Nelles nahm sie in die Arme und gab ihr einen Kuss. »Was ist los mit dir?«

Anja lehnte sich an seine Brust. »Dieses Theater um deinen angeblichen Urlaub hättest du dir wirklich sparen können. Ist denn der Fall jetzt endlich abgeschlossen? Habt ihr den Mörder?«

Er schob sie ins Wohnzimmer und setzte sich mit ihr auf die Couch. »Leider nicht!« Er zeigte ihr seinen Hals mit den verkrusteten Narben. »Mein amerikanischer Kollege ist auch verletzt worden. Der Täter hatte leider mehr Glück.«

Anja sah ihn bedauernd an. »Das ist ja schlimm! Mit so etwas hätte ich nie gerechnet!« Sie streichelte seinen Kopf. »Meinst du denn jetzt nicht auch, dass es besser ist, wenn du dich in eine andere Abteilung versetzen lässt?«

Nelles verzog das Gesicht. »Ich dachte, dieses Thema sei ausdiskutiert. Ich mache meinen Job und damit basta! Ich rede dir auch nicht in dein Studium hinein.« Er blieb ganz ruhig.

Anja lächelte ihn säuerlich an. »Also gut. Haken wir diesen Punkt ab. Meine anderen beiden Bedingungen gelten aber nach wie vor, wenn du weiterhin an unserer Beziehung interessiert bist.«

»Okay, wenn es denn unbedingt sein muss, ziehen wir woanders hin. Aber mit dem Heiraten lass uns bitte noch etwas warten ... zumindest bis zum Sommer.«

Anja küsste ihn auf den Mund. »Nichts da, Schatz! Das Aufgebot ist schon bestellt. Wir heiraten am 16. Februar! Du musst nur noch unterschreiben ...«

Um einem neuen Streit aus dem Weg zu gehen, war der Kommissar sofort ins Büro gefahren. »Jürgen, schön, dass du wieder da bist!« Rühle war hoch erfreut, seinen Chef wieder zu sehen.

»Wenigstens einer, der so etwas sagt.«

»Und, wie war's in Florida?« Rühle brannte vor Neugier.

Nelles winkte ab. »Ein Flop auf der ganzen Linie. Aber bevor ich alles drei Mal erzählen muss, sag bitte Bolling und Zimmermann Bescheid.«

Fünfzehn Minuten später hatten sich alle um Nelles' Schreibtisch versammelt. Als er seinen ausführlichen Bericht beendet hatte, meinte die Staatsanwältin trocken: »Also, außer Spesen nichts gewesen.«

»Bisher habe ich noch jeden Pfennig dieser Reise selbst bezahlt«, konterte Nelles etwas gereizt.

»Nach allem, was wir wissen, hält sich Umberti jetzt in Amsterdam auf, und die holländischen Kollegen haben ihn gewarnt«, kam die Kriminaloberrätin auf das Thema zurück. »Deshalb wird er zumindest nicht völlig unvorbereitet in eine Falle tappen. Mir wäre allerdings wohler, wenn er unter Polizeischutz stünde.«

»Ich habe vorhin mit seinem Manager telefoniert, der mir sagte, dass Umberti am 20. einen geschäftlichen Termin in Hamburg hat.«

»Vorher kommen wir nicht an ihn dran?«, fragte die Staatsanwältin ungeduldig.

»Umberti hat seinen Manager wissen lassen, dass er in Holland ein paar ungestörte Tage verbringen wolle.«

»Und man kann ihn dort nirgends erreichen?«

»Laut Manager nicht. Umberti gehört wohl zu jenen Menschen, die ab und zu gerne für ein paar Tage untertauchen und dann nicht mal ihr Handy einschalten. Außerdem gibt es einen besonderen Grund, wie mir der Manager quasi hinter vorgehaltener Hand mitteilte: Umberti hat nämlich einen neuen Liebhaber.«

»Das hat uns gerade noch gefehlt.« Bolling verdrehte die Augen zur Decke.

»Ich sehe eher die positiven Aspekte.« Nelles lächelte verschmitzt. »Vielleicht passt sein neuer Freund besonders gut auf. Denn ich gehe davon aus, dass es unser Mann bestimmt wieder mit der alten Masche versucht. Bisher sind alle Opfer nach sexuellem Kontakt umgebracht worden, nach ihrem letzten Höhepunkt sozusagen, denn darin empfindet der Mörder offensichtlich eine besondere Genugtuung.«

Die Staatsanwältin schaute immer noch skeptisch. »Hoffentlich haben Sie Recht. Und was machen wir jetzt?«

»Sobald Umberti nach Deutschland kommt, wird Rühle ihn verdeckt observieren. Das ist schon so mit seinem Manager abgesprochen. Denn so haben wir ihn einerseits immer im Auge, andererseits führt er uns vielleicht zum Täter. Ich bin mir ziemlich sicher, dass der in Köln zuschlagen wird, denn hier kennt er sich am Besten aus. Und hier hat er wahrscheinlich am ehesten Gelegenheit, Umberti allein ohne seinen Freund anzutreffen.«

Nelles hatte überhaupt keine Lust nach Hause zu fahren, obwohl es bereits nach acht war. Er rief Bert an und schlug ihm vor, zusammen ein Bier zu trinken. Dann wählte er seine Privatnummer. Als Anja sich meldete, teilte er ihr kurz und bündig mit, dass er noch bis mindestens zwölf im Büro zu tun habe. Anschließend machte er sich auf den Weg zum *Teddy-Treff*, wo er sich mit dem Floristen verabredet hatte. Nur eine Hand voll Männer in Jeans und Leder saß zu dieser frühen Stunde um die Theke herum. Er hatte sich kaum auf einem Hocker an der Bar niedergelassen, als Bert schon hinter ihm stand.

»Da du bis jetzt gearbeitet hast, nehme ich an, dass ihr Manuel dicht auf den Fersen seid.«

Der Kommissar reichte ihm ein Kölsch, und sie stießen an. »Wir wissen zwar nicht, wo er sich im Moment aufhält, aber meine Nase sagt mir, dass er sich hier irgendwo in Köln versteckt. Ich vermute, dass er zuschlägt, sobald Umberti wieder zu Hause ist.«

»Falls du meine Hilfe brauchst ...« Bert lächelte den Kommissar an.

»Danke! Aber im Augenblick plagen mich ganz andere Sorgen. Am 16. Februar ist nämlich meine Hochzeit.«

Der Florist ließ vor Schreck sein Bierglas auf den Boden fallen. Ein graumelierter Mann mit Schnauzer, der ein paar Spritzer abbekam, stieß einen spitzen Schrei aus. Bert entschuldigte sich und wandte sich dann wieder Nelles zu, der ihn besorgt anblickte.

»Alles in Ordnung? Ich wollte dich wirklich nicht schockieren.«

»Das ist dir aber gut gelungen. Sag, dass das ein Witz ist!«

Nelles schüttelte betrübt den Kopf. »Leider nicht! Anja macht Ernst. Ich weiß nicht, wie ich dem Ganzen noch entrinnen kann.«

»Mensch Jürgen, das kannst du dir doch nicht bieten lassen.«

»Das sagt sich alles so einfach. Du weißt ganz genau, dass ich Anja sehr, sehr liebe und sie nicht verlieren möchte. Andererseits sind meine Gefühle für dich immer stärker geworden. Warum kann nicht alles so bleiben, wie es ist?«

Bert schaute ihm tief in die Augen. »Jürgen, du kannst dich nicht vor der Entscheidung drücken.«

Köln, 17.1.
Ich habe begonnen, die Exekution Umbertis bis ins kleinste Detail vorzubereiten. Die Aktion wird genau so verlaufen, wie ich es mir wünsche. Umberti wird auf dem letzten Höhepunkt seines Lebens abtreten – unter grauenvollen Schmerzen. Und ich, M. M., werde wieder entkommen – und untertauchen, um mich allen irdischen Gerichten zu entziehen. Dieses Gefühl ist besser als jede Droge, und ich kann es kaum erwarten, dass der Trip beginnt!!

25./26. Januar

Die erste Vorstellung im *Hotel Timp* begann um halb zwei in der Nacht. Die Travestieshows, die hier tagtäglich in den frühen Morgenstunden über die Bühne gingen, lockten schon seit Jahren auch massenweise Touristen von weit her an. Auch an diesem Abend war das kleine Theater, eigentlich eher eine Kaschemme, restlos überlaufen. Zwischen gut situierten, elegant gekleideten Damen und Herren tummelten sich Anwohner aus der Nachbarschaft in billigen Jeans oder sogar Jogging-Anzügen. Rühle saß nahe der Wand und beobachtete interessiert das rege Treiben. Nelles lehnte hinter seinem Kollegen an der Wand. Vorne turtelte Diego Umberti mit seinem amerikanischen Freund und nippte zwischendurch am Sekt. Sie saßen an einem kleinen Tisch nahe der Bühne.

Die Show begann mit dem Auftritt einer dunkelhäutigen Queen, der das schlichte weiße Kleid wie angegossen passte. Sie bewegte ihre Lippen anmutig zu zwei Whitney-Houston-Songs, die von einer Tonkonserve kamen. Dann hopste eine quirlige kleine Moderatorin im pinkfarbenen Rüschenkleid auf die Bühne und brachte das Publikum mit schlüpfrigen Zoten zum Lachen. Die Stimmung steigerte sich, als die nächste Künstlerin auftrat. Sie war nicht mehr der Jüngste und hatte seinen drallen Bierbauch in ein enges Kostüm gezwängt. Nur die Perücke und die Brille ließen erahnen, dass er Gitte parodieren würde. Die ersten Takte von »Ich will alles« dröhnten aus den Boxen. Er öffnete den Mund, und eine riesige Lücke wurde an der Stelle sichtbar, wo man eigentlich die oberen Schneidezähne vermutet hätte. Der Saal tobte. Selbst Nelles wurde plötzlich von der karnevalistischen Heiterkeit angesteckt und vergaß für einen Moment seine Alltagsprobleme.

Im Trubel hatte er nicht bemerkt, dass sich von der Theke her eine atemberaubende Schönheit an Umbertis Tisch gedrängt hatte. Sie fiel ihm erst jetzt auf, als sie eingezwängt zwischen dem Schlagersänger und seinem jungen Freund saß und beiden zuprostete.

Nelles musterte neugierig die divenhafte Gestalt. Lange, dunkelbraune Locken umhüllten ein markantes, fein geschnittenes Gesicht, das stark geschminkt war. Der makellose Körper wurde von einem dezenten schwarzen Minikleid verdeckt. Nur die etwas dürftige Oberweite und die schmalen Hüften machten dem Hauptkommissar bewusst, dass die wunderschöne Gestalt männlichen Geschlechts war. Er wandte seinen Blick wieder zur Bühne, wo gerade eine Barbra Streisand-Imitatorin stürmisch vom Publikum begrüßt wurde. Sie zog die Zuschauer mit täuschend echten Posen in seinen Bann. Nach der ersten Strophe wurde es vorne im Saal unruhig.

Umberti war plötzlich auf seinem Stuhl zusammengebrochen, die Augen verdreht, eine Hand auf der Brust, während Brian über ihn gebeugt war. Die geheimnisvolle Schöne war verschwunden. Der Hauptkommissar schaute suchend durch das Lokal, ehe er entdeckte, wie sie sich an der Bühne vorbei zum Hinterausgang schob. Er stupste Rühle an.

»Kümmere du dich um diese Transe! Ich übernehme Umberti.« Es dauerte etwas, bis sie sich durch die vielen Menschen gewühlt hatten. Barbra Streisand hatte inzwischen seinen Auftritt abgebrochen und stand jetzt ebenso wie die Moderatorin hilflos vor dem italienischen Schlagersänger, der zu ersticken schien. Brian schluchzte laut und streichelte immer wieder das Gesicht seines Freundes. Die anderen Gäste waren verstummt und verfolgten mit starren Blicken das Geschehen.

»Hat denn schon jemand den Notarzt alarmiert?«, fragte Nelles, obwohl er ahnte, dass Umberti nicht mehr zu helfen war.

»Ja, ist schon unterwegs«, antwortete die Moderatorin. Sie schüttelte den Kopf. »So was Furchtbares ist hier noch nie passiert. Und ich arbeite hier schon über zwanzig Jahre! Ist es ein Herzinfarkt?«

»Das werden wir hoffentlich bald wissen!« Nelles drängte Brian sanft zur Seite und betastete vorsichtig Umbertis Körper. Er hechelte nach Luft. Das Herz schlug so schnell, als ob es jeden Moment zerspringen würde. Nelles lockerte die Krawatte und öffnete die obersten Knöpfe am Hemd des Schlagersängers. Doch seine Rettungsversuche waren vergeblich. Umbertis Körper zuckte ein letztes Mal, dann war sein Leben zu Ende. Nelles nahm den völlig aufgelösten Brian in den Arm und sprach ihm kurz sein Beileid aus. Danach zog er seinen Dienstausweis aus der Tasche, hielt ihn hoch und wandte sich an die umstehenden Gäste. »Nelles, Kripo Köln. Wir werden umgehend untersuchen, wie Diego Umberti ums Leben gekommen ist. Da der Verdacht besteht, dass es sich um einen Mord handelt, muss ich Sie alle bitten, das Lokal nicht zu verlassen!«

Rühle war jetzt neben ihm aufgetaucht. »Diese mysteriöse Transe muss sich hinter der Bühne blitzschnell umgezogen haben und ist dann verduftet. Ihre Klamotten habe ich bereits sichergestellt. Die Spurensicherung ist unterwegs.«

Der Notarzt traf ein und in seinem Gefolge drei weitere Kripobeamte. Nelles gab ihnen kurze Anweisungen, bevor er mit Rühle zum Hinterausgang stürmte.

Bert Heinrichs saß seit ungefähr einer Stunde im *Stiefelknecht*, direkt um die Ecke. Nachdem Nelles ihm am Nachmittag von dem Einsatz im *Timp* erzählt hatte, war er neugierig geworden und wollte Nelles so nah wie möglich sein, auch wenn er nicht unbedingt auf Lederkerle stand. Der Florist trank seinen vierten »Drecksack«, ein Gemisch aus Cola und Kölsch. Inzwischen hatte sich das Lokal, das durch Baustellengerüste an den Wänden und die dazu passenden Accessoires einen äußerst rustikalen Charme versprühte, gut gefüllt. Bert wunderte sich, dass es offensichtlich auch immer mehr junge Schwule in die Lederszene zog.

Gerade war ein Typ eingetreten, der sofort seine Aufmerksamkeit erregte. Der Bursche mochte wohl Anfang zwanzig sein, und irgendwie passte das stark feminin geschminktes Gesicht so gar nicht zu seiner hautengen Lederhose, den schweren Arbeitsstiefeln, der Motorradjacke und dem Leder-Cap, das er auf dem kahl rasierten Schädel trug. Auch ein paar andere Männer waren auf ihn aufmerksam geworden. Der Florist betrachtete das Gesicht genauer, und plötzlich wurden tief im Innersten seines Gehirns Bilder wach, die er eigentlich verdrängt hatte. Bert starrte noch intensiver auf den jungen Mann, und seine letzten Zweifel verflogen: Ja, es war dieser Manuel.

»Kennen wir uns, oder warum starrst du mich die ganze Zeit so an?« Der junge Mann hatte sich Bert auf Tuchfühlung genähert. Seine Augen blickten eisig.

»Ja, ich glaube schon.« Bert war seine innere Anspannung nicht anzumerken. »Vielleicht erinnerst du dich an unser Treffen in der Sauna im letzten Herbst. War 'ne ziemlich geile Sache.«

Manuel dachte eine Sekunde nach. »Kann sein. Aber ob die Nummer wirklich so geil war?«

»Du hast mir damals gar nicht verraten, dass du auch auf Leder stehst.« Bert versuchte, Manuel in ein längeres Gespräch zu verwickeln, um Zeit zu gewinnen.

»Ich hab dir vieles nicht verraten.«

»Ich wundere mich nur ein bisschen, dass dein Gesicht so weiblich geschminkt ist.«

»Ich bin halt etwas Besonderes! Oder hältst du mich für eine 08/15-Ledertucke?«

Bert war sich nicht mehr sicher, ob er die kaltschnäuzige Arroganz noch lange ertragen konnte. Manuel musterte ihn geringschätzig. »Bei dir scheint es ja nicht mal für eine Lederhose zu reichen. Was machst du dann überhaupt in so einem Lokal?«

»Vielleicht habe ich mich heute Abend verlaufen? Eigentlich ist es doch ganz nett hier.«

»Es geht. Aber vielleicht könnten wir die Gelegenheit nutzen ...«

Bert zitterte leicht. »Ich weiß nicht, was du meinst.«

Manuel grinste breit. »Darkroom oder Toilette, was ist dir lieber?«

Nie zuvor in seinem Leben hatte Bert einen Nervenkitzel wie diesen verspürt. Geilheit, gepaart mit einer unbeschreiblichen Angst – Todesangst. Er folgte Manuel willenlos die Treppe hinauf in den Darkroom. Seine Gedanken kreisten nicht mehr um die Frage, wie er den Mörder aufhalten konnte, bis die Polizei eintraf, sondern darum, wie er seine Haut retten sollte. Er hatte die stille Hoffnung, dass sich im Darkroom noch andere Männer aufhielten und Manuel es nicht wagen würde, vor deren Augen ein neues Verbrechen zu begehen. Im nächsten Moment empfing sie eine lautlose, undurchdringliche Finsternis. Manuel begann sofort, langsam und zärtlich

Berts Körper zu streicheln, besonders die Partien zwischen seinen Oberschenkeln. Aber der Florist war wie gelähmt.

»Ist es nicht schön? Entspann dich …« Manuels Flüstern klang plötzlich sehr erotisch – unwiderstehlich. Bert schloss die Augen. Millionen Sternchen kreisten in allen Farben vor seinen Pupillen, bis allmählich ein wohliges Gefühl durch seinen Körper strömte. Manuel hatte begonnen, ihn zu entkleiden, und Bert fühlte seine sinnlichen Lippen überall auf seinem Oberkörper bis hinunter zu seinem Bauchnabel. Dann ließ der junge Mann einen Moment von ihm ab. Bert hörte, wie er seine Lederhose aufknöpfte. Sekunden später griffen Manuels Hände zärtlich nach dem Kopf des Floristen und führten ihn sachte zu seinem Unterleib. Ohne zu überlegen nutzte Bert seine Chance und biss mit voller Wucht zu.

Manuels markerschütternder Schrei alarmierte den Bartender. Binnen einer Minute tauchten grelle Neonröhren an der Decke den Darkroom in helles Licht. Sekunden später erschienen Nelles und Rühle. Sie erfassten mit einem Blick die Lage und stürzten sich auf Manuel, der zusammengekrümmt auf dem Boden lag und schrecklich wimmerte. Unter seinem Bauch färbten sich die Fliesen mit Blut.

»Den hat's übel erwischt!« Rühle schüttelte sich.

»Wenn der Notarzt im *Timp* fertig ist, kann er gleich hier weitermachen.« Nelles drehte sich um und erkannte jetzt erst seinen Nachbarn, der noch halb nackt war. »Bert! Warst du das etwa?« Er deutete mit dem Daumen auf Manuel.

Bert nickte schüchtern. »Es war die einzige Möglichkeit …«

Rühle wollte Manuel Handschellen anlegen, aber der Hauptkommissar schüttelte den Kopf. »Du siehst doch: der ist fertig. Der läuft uns nicht mehr weg.«

Nelles wandte sich wieder seinem Nachbarn zu und musste grinsen. »Safer Sex war das wohl nicht …«

»Es ist nicht zum Orgasmus gekommen«, protestierte Bert schwach.

»Was machst du überhaupt hier?«, wollte Nelles wissen. Er hatte plötzlich blendende Laune, nahm Bert in die Arme und drückte ihn fest an sich. Mit einem Mal war es ihm ganz egal, warum Bert sich hier aufhielt. Und es war ihm auch egal, was Rühle und die Ledermänner, die sich hinten vor der Tür drängelten, von ihm dachten.

Ein heftiges Stöhnen des Mörders unterbrach ihre Umarmung abrupt. Der Hauptkommissar drehte sich schnell um und bekam gerade noch mit, wie Rühle dem Verletzten ein kleines braunes Fläschchen aus der rechten Hand riss. »Zu spät. Wir hätten ihm Handschellen anlegen sollen.«

Der Mörder röchelte noch leise. Als der Notarzt wenige Minuten später herbeieilte, hatte sein Herz aufgehört zu schlagen.

Es dämmerte bereits, als Nelles das Kommissariat 11 verließ. Bert hatte nach seiner Aussage im Auto auf ihn gewartet. »Bist du jetzt der Held des Tages?«

»Von wegen. Die Staatsanwältin maulte als Erstes rum, sie hätte den Mörder lieber vor Gericht gesehen ... Als hätte ich damit gerechnet, dass der Bursche Umberti und sich selbst mit Zyankali ins Jenseits befördert!«

»Wie ist er denn an das Gift gekommen?«

»Vor wenigen Tagen wurde in eine Apotheke am Friesenplatz eingebrochen. Wahrscheinlich hat er es von Junkies gekauft. So, und jetzt machen wir noch einen kleinen Abstecher zur Jakorden-Straße.«

»Ist da 'ne neue Kneipe für Frühaufsteher?«

»Nee, dort gibt es eine kleine Pension, der wir einen kurzen Besuch abstatten werden.«

»Kannst du das etwas näher erklären? Wir können auch zu mir gehen, wenn du nicht in deiner Wohnung schlafen willst.«

Nelles grinste. »In dieser Pension hat Manuel offensichtlich bis heute übernachtet.«

Bert schlug sich mit der Hand vor die Stirn. »Ich dummes Ding! Dass ich darauf nicht gekommen bin!«

»Trotzdem wirst du die Ehre haben, das Zimmer als erster mit mir zu betreten. Erst danach werde ich die Kollegen von der Spurensicherung dahin beordern.«

»Wie hast du die Adresse herausgefunden?«

»Manuel hatte eine Visitenkarte und eine Rechnung in seiner Jackentasche.«

Knappe zehn Minuten später hatten sie das Viertel hinter dem Hauptbahnhof erreicht. Der Kommissar öffnete mit einem Schlüssel die Tür eines heruntergekommenen grau verputzten Gebäudes. Ein kleines Schild wies zur *Pension Klein*. Auf Zehenspitzen gingen sie durch einen langen Gang bis zum Zimmer 12. Auch der Schlüssel zu dieser Tür passte.

»Waren die auch in der Jacke?«, flüsterte Bert.

»Nein, in der Hose.« Nelles hatte die Tür hinter ihnen geschlossen und das Licht eingeschaltet. Der Raum war mit einem schmalen Bett und einem Kleiderschrank nur notdürftig möbliert. In einer Ecke befand sich ein kleines Waschbecken. Auf dem Bett lagen verschiedene Kleidungsstücke verstreut, daneben stand eine Reisetasche. Der Kommissar fasste hinein und brachte mehrere Perücken sowie einen Kulturbeutel zum Vorschein.

Bert öffnete die kleine Ledertasche und schaute hinein. »Hier hast du die endgültigen Beweise: das Parfum und die Gleitcreme ...«

»Hier ist auch sein richtiger Pass: Manuel Moulan, geboren 1977 in Neuilly-sur-Seine, seit '85 deutscher Staatsbürger, wohnhaft in Köln.« Nelles wühlte weiter in der Reisetasche. Dann hielt er plötzlich ein kleines Buch in der Hand, das wie ein Poesiealbum aussah. Er begann darin zu blättern. »Das ist sein Tagebuch!«

Köln, 24.1.
Natürlich freue ich mich, dass heute Nacht endlich diese stressigen Zeiten zu Ende sind, und ich ab morgen wieder ein normales Leben führen werde. Sobald wie möglich werde ich mich bei David melden. Ich hoffe, sein Angebot von damals steht noch. Und vielleicht werde ich ja doch noch richtig glücklich – als berühmter Sänger. Sind das alles Träume? Wird David mich auch enttäuschen? Ich möchte jetzt lieber nicht darüber nachdenken.

Drei Wochen später

Auch in Köln war es Tradition, dass Braut und Bräutigam am Abend vor der Hochzeit getrennt Abschied vom Single-Dasein feierten. Anja hatte sich mit ein paar Freundinnen verabredet, dabei war auch Doris. Nachdem sie einige Kölsch getrunken hatten, nahm sie Anja zur Seite.

»Hast du dir das mit der Heirat auch wirklich gut überlegt? Das ist jetzt deine letzte Chance, die Entscheidung rückgängig zu machen.«

»Ich muss da jetzt durch. Schließlich wollte ich es so.« Anja klang nicht wie eine glückliche Braut.

»Meinst du im Ernst, dass deine Probleme mit der Hochzeit gelöst werden? Jürgen wird sich nie ändern!«

»Kapier doch endlich, dass ich dich zwar sehr nett finde, aber sexuell mit Frauen nie etwas am Hut haben werde!«

»Sag niemals nie!«

»Na ja, vielleicht wäre es wirklich langweilig, den Rest meines Lebens mit demselben Mann zu verbringen, wo ich noch so jung bin ...« Anja lächelte breit und sie zogen weiter durch andere Lokale im Quartier Latäng nahe der Uni. Gegen halb zwei war Anja stark beschwipst und freute sich nun doch, dass Doris sich liebevoll um sie kümmerte. Nachdem sich die anderen Freundinnen verabschiedet hatten, überlegten sie, was sie noch machen könnten.

»Sollen wir nicht zu mir gehen?«, schlug Doris vor. »Da hast du wenigstens Ruhe und kannst ausschlafen. Die Trauung ist ja erst morgen Mittag.«

»Einverstanden«, lallte Anja. »Aber vorher muss ich noch mein Brautkleid holen und Jürgen Bescheid sagen.«

Nelles war selbstverständlich mit Bert ausgegangen. In den Schwulenkneipen des »Bermuda-Dreiecks« wurde Karneval gefeiert.

»Ist es nicht etwas laut hier?«, fragte Bert, als sie weit nach Mitternacht im *Clip* gelandet waren.

»Je lauter, desto besser! Schließlich ist heute mein letzter Tag in Freiheit!«

»Und du willst wirklich heiraten?«

»Was soll's? Ich kann mich jederzeit wieder scheiden lassen.«

»Manchmal verstehe ich euch Heten wirklich nicht.«

»Wart's ab, bis ihr auch heiraten könnt. Dann habt ihr dieselben Probleme.«

»Ich denke, wir sollten langsam mal nach Hause fahren. Du musst morgen fit sein.«

»Na gut, aber wir machen es uns noch bequem«, nuschelte Nelles.

Doris bewunderte gerade das Brautkleid, das Anja im Wohnzimmer ausgebreitet hatte, als es im Treppenhaus heftig rumorte. Die beiden Frauen vernahmen zwei laute Männerstimmen, die fortwährend in Gelächter ausbrachen.

Anja wurde plötzlich wieder nüchtern. »Das darf doch nicht wahr sein!«

»Was ist denn?«, fragte Doris irritiert.

»Jürgen geht mit diesem schwulen Blumenfritzen tatsächlich nach oben ...« Die Stimmen hatten sich inzwischen entfernt.

»Ich krieg 'ne Krise!« Anja packte Doris' Arm und zog sie hinter sich her ins Treppenhaus. Die Tür in der Etage über ihnen fiel gerade mit einem lauten Knall ins Schloss.

»Ich weiß nicht, was das soll«, protestierte Doris. »Jürgen trinkt mit diesem Bert noch einen Absacker. Na und?«

»Ich glaube, es geht um sehr viel mehr als einen Absacker. Los!«

Widerwillig folgte Doris ihrer Freundin nach oben. In diesem Moment stöhnte ein Mann laut auf.

Anja hämmerte wütend gegen die Tür. »Mach auf, du Schwein! Ich weiß, dass du da drinnen bist!«

Bert öffnete. Er hatte nur Boxershorts an. Dann erschien Nelles. Er hatte sich ein Handtuch um den Unterleib geschlungen.

Anja spuckte nacheinander beiden ins Gesicht. Dann trat sie Nelles mit voller Wucht zwischen die Beine und lief wortlos die Treppe hinunter. Doris zuckte die Achseln und folgte ihr.

Bert half Nelles, der stöhnend zu Boden gegangen war, auf die Beine und lotste ihn auf das Sofa im Wohnzimmer. »Was für eine Nacht!«

Nelles versuchte zu lächeln. »Ich kenne Anja. Sie wird sich schon wieder beruhigen. Neues Spiel, neues Glück!«

Bruce Balan
Cyber.kdz – Virenjagd *(NB 3001)*

Bruce Balan
Cyber.kdz – Pixelbluff *(NB 3007)*

Myra Çakan
Luke Harrison, Weltraumabenteurer
Begegnung in der High Sierra *(NB 3002)*

Myra Çakan
Luke Harrison, Weltraumabenteurer
Zwischenfall an einem regnerischen Nachmittag *(NB 3008)*

Lynnette d'Anna
Zeit der Blöße *(NB 3009)*

Anja Liedtke
Grün Gelb Rot – Ein Heimatroman *(NB 3006)*

Anne McCaffrey
Die Wiedergeborene *(NB 3005)*

Sean Stewart
Der schwarze Dolch *(NB 3010)*

Patricia Nell Warren
Mission Himmelstürmer *(NB 3003)*

Diana Wieler
RanVan – Das große Spiel *(NB 3004)*

nachtbrenner
lesen und leben

ariadne